新潮文庫

約束の海

山崎豊子著

新潮文庫

約束の海

山崎豊子著

新潮社版

10561

目次

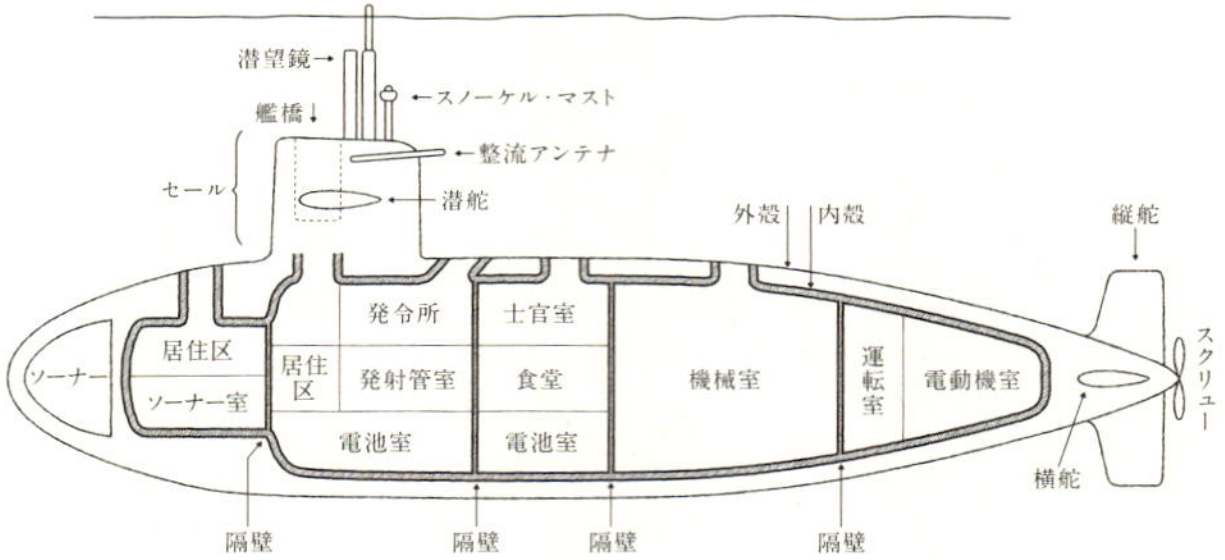
潜望鏡
スノーケル・マスト
艦橋
整流アンテナ
セール
潜舵
外殻
内殻
縦舵
発令所
士官室
居住区
居住区
発射管室
食堂
機械室
運転室
電動機室
ソーナー
ソーナー室
電池室
電池室
スクリュー
横舵
隔壁
隔壁
隔壁
隔壁

潜水艦「くにしお」

約束の海

この作品は、多数の関係者を取材し、小説的に構成したもので、登場する作中の人物などは架空である。

第一章　潜水艦くにしお

東京湾の浦賀水道は、東西を房総半島、三浦半島に抱かれた船舶の航路である。

初夏のよく晴れた朝、南寄りの風が群青色《ぐんじょういろ》の海面を強く吹き渡ると、白い波濤《はとう》がたち、遥《はる》か彼方《かなた》の陸地には富士山の優美な山容が見える。

幅一・四キロの航路の中央とその両端には、赤や緑のブイの標識が七〇〇メートル幅で浮かんでいる。外洋に出る船舶は三浦半島側を航行し、東京湾に帰港する船舶は房総半島側を航行するルールである。

航路を走る義務があるのは、船の長さが五〇メートル以上の貨物船、フェリーなど、大型船と決められており、小型の貨物船やタンカーなどは、その外側を走っている。この狭隘《きょうあい》な航路を行き交う船舶は一日に実に七百隻《せき》という混雑ぶりである。

外洋に向かって、真っ黒い不気味な船体の一部を浮かび上がらせた艦が、ゆっくりと進んでいた。海上自衛隊の最新鋭潜水艦「くにしお」であった。

全長七六・二メートル、最大幅九・九メートル、排水量二二五〇トンの涙滴型《るいてきがた》潜水艦である。水上航行中でも、その姿を見せるのは、巨大な鯨の背びれを思わせるセールとその左右に付いている短い翼のような潜舵《せんだ》、上甲板の一部のみで、後は水面下に隠れているが、周囲の波濤と、船尾に長く曳《ひ》く白い航跡が艦体の大きさを物語っている。

航路を安全に航行するため、「くにしお」のセール上部にある約一・五メートル四方の艦橋《かんきょう》には、艦長、副長、見習い哨戒長《しょうかいちょう》、電話員が、体を触れ合わせんばかりにして前後に並び、艦橋真後ろのセールトップと、左右に張り出した潜舵でも、それぞれ見張り員が手近なポールに摑《つか》まりながら、周辺をウオッチしている。全員、首から双眼鏡を吊《つ》り下げ、時に目に当て、視界内にもし、衝突の怖《おそ》れがある船舶を見つけた時は、海中に没している艦内の操舵員に連絡し、すみやかに針路や速度の変更を指示する。

風の穏やかな時は、艦橋の後部に自衛艦旗と艦長の指揮官旗が掲揚されるが、今日のような強風下では、自衛艦旗は竿《さお》に巻き付け、指揮官旗である白いリボン状の旗だけ、風にはためくに任せていた。船の守護神との言い伝えがある白蛇を模したものだ。

「右見張り、右二〇度二〇〇〇《フタセン》の漁船、航路内に入って来る可能性あり、注意しておけ」

艦橋にたっている背の高い花巻朔太郎《はなまきさくたろう》の声だった。

錨《いかり》のマークが入った黒の作業帽に、グレーの作業服を着た二等海尉である。艦内電話のヘッドフォンを片耳だけ外して、強風に吹き飛ばされないような大声で、右舷《うげん》潜舵にたっている見張り員に指示を飛ばしたのだ。

鼻梁《びりよう》の通った細面《ほそおもて》に眉《まゆ》がきりっと濃く、口元に利《き》かん気の性格が見てとれる。二十八歳の船務士だが、近い将来、水雷長になることを予期して、その教育のために配置されているとは思えない自信に満ちた見習い哨戒長ぶりに、副長の佐川三津男《さがわみつお》三佐が、満足そうな笑顔を送った。艦長の筧勇次《かけひゆうじ》二佐も頷《うなず》いた。

一時間後、難所の浦賀水道航路を抜けると、特別態勢が解除され、通常の航行に移った。

三浦半島の観音埼《かんのんざき》灯台が遠のく頃には、前方に緑のビロードに包まれたような大島が見えて来た。伊豆七島の最初の島である大島あたりまで来ると、そこから先は黒潮がうねる太平洋の大海原だ。

「くにしお」が、横須賀の基地から出港したのは午前八時、一一ノット（時速約二〇キロ）の速度で水上航行し、潜航するポイントの三マイル（約五キロ）ほど手前に到達したのは、正午過ぎだった。

周辺海域には時としてイルカ、鯨などの群れが現われることもあったが、一九八九年の今では、その光景は滅多にない。

大島の上空に綿のような雲が張り出して来、強い風に流されるように移動しているが、真昼の陽射《ひざ》しは小波《さざなみ》だった群青色の太平洋の海面をぎらぎらと照らし、真っ黒い「くにしお」の艦体を一層、異様なものにしている。

「艦長、今回の航海訓練で、八回目ですね」

佐川副長が、後方の筧に声をかけた。

「えっ？」

風に流され、副長の声が聞き取れなかったのか、もう一度、聞き直すと、

「もうそんなになるかな」

筧艦長は真っ黒に日焼けした顔を一瞬、綻《ほころ》ばせた。潜水艦乗りなら誰しもが憧《あこが》れる艦長は、潜水艦幹部として資格認定を得た者が、十五年余のキャリアを積み重ねても、半数余りしか、なることができない。筧は、防衛大学校出身の四十一歳、同期で二番

目に艦長に任命された二佐のエリートだった。一方、副長の佐川は商船大学を卒業後、海上自衛隊幹部候補生学校に入った一般大学組だが、三十六歳、三佐で艦長への道は近づきつつあった。

「おっ、珍しい」

筧艦長が声を弾ませた。突然、近くの海面から飛魚《とびうお》の群れが飛び出し、胸びれを広げて空中高く飛んだのだ。蒼黒《あおぐろ》い群れだが、太陽の光を一杯に受けて、蛍光灯のような輝きを発している。紺碧《こんぺき》の海と、ちぎれた綿雲が浮かぶ真っ青な空の間で、見習い哨戒長として操艦に当たっていた花巻二尉も、暫《しば》し見とれるように目をやったが、慌《あわ》てて双眼鏡に戻った。その生真面目《きまじめ》さに、筧艦長は頰を緩めた。

飛魚が姿を消すと同時に、びゅーと強風が艦橋を直撃し、波しぶきが当たった。水上艦と異なり、屋根のない吹き晒《さら》しの艦橋では、この時期でも、作業服の上にジャンパーを重ねていないと、寒い時がある。

「特令事項の合戦（潜航）準備を行います」

本来の当直哨戒長である機関長が、艦橋に上がって来、筧艦長に報告した。周辺海域に、潜航を妨げる船舶がないと判断してのことだった。小野田幹生《おのだみきお》三佐、三十四歳、丸顔で、もみあげが長い。

筧艦長は、後は任せたとばかりに艦橋から内部に通じる昇降用の狭いラッタル（梯《はし》子《ご》）を降りて行った。艦長の任務はある意味、これからである。花巻も後に従った。艦橋の指揮官旗や救命浮輪など潜航の妨げとなるものが、次々と手早く片付けられ、若い見張り員たちも、順々に下へ降りて行った。

一人で最終確認に当たっていた小野田哨戒長の元に、艦内から、

「特令事項の合戦準備終わり、艦内潜航用意よし」

という報告に続き、

「潜航せよ」

筧艦長の命令が届いた。

「潜航、潜航」

小野田は二回繰り返し、艦内に降りて、艦橋ハッチをしっかりと閉める。これで「くにしお」は完全密閉状態になった。

「くにしお」の頭脳とも云うべき発令所は、船体の中央より少し艦首寄りに設けられ

ている。艦内から唯一《ゆいいつ》、外部を覗《のぞ》くことが出来る潜望鏡を中心に、三〇平米ほどのスペースに操舵スタンド、バラスト・コントロール・パネル、海図台などが並び、十五人が所定の配置についていた。

最後に艦橋から発令所に降りて来た哨戒長の小野田三佐は、一抱えほどもある潜望鏡の左右二つの取っ手を、両手で握り、やや腰を屈《かが》めるようにしてレンズを覗く。倍率を変えながら、三六〇度、ぐるりと廻し、潜航の障害になるものがないか、注意深く監視してから、

「近距離目標なし、深さ一八につきます」

艦長に告げた。

全長七六・二メートルの「くにしお」の艦内は、前方が二層、中央部が三層、後部が一層の構造になっている。前方の上が居住区、下がソーナー室（水測室）。中央部は上から発令所と士官室、発射管室と食堂、電池室。後部の一層は機械室、運転室、電動機室が横並びに続く。

発射管室では、濃緑色の魚雷が十数基しっかりと固定されている。未《いま》だ嘗《かつ》て実戦で発射されたことはないが、そのすぐ前には発射管が装備されており、不気味な雰囲気が漂っている。その魚雷と隣り合わせに、予備ベッドが固定されているのは、乗り組

んでいる実習幹部のベッドが不足しているからだった。

浦賀水道航路を抜けて「合戦準備」が下令されて以降、乗組員はそれぞれの担当区画で、艦内のありとあらゆる所を走っている配管、数千に及ぶ弁やスイッチの点検を終えていた。さらに最終点検が行われた後、

「ベント開け」

発令所では、潜航指揮官である先任海曹が、哨戒長の指示のもとに、号令を発した。さっと緊張が走る瞬間である。ベテランの油圧手《ゆあつて》が、バラスト・コントロール・パネルのスイッチを操作して、バラスト・タンク（潜航と浮上のための海水の注入と排出を行うタンク）頂部の弁を開いた。その途端、タンク内の空気が押し出され、代わりにタンク底部の穴から海水が内部に流れ込んで来る。

空気が吐き出されるザーッという凄《すさ》まじい音が艦内に響き渡り、水圧がぎしっと締めつけるようにかかって来る。「くにしお」は二二五〇トンの鋼鉄の塊のような艦体を、徐々に海中に沈めて行った。

潜水艦を動かすのは、幹部でも海曹士でもない。乗組員全員のチームワークである。七十四人の乗組員のうち、幹部は艦長以下、僅《わず》か八名にすぎない。一人のミスが潜水

艦の沈没に繋《つな》がりかねないことを、全員が十分、知っているからこそ、各人の責任感は強く、仲間に対する信頼も厚い。潜水艦特有の一家意識も、そういうところから自然に育《はぐく》まれるのだった。

筧艦長は、潜航指揮官がトリム・タンク（艦の前後の傾きを調整するタンク）の海水量を調節して艦体のバランスを取ったことを確認すると、

「深さ一〇〇に入れ」

と命令した。

潜航指揮官が復唱し、操舵員に号令を下すと、

「深さ一〇〇、ダウン三度」

「深さ一〇〇、ダウン三度」

航空機のコックピット内と似た様々なパネルの前で操舵桿《かん》を握っている操舵員が、ジョイスティック・ハンドルをゆっくり前方に倒し、「くにしお」を三度の緩やかな角度で、深度一〇〇メートルに潜航させて行った。上甲板に聳《そび》えたつセールも、マスト類も巨大な渦を残しながら、海中に没すると、海面は真昼の太陽が照りつける太平洋の黒潮が、たゆたうだけになった。

潜航した「くにしお」の艦内は静かだった。艦は六ノット（時速約一一キロ）のゆっくりした速度で、太平洋を北上していた。

潜水艦乗りの仕事は六時間毎《ごと》の三交代制である。深い海の中で、長い時には一ヵ月以上も潜ったまま作戦行動に従事するには、タフな神経の持ち主でなければ務まらない。身体面はもちろん、心理適性検査をくぐり抜けた者だけが、選抜され、潜水艦乗りの資格を与えられるのだった。

潜水艦の乗員は、水雷科、船務科、航海科、機関科、補給科、衛生科のいずれかに属している。そして一見、潜水艦の運航とは関わりのない補給科の庶務員や経理員も含めて、全員が三つの哨戒直《ちょく》グループのどれかに属し、幹部が務める哨戒長のもと、任務に就く。

七十四名の乗組員の三分の一は、今や当直を終わって、三段ベッドに身を横たえ、睡眠をとっている。後の三分の一はベッドで本を読んでいるか、食堂のテレビをワイヤレスのヘッドフォンを使って観たり、トランプをしたりと、思い思いに休息をとり、残りの三分の一が黙々と「くにしお」の航行に携わっている。

当直にたたなくてもいいのは、艦長と副長だけである。もちろんそれは、二十四時間いつでも当直ということでもあり、艦長と副長が二交代のような形を取っている艦も多い。

出港二日目、花巻朔太郎は真夜中の零時から朝六時までの哨戒長付（哨戒直の責任者である哨戒長の補佐役）の直があけると、一緒に勤務した船務長の五島正義《ごとうまさよし》一尉と二人で朝食をとった。朝食とは云っても、白身魚のフライがメインの重いメニューである。

潜水艦の食事は、六時間の哨戒直のローテーションに合わせて一日四回で回ってくる。「くにしお」の場合は、朝の六時、夜の六時は重めの食事、正午と零時は軽めのメニューが基本である。

昨日の朝の出港から今まで、全く睡眠がとれなかったためか、普段は話し上手、饒《じょう》舌《ぜつ》な五島も口数が少なく、食事が終わると、通路で隔てられているだけの第二士官室の三段ベッドの中段に潜り込んだ。朔太郎も作業服のまま、同じベッドの最上段に上り、横臥《おうが》すれば腕が突き出そうな幅六〇センチのベッドに横になるなり、すとんと深い眠りに落ちた。

夢も見ず、こんこんと眠っていた花巻の肩を、そっと突く者がいた。士官室係の若い海士だった。時計を見ると、もう正午である。めざまし時計を使えば、狭い士官室に眠っている他の乗員まで起こしてしまいかねないから、幹部を起こすのは、士官室係の仕事だった。

上体を起こす余裕のないベッドの上でそっと体をずらし、足で段梯子を探るようにして降りると、スニーカーを履いた。潜航の時に汗ばんだため、肌着とソックスは替えていたが、作業服は寝ていた時のままである。

今回の訓練は四週間以上となるため、作業服と肌着、ソックスだけで大きなボストンバッグが一杯になるほど持ち込んではいたが、日程が突然、延長される可能性まで考えると、肌着は三日に一回、作業服は二週間に一回の着替えがせいぜいで、二日目での着替えは、滅多にない。

カーテンで仕切られているだけの部屋から、通路に出、トイレを素早く済ませた。顔を洗う者はいない。昔は歯磨きもシャワーの時に一緒に済ませる習慣があったようだが、さすがに今は毎食後に磨いても咎《とが》められることはない。鏡に向かって、目やにがないことだけを確認した。

幹部用の食堂には、誰もいなかった。花巻は、眠気覚ましにコーヒーを頼むと、テーブルの上にある牛乳には手をつけず、トマトサラダとトーストだけで昼食を終えた。二週間もすると、トマトやレタスなど新鮮な野菜のストックは殆《ほとん》どなくなってしまうから、サラダは出航したての今だけの贅沢《ぜいたく》である。

「夕食を楽しみにしているよ」

と花巻は云い残し、発令所に向かった。アルコール禁止の艦内では、食べることだけが楽しみで、調理員もそれを心得、腕によりをかけてくれている。

当直ではなかったが、花巻は各区画を仕切っている隔壁に設けられた縦一メートル余の小判形のハッチを、背中を丸めて通り抜けると、発令所へ直行し、海図台の傍《かたわら》に寄った。東シナ海を北上中の台風の進路が気になっていたのだ。

「渡辺三曹、ちょっと見せてくれないか」

「くにしお」が予定航路上を遅れも進みもなく航行していることを確認してから、気象予測をしている三曹に声を掛けた。手渡されたポスターサイズのファックス紙を海図の上に置き、予定航路に台風の進路を重ねた。

「台風二号と本艦とのＣＰＡ（最接近）は、明後日、三陸沖あたりかな」

「そうですね、この台風は転向点を過ぎて、速度も徐々に速くなっていますし、気圧配置からいっても、日本海に向かうことはまずありませんね」

「有り難い」

艦の安全な航行計画をたてるのは、船務士の仕事の一つだった。三陸沖を北上し、津軽海峡経由で日本海に出る予定の「くにしお」にとって、最も厄介なのは、一〇〇〜二〇〇メートルと水深の浅い海峡で、台風に出くわすことである。

「台風は、大丈夫か」

副長の佐川三佐も、やはり気になるのか、発令所に顔を覗かせた。副長は艦長の補佐というより、代行者である。艦長の意を汲《く》んで先手、先手を打ち、航海長の兼務から行動計画の策定、教育訓練係となんでもこなさなければ、将来の艦長への道は開けない。運動不足になりがちな潜水艦暮らしのせいか、佐川の下腹はやや目立ち始めていたが、性格が温厚で、小柄な体軀《たいく》に独特の風貌《ふうぼう》が備わっている。

「七年ほど前だったかな、種子島《たねがしま》と九州との間の大隅《おおすみ》海峡で台風に出遭ってね、上甲板の索具庫《さくぐこ》の蓋《ふた》が剝《は》がれ、流れ出た舫《もやい》（ロープ）がプロペラに巻き付いてしまったんだ、今、思い出してもぞっとするよ」

「そんなことが起きるのですね、どうやって舫を外したのですか」

花巻が聞くと、
「風と波がある程度収まってから潜水熟練者を二人出して、外させたのだが、暗闇《くらやみ》の中での作業だったせいか、一人がなかなか戻って来ないので、捜索したところ、命綱がプロペラと体に絡《から》んでいてね……」
佐川副長は、そこで口を噤《つぐ》んだ。潜水艦乗りの厳しい職務に、周囲は押し黙った。

夕食後、「前直」の長門剛《ながとつよし》機関士と哨戒長付の申し継ぎを行い、交代を哨戒長の五島に報告した。花巻の直のボスであるこの五島も、変わった経歴の持ち主だった。関西の私立大学で学んでいたが、根がやんちゃな質《たち》だったから、ある喧嘩《けんか》が元で勘当になり、三回生の時に海上自衛隊の隊員募集に応募した。あと一年辛抱して大学を卒業すれば、幹部候補生学校の受験資格が得られるのだから、それまで待ったら、と勧める面接官の親身なアドバイスも聞かず、大学を中退し、一兵卒としてスタートを切ったのだ。後に部内選抜されて幹部候補生学校に入学し、ハンモック・ナンバー（卒業席次）一番で卒業した強者《つわもの》で、腕っ節も極めて強い。花巻にとって、頼もしい上司だった。

五島哨戒長は、作業帽のつばを後ろ向きにかぶり直すと、

「船務士は、この直の間、教育のため、哨戒長として勤務しろ」

と命じ、

「哨戒長交代する、前進半速、針路五度、深さ一〇〇、哨戒無音潜航中」

と周囲に聞こえるように、云った。

「哨戒長、戴《いただ》きました、前進半速、針路五度、深さ一〇〇、哨戒無音潜航中」

花巻は緊張しつつ、哨戒長の職務を引き継いだ。

やがて発令所の昼光色の蛍光灯が、暗い赤灯《あかとう》に変わった。

外界は、日没を迎えたのだ。人の目は暗闇に慣れるのに時間がかかる。全没中だから潜望鏡を使うことは出来ないが、万一、露頂（潜望鏡などを海面上に上げること）することがあった場合、艦内が明るいと、潜望鏡でいきなり暗い海を見ることが、困難になるからだった。

水深一〇〇メートルの海の中は静かで、特に変わった気配はない。

艦内に二酸化炭素が増え、そろそろ露頂してスノーケル・マスト（吸気筒）を海上に出し、エンジンを起動して、動力源の電池に充電すると共に、新鮮な空気を取り入れる時間だなと、花巻が時計を見やった時、

「発令所、ソーナー、魚雷音、八〇度」

艦前方のソーナー室から、マイクを通して緊迫した報告が上がって来た。

花巻は、はっとした。「くにしお」の現在位置は三陸沖二八キロの地点である。まさか敵の魚雷が襲撃して来るような海域ではない。相手艦の見当がつかず、花巻は一層、慌てた。

「魚雷方位変わらず、こちらに向かって来る」

ソーナー室から切羽詰まった報告が、びんびん伝わって来る。

「デコイ（囮《おとり》魚雷）発射、急げ」

哨戒長として、花巻は咄嗟《とっさ》に号令をかけた。潜水艦同士の戦いは相手を先に発見した方が、圧倒的に有利である。自分に有利な態勢で、相手より先に魚雷を発射できるからだ。攻撃を受けた側は、取りあえずその魚雷を回避せざるを得ない。回避のためのほぼ唯一の有効な手段が、デコイである。

現代の魚雷は、自分で目標を捜索する能力を持っている。デコイはこの能力を逆用して、自身に魚雷を引き付けるために、潜水艦同様に走りながら、疑似音を発する。攻撃して来た魚雷がこの音を追いかけている間に、潜水艦は素早く針路を変え、逃げおおせるのだ。

「取舵《とりかじ》（左）一杯《いっぱい》」

花巻は魚雷から離れる方向を、操舵員に命じた。

「魚雷、八〇度変わらず、距離近づく」

切迫したソーナー員の声が、続いた。

「デコイ発射した、針路〇〇五度で航行開始」

デコイが、「くにしお」の元の針路で、走り始めたようだ。囮に食いついてくれ、と花巻は祈った。

「針路三〇〇度、左回頭中、何度まで廻りますか」

操舵員の山本二曹が、聞き返した。花巻は予想外の魚雷襲撃に冷静さを失い、取りあえず魚雷から離れる方向に舵を切っただけで、新たな針路を指示することを忘れていたのだ。

「二四〇度、宜候《ようそろ》」

花巻は脇《わき》の下に冷や汗をじっとりかきながら、下令した。

「二四〇度、宜候」

操舵員は舵を戻し、反対に舵を切り始めた。

「発令所、魚雷音六〇度、方位急激に変わり始めた、デコイの追尾を始めた模様」

ソーナー員の報告に、花巻はほっとした。

しかしそれも束《つか》の間《ま》、

「魚雷音、間もなく艦尾に入り、失探する」

花巻は魚雷の動きが確認出来なくなることに動揺したが、魚雷から離れる方向に旋回しているのだから、仕方がないと、思った。魚雷がデコイに食いついていることだけは確認出来たのだから、逃げ切れるだろう。

それにしても、三陸沖で、この攻撃は尋常ではない。一体どの国の艦からなのか。

「発令所、新たな魚雷音、艦尾方向、近い」

思いがけない二発目に、一旦《いったん》、弛緩《しかん》した判断力が瞬時に働かない。

「やられるぞ！」

五島船務長が、叫んだ。

「デコイ発射、急げ」

花巻が気を取り直して命じると、その声に重なるように、

「魚雷、近い、突っ込んで来る」

「近い、近い」

絶体絶命の叫びが、階下のソーナー室から聞こえて来る。花巻はパニックに陥り、

ソーナー・レピーター（モニター画面）を呆然《ぼうぜん》と凝視したまま、四肢が硬直した。

「敵魚雷、『くにしお』発令所に命中、哨戒長戦死」

突如、佐川副長の声がした。

訓練だったのだ。ソーナー室で、敵魚雷襲来を次々想定して、報告を発していた大もとは、副長だった。

「あーっ」

花巻は、声を漏らした。道理でこれほど危険が迫っているのに、艦長は姿を見せず、周囲の反応も今から思うと、切迫感に欠けていた。発令所の多くの乗組員には、予め《あらかじ》花巻の訓練と告げられていたのだ。潜水艦に根を生やしたような海千山千《うみせんやません》のベテラン海曹たちは、笑いを嚙《か》み殺している。

「哨戒長の対応、三十点」

五島船務長が、びしりと点数を下した。副長の佐川も、

「最初、デコイを発射し、舵を左に切ったことはいいだろう、しかし、魚雷に尻《しり》を向けたら、魚雷を誘引するデコイの効果が確認出来ないし、魚雷を発射した相手潜水艦を探知することも出来ない、一旦は失探しても、さらに回り込んで魚雷や相手艦を探知出来る針路を指示しろよ」

と指摘した。

「最悪なのは、反撃しなかったことだ、魚雷が飛んで来たら、まずその方向に反撃魚雷を撃てよ、そうすれば、敵潜水艦だって、悠々と二本目は送れなかったはずだ」

五島が、ずけずけと指摘した。花巻はただただ悄然《しょうぜん》とするばかりだったが、負けずぎらいな口元にやや不満の色を浮かべた。

「何か云いたいことがあれば、云ってみろ、これは訓練の場で、晒しものにしているわけじゃないからな」

佐川副長が、温厚な顔に戻り、促した。

「こんな重要なことは、潜水艦教育訓練隊では、教えられなかったように思います、潜訓《せんくん》でもっと……」

花巻が弁解しかけると、

「潜訓は基礎を教えてくれるが、それを実際に応用するのは、君たち幹部になる者の責任だよ、現実には予想出来ない緊急事態が多いのだ、その時、咄嗟に冷静な判断が出来なくては、お前は仕方ないとしても、部下は全員死ぬ」

その峻烈《しゅんれつ》な言葉と、幹部たる者の責任の重みに、花巻は自分の未熟を恥じた。

「あの……」

遠慮がちな声がした。教育実習のために乗り組んでいる、潜水艦教育訓練隊を出たての実習幹部だった。

「遠慮なく聞け」

「平時に潜水艦が魚雷を発射するなどという訓練は、不適切のそしりを免れないのでは……」

ニキビの跡が残っている顔に、戸惑いが浮かんでいる。

「安易に武器を使用するのは、許されないが、平時でも正当防衛は認められている、魚雷を撃たれても反撃せず、艦と乗組員を失う危険を冒せという方がよほど、道理に外れていると思わないか？」

佐川副長は、諄々《じゅんじゅん》と説くように云った。実習幹部は分かりましたと素直に、頭を下げた。

深夜零時過ぎ、花巻はようやく次の当直士官との引き継ぎを終え、第二士官室に戻った。入り口に細長いロッカー三本とデスク一つが申し訳程度に備えられ、その直ぐ奥に三段ベッドが横向きに並んでいる。花巻の最上段のベッドは天井まで二、三〇センチだが、唯一のプライベート空間で、そこに潜り込んだ時の解放感は格別である。だが、先ほどの訓練について思い返すと、いつものように直ぐには寝付けなかった。

どうしてもっと、臨機応変な処置がとれなかったのかと悔やまれ、自分は潜水艦乗りの資質に欠けているのではないかとさえ悩んだ。夢はもちろん艦長になることだが、七十数名もの乗組員を束ね、咄嗟の事態にも冷静な判断でその場を乗り切る力量が、自分に備わる日は来るのだろうかと考えると、不安が押し寄せて来る。

花巻は、もともと、格別の思い入れがあって海上自衛隊を志したわけではない。小さい時から単に川や海が好きで、高校時代はボート部に属し、早朝から日暮れまで、練習に励み、インターハイ出場を目指して部活に熱中する日々を過ごしていたのだった。

花巻の生まれは、愛知県豊田市である。父の勤務していた自動車メーカーの本社があり、高校までは地元で過ごしたが、大学は、理数系が得意であることから、国立の東都工業大学を受験しようとした。難関と云われ、合格は心許《こころもと》なかった。とは云え、浪人は出来ない事情があった。

父が、かねてよりブラジル・アイチ自動車の社長就任を要請されていたが、末っ子の自分が大学に入学するまではと、赴任を猶予《ゆうよ》して貰《もら》っていたのだった。それが翌春と正式に決まり、高三になった時、浪人は認めないと、云い渡されたのだ。夏前にはボート部を引退して受験勉強に打ち込まねばならなかったが、部活を辞められない訳もあった。悩んでいたその頃、先輩に勧められ、秋にまず試験がある防衛大学校を受験した。父が戦前の海軍兵学校出身だったことが、多少、影響していたのかもしれない。

防衛大学校も、理数系に強い生徒や、家庭の事情で他の大学に進学出来ない優秀な生徒が、学費の心配なく学べることで、全国津々浦々から挑戦して来、倍率の高さは有名国立大学に勝るとも劣らない。二校とも自信はなかったが、他の大学まで考えなかったのは、自分が器用に生きられない性格だと分かっていたからだ。ボート部は区切りのつくところまで活動し、以後、受験勉強は頑張ったつもりだった。その結果、防衛大学校には辛くも合格したが、東都工業大学は不合格だった。

十歳年上の銀行員の兄は、

「防大は、お前には向いてないだろう、一年くらいなら、父さんに云って面倒を見てやるよ」

と、浪人中の世話を引き受けてくれた。八歳年上の姉も既に結婚していたが、「朔ちゃんのような利かん気の甘えん坊には、自衛隊なんて、とても無理、来年まで待ちなさい」と、母親のように云ってくれた。

しかし、朔太郎は、兄姉に揃《そろ》ってそう云われると、逆に闘志が湧《わ》いた。

花巻の家は、父が元海軍軍人だったにもかかわらず、そういう家風を感じさせる雰囲気はまるでなかった。第一、父は軍人時代の話を一切、口にせず、母も、父との結婚が戦後だったとはいえ、戦争中の話に触れることを嫌った。父が四十二歳の時に生まれた子である朔太郎は、日本の高度経済成長期の中で育ち、戦争のことには、関心を持たずに過ごした。

だが、朔太郎には、兄や姉が知らない父の内面に触れている、という気持ちがあった。兄、姉が不在だった中学生の時、母の手伝いで探し物をしたことがある。あちこちの引き出しを探し、最後に座敷の床の間の横の戸袋を開けた時、文箱《ふばこ》を見つけた。この中かもしれないと蓋をあけると、古びた手紙の束に混じって、黄ばんだ封筒が目についた。中に四つ折りのタイプ紙が一枚入っており、文字が書かれていた。

櫻花《さくらばな》　散るべき時に　散らしめよ
枝葉に濡《ぬ》るる　今日の悲しみ

変色した万年筆の筆跡は、紛れもなく父のものだった。一体、これは何だろうかと、朔太郎は首をかしげ、幾度か読み返した。櫻花、散らしめよ——、趣味で作った短歌ではなさそうなことが伝わって来、見てはならぬものを見てしまったような恐ろしさにたじろいだ。もしや父は死を願って、この短歌を書いたのだろうか……。四つ折りのタイプ紙には、透かしの英語の文字が入っていて、日本のものではない気がした。

母に問いたかったが、父の過去になぜか触れたがらない態度を考え、敢えて何も聞かず、タイプ紙を元通り文箱にしまい直した。

父が、海軍少尉として真珠湾攻撃に出陣し、捕虜になったことは、聞き知っていたが、その時の気持ちを歌に詠《よ》んだのだろうか……。

櫻花　散るべき時に　散らしめよ

捕虜になった父の深い悲しみが込められているようで、朔太郎の多感な心にじんと響いた。このことは誰にも話していないが、戦争のことを一切、語らない父の底知れぬ深い闇のようなものが秘められていることは、想像出来た。

三人の子供の中で、一人、父の心の闇を垣間見《かいまみ》た者として、同じ道へ進むことは、もしかしてあの時から宿命付けられていたのかもしれない。そう思うと、朔太郎は、父に、防衛大学校へ入学することを、躊躇《ちゅうちょ》することなく報告出来た。

父は、そうかと顔色一つ変えず、頷いただけだった。

三段ベッドの一番上で、朔太郎は横になっていたが、今日はなかなか眠れない。テープにダビングしたピアノ組曲をヘッドフォンで聴いていると、ふと、足がわずかに下がる感覚を覚えた。

露頂するための準備が始まったようだ。「くにしお」は青森沖を航行しているはずだが、そろそろバッテリーへの充電のために、深度変換して海上にスノーケル・マスト(吸気筒)をあげる時間なのかも知れない。

魚雷訓練で失態を演じてしまったせいだろうか……。花巻は、ふと筧艦長の姿を思い描いた。

狭い潜水艦で個室を持っているのは、艦長ただ一人で、たとえ上級部隊の潜水隊司令や、群司令が乗艦することがあっても、艦長室や、士官室唯一の一人掛けの椅子《いす》は使えない。艦長は潜水艦の中で起きるすべてのことに直接、責任を負っており、上級部隊指揮官もその責任に敬意を払うことが伝統となっているからである。

「くにしお」艦長に着任して、筧勇次は半年になる。四十一歳の今、気力、体力に満ち溢《あふ》れ、当初「お手並み拝見」と距離を置いていた乗組員たちも、今では「うちのおやじに恥はかかせられない」という心意気に変わっている。

　操艦の腕前が抜群にうまいわけではないが、理論家であり、常に最新情報の収集に積極的だった。新型のＰ－３Ｃ（対潜水艦哨戒機）についても、「今後、空からの対潜能力がますます上がってくる、潜水艦乗りはその実態をしっかり理解しておくべきだ」と、この春、自ら段取りをつけて、花巻を厚木の航空部隊へ研修に行かせてくれた。

　Ｐ－３Ｃは音紋解析の能力を持ち、遠距離から敵潜水艦を探知出来る哨戒機である。また、赤外線探知能力を備えているため、たとえ潜望鏡を海中に下ろした潜水艦であっても、航跡を探知し、精密に位置を特定することが出来る。潜水艦とライバル関係にある航空部隊にとっても、こうして装備と戦術を惜しみなく開示した上で、意見交換し合えることは、いい刺激となっている。

　まだ水雷長にもならない花巻を、そうした研修会に派遣した上、「くにしお」が所属する横須賀の第二潜水隊群の戦術研究会で発表する機会も与えてくれた。この手の経験をさせてくれる艦長は、なかなかいない。要は何かにつけて、前向きの人物である。

将来、自分もそういう艦長になりたいと、花巻は心密《ひそ》かに願った。

花巻が横須賀市の走水《はしりみず》にある防衛大学校に着校したのは、今から九年前、一九八〇年の四月だった。キャンパスは東京湾を望む高台の上で、広大な敷地の東端に校舎があった。配属されたのは第一中隊だ。陸上要員中心の第一小隊と、海上要員中心の第二小隊で編成されており、一年生はそれぞれの小隊の八人部屋に二名ずつ入れられた。

花巻は第二小隊配置で、いずれの学年も二名ずつの構成だった。新入生には、〝対番〟という名の二年生の世話係が付き、防大の生活に慣れるよう、何事も懇切に指導してくれた。

対番に引率されて、身体検査をはじめ、種々の検査を受け、それらに合格すると、被服交付、さらに売店で生活用品を買い整えるにあたっても、親身に助言してくれた。グレーの作業服を渡され、着替える時は、喜ぶ者もいたが、花巻はごわごわした感触に何故《なぜ》か抵抗を覚え、故郷の豊田の家が恋しく思えた。

その夜、先輩たちがサイダーやおつまみを用意し〝部屋会〟を開いてくれた。部屋長である四年生の原田正《はらだただし》から、要員志望を聞かれ、花巻と一緒に配属された新入生は、

「北健吾《きたけんご》と申します、出身は徳島です、自衛隊には燃えるものを求めて入校しました、夢はパイロットです」

言葉通り、目を輝かせ、熱意を披瀝《ひれき》した。

「花巻、お前の夢は？」

原田が、いかつい顔で、花巻に聞いた。

「海上要員です、出来れば潜水艦乗りに……」

深い考えからではなかったため、言葉少なに小声で答えた。防大に進むことを決めてから、自衛隊のことを調べて行くうちに、潜水艦に興味を持った。写真集で潜水艦を見た時、心が昂《たか》ぶった。

高校卒業直後、東京の一般大学に進学する同級生と関東方面を旅行した際、横須賀の駅前から実物の潜水艦を見た時も、やはり心躍った。余分なものをそぎ落とした船体は、誰にも気付かれず深海に潜り、孤独な闘いを展開する……。潜水艦の不思議な形と、その行動に魅せられたのだった。

「見込みがある、実は俺も潜水艦志望なんだ」

原田は、俄《にわ》かに優しい笑みを浮かべた。

以来、話す機会がある度に、原田は潜水艦の魅力を語り、横須賀に停泊している潜水艦の見学に、伝手《つて》を頼って連れて行ってくれた。潜水艦の中は、外から見るよりも意外に広かったが、ありとあらゆるところに配管が走り、バルブの数の多さにも驚かされた。長身の花巻は、体を屈《かが》めなければ通れない箇所が幾つもあることに閉口しながらも、最新鋭の装置を備えた艦内の謎《なぞ》めいた雰囲気に好奇心をそそられ、潜水艦が一層、好きになった。

学科は物理学を専攻、語学は英語と中国語を取った。第二外国語に中国語を選んだのは、高校時代、教科書に出て来た「毛沢東」率いる中国が、文化大革命という理解し難い動乱を経て、どういう国になって行くのか、興味があり、今さら仏、独語でもないだろうと、直感的に思っただけのことだ。

一九八四年三月、防大を卒業すると、広島県江田島の海上自衛隊幹部候補生学校に入校。一年間、教育を受け、卒業と同時に三等海尉に昇任すると、練習艦隊勤務となって、国内巡航、次いで北米、中南米方面への遠洋航海に参加した。その年の十一月には、二十四歳で佐世保を母港とする護衛艦の通信士になり、一九八七年一月、二十五歳の時、晴れて呉《くれ》の潜水艦教育訓練隊幹部潜水艦課程に入校が認められたのだった。

この〝潜水艦乗りの故郷《ふるさと》〟と呼ばれる「潜訓」で半年間、座学と実習をみっちり叩《たた》き込まれ、課程修了後、横須賀を母港とする「くにしお」の実習幹部として配属された。

「くにしお」では、幹部のみならず、多くの海曹たちからも船体の構造、トリム・タンクの遠隔操作、油圧、電気系統の取り扱い、さらに魚雷と発射管、ソーナー、レーダー、通信機器等々、艦内のあらゆる装置の非常時にも対応する操作を教えられ、関連する規則も身に付けた。

実習幹部は艦内の図書や図面を利用しての自学が建前だが、分からないことは、ベテランの海曹に密かに教えて貰うことも度々あった。

潜水艦乗員として必要な知識と技能を身に付けたかどうかを確認する最終審査は、上級部隊である潜水隊の司令が行う。それまで実習幹部の育成に責任のある艦長は、花巻の顔を見るたび、ありとあらゆる質問を投げかけて来た。また艦の電源を喪失しても、必要なバルブの開閉くらいは出来て当然と、目隠しをして合戦（潜航）準備をさせるなど、徹底的に鍛えられた。

こうした試練を乗り越え、隊司令による最終審査に合格した実習修了の日のことは、生涯、忘れられない。

その日の午前八時、自衛艦旗掲揚のあと、総員集合がかかり、乗組員たちが岸壁に整列した。補給長が、

「只今から潜水艦徽章《きしょう》の授与が行われます」

と声を張り上げると、艦長が現われた。

花巻は、予め知らされていたから、真っ白い詰襟の幹部第一種夏服を着用していた。間近に歩み寄った艦長は、暫《しば》し慈愛に満ちた顔で花巻を見詰め、金色の鯱《しゃち》が向かい合っているデザインの徽章をトレイから取り上げると、夏服の左胸に、付けてくれた。

「おめでとう、今後の健闘を期待する」

夢にまで見た「ドルフィン・マーク」に、花巻は感激した。このドルフィン・マークこそが、世界中の海軍からサブマリナー（潜水艦乗り）として認められる証《あかし》なのだ。防大入校以来の長い道程に、感無量の思いで、胸に光り輝く徽章を撫《な》でさすっていると、

「花巻おめでとう！」

「ドルフィン・マーク、万歳！」

と云う声と共に、いきなり寄ってたかって、体が持ち上げられたかと思う間もなく、全身が宙に舞い、ざぶんと海の中に放り込まれた。晴れの門出を祝う、乗組員たち恒

例の手荒い祝賀だった。

　それは、一人前の潜水艦乗りへの、より険しい道のりの始まりでもあった。

＊

　出港六日目の午前四時四十分、「くにしお」は津軽海峡を通過した。

　台風は予想通りそれたが、小雨混じりの強風が吹いていた。軍事上の要衝である津軽海峡は、領海の幅が、通常一二海里まで許されるところ、三海里と定められ、外国艦船の通過も可能な特定海域で、実際、核兵器を搭載した外国の軍艦が通過することもある。

　また西から東に流れる潮流は、ところによって時速七キロメートルになるほど速く、斧《おの》の形をした下北《しもきた》半島の刃の上端にある大間崎《おおまざき》の沖で大きく屈曲する。

　この海峡を潜航したまま安全に通航するためには、潮流に押し流されて、浅い海底に衝突しないよう、時々、露頂（潜望鏡などを海面上まで上げる）して、艦位を確認する必要がある。

　ただし、露頂しても、行き合う船や操業中の漁船に見つからないよう、潜望鏡は白波をたてない程度に低くし、速力を落とさなければならない。加えて、西に向かう航路は潮流に逆らうため、電池の消耗も甚だしくなり、一層、骨の折れる作業となる。

筧艦長は、津軽海峡東口、尻屋崎《しりやざき》沖の浅所にさしかかる前から、大間崎を過ぎるまで、発令所の海図台前に座って、哨戒長たちの動きを見守り、必要な指示を出していたが、比較的平穏なところになると、後を副長に委《ゆだ》ね、仮眠を取るため、艦長室に戻った。

だが、西側の白神岬《しらかみみさき》と竜飛崎《たっぴざき》の間の狭い海峡を通過する際には、筧艦長は僅《わず》か一時間余の仮眠から起きだし、再び発令所で指示したり、白み始めた海上の目標を、自ら潜望鏡で確認したりした。多くを語らずとも、その存在だけで哨戒直員たちは緊張感を保ち、気合いが入る。

「くにしお」が半日以上をかけて、津軽海峡を完全に西に抜けた時、横殴りの雨はいつしかあがっていた。薄墨色の空が茜色《あかねいろ》に染まり、陽《ひ》がぐいぐいと上り始めたが、深く潜航した「くにしお」に、その神々《こうごう》しい光明が届かないのは、惜しくもあった。

その頃、花巻は眠りから覚めた。士官室係に起こされる前に、音を立てないよう、三段ベッドの段梯子《だんばしご》をそっと下り、さすがに今日は洗面した。壁に取り付けられた半球型の折りたたみ洗面台を引き出し、僅かの水を溜《た》め、使う。二年前、実習幹部として乗艦した初日に、洗顔していると、古参の海曹から「花巻二尉、何をされているのですか」と厳しく咎《とが》められた時のショックは忘れられない。

潜水艦では、真水は海水を蒸留して作る。その熱源である電池の減りを少しでも防ぐため、シャワーの回数も三日に一度あれば良しとしなければならない生活が、もう当たり前のようになっていた。

スニーカーでリノリウム張りの床を音もなく歩くのも、コツがある。潜水艦はいわば海の忍者だ。自ら音を発するのは厳禁である。

静かに深く潜航して、不審な音を数十キロ以上離れた場所からでも拾い、そこに忍び寄って、音源を確認する。それが国家に危害を加える危険性のある艦船等であれば、上級司令部に報告する。このいわゆる警戒監視が、平時における潜水艦の最大の任務である。

日本の周辺海域では、諸外国の不審船が出没する頻度が年々、高まりつつあるが、太平洋、オホーツク海、日本海から東シナ海に至る日本周辺の広範囲の海に長期間潜り、警戒の目を光らせているのは、海自が擁する全十六隻《せき》の内の概《おおむ》ね三分の一に過ぎない。他の三分の一は修理などに出ており、もう三分の一は基本トレーニングに当たっているのだ。

「おはようございます」

花巻は、幹部の会議室であり、食堂でもある士官室に入り、先に着席している先輩たちに礼儀正しく挨拶《あいさつ》した。背もたれのついた長椅子の座面の下は引き出しとなっており、様々な書類が収納されている。潜水艦に、余分な空間はないのだ。

テーブルの上にはバター、マーガリン、各種ジャム、紙パック入りの牛乳などが置いてある。程なく花巻の前にスープとハムを添えたサラダが、士官室係の海士によって運ばれて来た。

士官室の端は、何の仕切りもなく、そのまま通路になっており、時折、乗組員たちが行き来する。

「花巻二尉、咄嗟《とっさ》魚雷戦《ぎょらいせん》では、散々だったな」

これから当直なので、早く目覚めたらしい中筋徹《なかすじとおる》水雷長が、食パンを千切りながら笑った。花巻より一期先輩の一尉だ。艦内一、大柄で、大食漢だが、いささか気が小さいのが玉に瑕《きず》だった。

「お恥ずかしい限りです、いざとなると、瞬時の判断がああも出来ないものかと、悩みました」

「何事も、はじめから出来たら、俺たちは先輩面《づら》してられないよ、悩んだ割には、あの晩はよく寝ていたじゃないか」

茶化すように云うと、一同もくすくす笑った。

「いえ、反省しきりで、私は潜水艦乗りには向いていないのではないかと、なかなか寝付けませんでした」

「へぇぇ、俺が少し慰めてやろうと、声をかけに行ったら、カーテン越しに軽いいびきが聞こえていたけどな」

「そうですか……、悩みすぎて疲れて、つい、うとうとしてしまったのでしょうか……」

花巻が、殊勝げに首をかしげると、

「そんなことは知らんよ、ただ、いつまでも失敗を引きずっている神経の細い不眠症の奴など、潜水艦乗りからすぐ外されるものな、その点、花巻は俺なんかより相当図太いよ」

中筋水雷長は、本気とも、冗談ともつかぬ口調で云った。

やや遅れて、同じく次が当直の機関士、長門剛二尉が挨拶し、花巻の横の席に着いた。

「おい、聞いたよ、結婚が決まったそうじゃないか」

船務長の五島一尉が、牛乳の紙パックを取りながら、声をかけた。同席者の目が、ほぅと、長門二尉に集中する。

「そう云えば、最近、妙に嬉《うれ》しそうだよな、相手は例の五井商船の船長の娘さん？」

「はい、この航海が終わった時にご報告をと思っていましたが――、ついこの間、相手のご両親から、どうせ結婚するなら、式の都合もあるし、夏休みにと云われたものですから」

端正な顔に、はにかみを浮かべ、やや改まった口調で一同に報告した。

「それはおめでとう、親が海運関係なら少しは安心だ」

「そう願っています、普通の家庭の女性に潜水艦乗りの生活を理解しろと云うのは、難しいですからね」

長門二尉は、スープを前に照れた。

狭い艦内で生活を共にする乗組員たちは、仲間意識が強く、自然と各自の家庭環境、健康問題、悩み事などが共有される。特に結婚に関しては、女性との出会いが少ない職業だから、司令部の上層部はもとより、出入りの保険会社のおばさんに至るまで、広く網を張って、いい相手をと心配してくれる。

「民間の船員だって、われわれ潜水艦のことは理解しづらいらしいよ、もしも、婚約破棄されたら、今度は俺が面倒をみてやるから、遠慮なく相談してくれ」

結婚後、二度目の航海から帰ったところ、新妻が置き手紙を残して故郷に帰ってしまっており、連れ戻すのに三ヵ月かかったという中筋水雷長が、我がことを棚にあげ、親身に云った。家族にも、何処《どこ》へ行くのか、いつ帰って来るのかさえ、職務上の秘密で、漏らすことが出来ない潜水艦乗りは、ようやく伴侶《はんりょ》に巡り会えて結婚出来たとしても、新妻泣かせの職業であることに変わりはない。

花巻はコーヒーをがぶりと飲みながら、

「遂に後輩にも先を越され、僕も〝セブンスター〟の仲間入りかなあ」

と嘆息した。なかなか結婚相手と巡り会えず、独身のままの艦長もいるほどで、「くにしお」の適齢期ぎりぎりの乗組員七人は、〝セブンスター〟と、タバコの銘柄をもじって揶揄《やゆ》されていた。長門機関士は同じ二尉だが、年齢的には一つ歳下《としした》である。

「花巻は女性にはこだわりが強そうだから、結局、自分で選ぶことになるだろうな」

度々、見合いを勧めても、首を縦に振らない経緯があったから、先輩たちの世話は、遠のきつつあった。

「冷たいですねえ、僕に生涯、独身の道を歩めと云うのですか」

「ミスターくにしおが、情けないことを云うな、そのうち、天使が舞い降りてくるさ」

中筋水雷長は飲み会の席で、何かの拍子に、艦一番のハンサムでもなければ、キャリアが長い訳でもない花巻のことを、〝ミスターくにしお〟と呼び、以来、乗組員一同にまでからかい半分、そう呼ばれるようになった。当座は恥ずかしくて抗議していたが、そのうち本物のミスターが乗って来るだろうと、大人げない抵抗をやめると、ミスターの呼び名がそのまま定着してしまったのだ。

中筋がたち去ったあと、

「酒があれば、祝杯を挙げてやれるのに」

花巻は長門の婚約を祝ってやりたかったが、艦内はアルコールご法度だから、乾杯はしてやれない。

「せっかくですが、ご承知のように下戸ですから」

長門二尉は、フォークにハムを巻き付けながら、幸せそうに頰笑んだ。

食後、花巻は艦首下層にあるソーナー室（水測室）に向かった。ハッチを通って、海曹たちの居住区に入り、ベッドの間の狭い通路にある床板を静かに開くと、ステンレスの梯子を使って二メートルほど下のソーナー室前に降りた。これこそが、「くにしお」の目と耳とも云える部屋だった。

ソーナー室の軽い防音ドアを開くと、照明を落とした部屋には、防音用に分厚いカーペットが敷き詰められている。中央には深緑色のブラウン管と帯状の紙を巻き上げる記録器、左には音圧レベル計と回転式の選択スイッチを備えた機器がある。そこでヘッドフォンを付けた三人のソーナー員が、カーソルを動かしたり、選択スイッチを操作したりしている。

花巻が声をかけるタイミングを測るように佇《たたず》んでいると、気配に気付いた犬丸《いぬまる》二曹が、ブラウン管から振り向いた。

「あっ、船務士、どうされたんですか」

「先日、貸して貰ったカセット・テープを、返しに来たんだけど」

「聴かれました？　あのピアニシモの感情豊かで繊細なタッチ、堪《たま》らないでしょう？」

数々のコンクールの賞を総なめにしたフランスの若手ピアニストのテープだった。

「さすが、犬丸二曹の耳はわれわれと違うね、魂がふやけそうになった」

花巻は礼を云い、カセットをソーナー・コンソールの端に置きながら、

「咄嗟魚雷戦では、よくもあんなに切羽詰った声で、騙《だま》したな」

と肩をこづいた。「魚雷、近い、突っ込んで来る」と真に迫った絶叫で、どれだけ狼狽《ろうばい》したことか。あの時は、佐川副長のシナリオで、このソーナー室から、魚雷が襲来して来る様を実況していたのだった。犬丸は「ウッヒヒッ」と思いだし笑いを嚙み殺した。

二十九歳の犬丸二曹の経歴も、特殊である。中学を卒業すると、直ぐに海上自衛隊の少年術科学校に入隊し、四年間、ソーナーを中心とした多くの教育と訓練を受け、潜水艦部隊に配属、約十年の経験を持つ。隣りの貝塚《かいづか》一曹は高校卒業後、海上自衛隊に入り、やはりソーナー一筋の経験豊富な水測員長である。実習幹部時代から、花巻はしばしばソーナー室を訪れては、音を聴かせて貰っていた。電波の届かない海中では、ソーナーが外界の状況を知るほぼ唯一《ゆいいつ》の手段だからだ。

「発令所、ソーナー、西からまた雨が近づいて来た、今のところ、探知状況に大きな影響はない」

貝塚一曹は監視系の記録器に影を落としはじめた雨の音を、ヘッドフォンでも確認

しながら、報告した。二人のようなベテランになると、プロペラ音を聴くだけで、軍艦か、タンカーか、漁船かが瞬時に区別出来るだけでなく、回転数から速度まで計算出来るという。

「花巻二尉、聞こえますか？」

犬丸二曹がヘッドフォンを渡してくれた。花巻は耳を澄ました。トントントンと金槌《かなづち》で船体をうつような音が聞こえて来る。花巻は目を輝かせた。

「カニ？　海老《えび》？」

犬丸は首をかしげ、

「もしかして、カーペンター・フィッシュかもしれませんよ」

「それ、どんな魚だっけ」

「昔のアメリカの潜水艦乗りがその音から、大工を連想して、名付けた魚です、音を聴くことはあっても、誰も姿形を見たことがない幻の魚ですよ」

そう云えば、そんな話を聞いたことがある。

実習幹部の時、鯨が愛を囁《ささや》きあっていますす、と四国沖で云われ、聴かせて貰ったこともあるが、そんなロマンチックな音には、聞こえなかった。

だが、日本海は、いつまでも空想を楽しんではいられない、何が起るか予測不能の海域だった。

*

水平線がほのかに明るみ始めた秋田沖に、夜の漁から港に帰って来る船が、淡いシルエットとなって、浮かびあがった。

船の大きさはいずれも一〇〇トン未満と小さく、大漁旗は上げていない。ブリ、アジ、イワガキなどが捕れるシーズンだが、極端に漁獲の少ない日がある。秋田漁協所属の船では、三人の漁師が憮然《ぶぜん》とタバコをふかしていた。

「昨日、出かける時、闇《やみ》さ紛れて漁場方面から離れて行く、見かけねぇ船影があったべ、ありゃ、お隣さんちの密漁船に違いねぇ」

「おらがたが行く前に、総ざらいだもんな」

「これだば、自分の国の魚がよそ者に横取りされて、おらがたはこの先、漁師をやっていけねぐなる、こんな馬鹿な話があるか！」

「海上保安庁の巡視艇は、西日本の海には熱心だけんど、ここいらあたりの海には被害が少ねぇからって、ろくに見回りにも来てくれねぇ」

　口々に、ぼやいた。

「ほれ、あの浮輪に書いてあるのは、朝鮮の文字だ」

　暁の海に漂流している浮輪を指さし、腹立たしげに云った。

「この冬のズワイガニ漁はさんざんだったな、海底にズワイガニ籠《かご》が絡《から》まって、みんな死んでるいう通報があって、漁協の調査船で調べたら、やっぱお隣さんの国の密漁船が置き去りにしたもんばかりで、餌《えさ》を求めて入り込んだ他の魚も籠から出れねぐなって、全滅したらしい」

「魚だけじゃねぇよ、最近は、漁船に見せかけたおんぼろ船に、麻薬を潜ませた密輸船も行き来してるべ」

「それに工作船とかスパイ船とかいうもんも、うろちょろしてるべ、きれいで、静かだったおらがたの日本海が与太者どもに荒らされて、この先、ここいらは警察の力が及ばん無法地帯となって行くんだべか、おっかねぇやら情けねぇやら」

　不満と不安を滲《にじ》ませた。

同じ頃、航海七日目に入った「くにしお」は、秋田県男鹿《おが》半島の沖合一〇〇キロを、深度一〇〇メートルで航行していた。

今朝の日本海は波静かで、初夏とは云え陽が照りつけると、海表面と水中深くでは、温度差が大きくなる。そうなると、水上を行く艦船はすぐ近くに見えているのに、音は聞こえないという潜水艦乗り泣かせの状態になる。自然現象とは、恐ろしい。

「そろそろ始めるか」

筧艦長は自ら海図台の傍《かたわら》にたち、艦位を確認しながら、呟《つぶや》いた。直《ちょく》の哨戒長《しょうかいちょう》は五島一尉だった。

「了解しました、私もこの季節、この辺りの海域で、暫く音波伝播《でんぱ》調査のデータを取っていませんでしたから、やりたいと考えていました」

打てば響くような素早さで、応《こた》えた。

筧艦長は後は任せるというように、艦長室に退いた。こうした定常的な作業に、艦長がいちいち立合うことはなく、むしろ出来るだけ哨戒長に権限を委ね、乗組員たちが自主的に考えて、行動するように仕向けているのだ。

音波の伝わり方は、その海域の水温、塩分濃度などによって、微妙に変化する。そうしたデータを取っておくことは、潜水艦にとって必要不可欠な仕事だった。

発令所、ソーナー室などの直の乗組員たちが態勢を整えると、

「XBT（投下式水温水深計）発射用意！」

五島哨戒長は大声で命令を発した。艦首のソーナー室から、復唱があった。発射はソーナー員が行うのである。この命令により、ソーナー室から、一人が急いで艦尾方向の電動機室に走った。

「発射用意よし」

電動機室のソーナー員の声を、発令所の電話員が中継すると、哨戒長が、

「XBT発射、用意、テー（撃て）」

と命じた。電話員の中継で、電動機室のソーナー員が、水圧発射スイッチを押した。

小型魚雷に似た形のXBTは一旦《いったん》、海面まで上昇した後、海底に向かって沈み始めた。ワイヤーを付けているから、海底に着くか、あるいは途中で切れるまで、水深とその温度が、ソーナー室の記録器紙面にグラフとなって表示されて行く。

ソーナー員の貝塚一曹はそのグラフを見て、水中の音波伝播状態を把握し、音が届きにくく隠れやすい深度や、反対に音が届きやすく捜索が容易な深度などを直ちに計算し、図を作成して行った。

「ソーナー、発令所、全没状態の潜水艦を捜索するための最適深度は、どのあたり

だ」

五島哨戒長が、聞いた。

「発令所、ソーナー、この計算結果からすると、深度二〇〇メートル付近が最適かと思われます」

「了解、発令所」

そこで五島哨戒長と貝塚一曹との交話は一旦、止《や》んだが、暫くして再開された。

「ソーナー、発令所、これより二〇〇に入って全周精密捜索を行う」

哨戒長が下令した。

「発令所、ソーナー、了解」

次いで、哨戒長は操舵員《そうだいん》の後ろにたち、ベテランの先任海曹である潜航指揮官に、

「深さ二〇〇」

と下令する。

潜航指揮官は、左舷《さげん》側の操舵席で操作している山本と田代の二人の操舵員に、

「深さ二〇〇、ダウン三度」

と下令した。

操舵員の山本武男《たけお》は北海道のど真ん中の富良野《ふらの》出身である。民間航空機のパイロッ

トを目指して、高校卒業後、まず海上自衛隊入りし、航空技術を学んでからの転身を目論んでいた。山本に限らず、自衛隊入りする者にとって、高給取りの民間航空会社の花形パイロットは魅力だ。そんな山本だが、入隊教育中に潜水艦を見て虜《とりこ》となり、空中から水中に、ころりと宗旨変えしてしまった変わり種である。

体の重心を僅かにかけるような自信に満ちた手つきで、山本が潜舵ハンドルを前に押すと、横舵《おうだ》を担当する隣の田代が姿勢角を三度にした。それに従い、「くにしお」は徐々に深度を下げていった。

深度計の目盛りが動いて行くのを見詰めながら、山本操舵員は「深さ一六〇」「深さ一七〇」と、読み上げて行く。深さ一八〇まで来ると、潜航指揮官が、

「前後水平」

と下令した。山本たちは姿勢角を戻しつつ、二〇〇メートルをオーバーシュート(超過)しないように、少し手前で潜舵を戻し、さらに上げ舵を取って、潜入の勢いを止め、丁度のところで、

「深さ二〇〇」

と報告した。

「前進微速」

五島哨戒長が命じた。航走雑音を抑えて、捜索するためだ。四ノット（時速約七キロ）に近づいたところで、

「ソーナー、発令所、全周精密捜索始め」

と命じた。ソーナー室から復唱があった。

五島は、発令所天井付近に設置されている直径三〇センチの円形ブラウン管モニターを見上げて、捜索の状況を見守った。濃緑色のブラウン管に、様々な音を示す白っぽい輝点が尾を引いて流れて行く。

水中を伝播する音は、空気中より遥《はる》かに早く、また遠くまで届く。このため、光も電波も役立たない水中では、唯一の有効な捜索手段である。

「発令所、ソーナー、S《シエラ》（ソーナー探知目標）一三三《ヒトサンサン》、方位変わらず、遠距離、遠ざかる商船、S一一九《シエラヒトヒトキュウ》、三二六度、方位僅かずつ右に変わる、北上する商船——」

貝塚が、報告を続ける。

「発令所、ソーナー、不明音探知、二二度感一《ヒト》、かすか、あれ？　これは新目標、S《シエラ》一四〇《ヒトヨンマル》とする」

潜水艦の目であり、耳であるソーナー員の声に、俄かに緊張感が走った。

五島の傍にいる花巻は貝塚たちソーナー員が尋常でない何かを捕捉《ほそく》したのではない

かと直感し、神経を研ぎ澄ました。他の乗組員たちも同様だった。


ソーナー室で貝塚と犬丸は身を硬くしていた。

「このくぐもった音、通常は聞かないよな」

「気になる音ですね、でも、どこかで聞いた覚えが……」

「もしかしてソ連の原子力潜水艦じゃないか」

「あっ、そう云えば……、以前、潜訓の聴音訓練で聴いたサンプルがこんな音でした、直ぐ調べます」


電動機室から戻っていたもう一人の若いソーナー員も交えて、三人の意見は一致し、直ぐにローファーグラム（目標の音の周波数成分を調べる操作画面）で、音紋解析にかかると同時に、

「発令所、ソーナー、S《シエラ》一四〇、ソ連原潜の可能性あり」


貝塚一曹が努めて冷静に、報告した。


全周精密捜索中、滅多に出遭うことのないソ連原潜らしき存在をたまたまキャッチしたことで、発令所は緊張に包まれる。

「艦長に報告」

「戦闘無音潜航、発射管制関係員配置に着け」

次々と哨戒長が命じ、花巻は作図指揮官の配置に着いた。

「操舵員、以降、ゆっくり舵《かじ》を取れ」

「了解」

「運転室、以降の速力変更時の回転数変更は、極めてゆっくり行い、間違ってもキャビテーションを出すなよ」

スクリューの回転が急激に変化することによって生じる泡の音を出さないように、指示した。

艦内の交話は、艦長室にすべて聞こえるシステムになっているから、筧艦長は呼びに行くまでもなく、姿を現わしていた。副長の佐川も、とっくに傍で耳をそばだてている。

艦内各所からの報告を聞いていた油圧手《ゆあつて》が、

「戦闘無音潜航よし」

と、艦内の静粛性レベルが一段高くなったことを報告した。

緊急時とあって、ソーナー室から貝塚が上がって来、筧艦長に、

「グラム（音紋）を見ると、リダクション・ギア（減速装置）の信号を出しています、

給水ポンプのものらしい信号も出ていますので、まずソ連の原子力潜水艦に間違いないと思います」

と報告した。筧艦長は、静かに頷《うなず》いた。

「面白いな、滅多に出遭えぬ幸運だ、近接態勢にあるので、このまま近づいて、航走音録音が間違いなく出来るように、再確認しておいてくれ」

「了解しました」

貝塚一曹は、かすかに頬を紅潮させて下りて行った。

「哨戒長、貰《もら》うよ」

筧艦長は、以後、自分が直接、艦の指揮を執ることを、明言した。

「船務長、このまま近づいて相手の艦尾に回り込む、近づき過ぎるようなら知らせろ」

次いで、筧は潜航指揮官に、深度は五〇メートル程度なら違っても構わない、暫《しばら》くトリム・ポンプは動かすな、舵は最小限に動かせ、ソーナー、スクリュー音が聞こえたら、近づき過ぎだ、僅かでもその兆候を摑《つか》まえたら、直ぐに知らせろ、と矢継ぎ早に指示を出した。

戦闘無音潜航となったため、音を出さないように、交話は、マイク・スピーカーではなく、すべて無電池電話を装着した電話員を介して行う。非番の乗組員たちはむろんのこと、次の当直の乗務員たちもベッドで横になり、じっと息を潜めた。ましてトイレの使用など厳禁である。雑音の発生を抑えるためだ。

指揮管制装置のディスプレイを凝視していた五島が、

「S《シエラ》一四〇、方位さらに右に変わり、二八度、かなりこちらに近づきつつあります、概略針路一六〇度」

と報告すると、副長の佐川も、

「このままではCPA（最接近距離）が近くなり過ぎる可能性があります、もう少し離してはどうでしょう」

と進言した。筧艦長は頷き、

「取舵一〇度、三〇〇度、宜候《ようそろ》」

と下令する。山本操舵員は慎重に取舵を取り、「くにしお」はゆっくりと左回りに回頭を始めた。その様子を確かめながら、筧艦長は、

「特別無音潜航」

と命じた。

「くにしお」はさらに静粛な状態になって、かすかな通風機の音さえ止まった。発令

所の空気はじりっとも動かなくなった。緊迫の度合いがいよいよ高まった。

「S《シエラ》一四〇の航走音記録始め」

艦長が下令すると、ソーナー室でテープ録音機が音もなく回り始めた。

張り詰めた空気と、通風機を止めて室温が上がったことで、一同、額に汗が滲む中、艦の針路が三〇〇度となった頃、ソーナー室から、

「信号音、わずかに周波数低下、CPA（最接近距離）付近に到達したものと思われます」

と、報告が入って来た。

ソ連原潜の方位は急激に右に変わり、CPA付近であることが窺《うかが》えた。

「面舵《おもかじ》、一〇〇度、宜候《ようそろ》」

筧艦長が命じた。相手との距離をあまりあけずに追尾する、という思惑である。

花巻は、自分の心臓の音まで聞こえるような気がした。米ソ冷戦下、両国間には壮絶なつばぜり合いが繰り広げられ、その結果、いくつもの潜水艦同士の衝突事故が発生しているという……。

「S《シエラ》一四〇、九〇度、方位さらに右に変わる」

ソーナー室からの報告に、筧は頷き、

「回り込んで相手の艦尾についたところで、時期を見て司令部に報告する、船務士、探知報告を起案してくれ、機関士、的速（相手艦の速力）が分かったところで、現在の電池残量から追尾可能な時間を出してくれ」

自信に満ちた声で、冷静な命令をよどみなく出し続けた。

最終的にソ連原潜が一六五度、五ノット（時速約九キロ）で航行していることを把握し、「くにしお」は艦尾方向から少しずつ、位置を変化させながら追尾を開始した。

花巻は自衛艦隊司令官、潜水艦隊司令官宛《あ》てに、ソ連原潜探知の事実、その針路、速度、位置、追尾中であることなどを記した電文を作成し、艦長の了解を得ると、いつでも発信出来る態勢を整えた。

筧艦長は、必要な録音が出来たことを、ソーナー室に確認すると、速力を落とさせ、相手艦に気付かれないように、少し距離を開けてから露頂を指示した。司令官への暗号電報は、海面すれすれの位置まで深度を浅くし、海面上に出した通信アンテナから電波を飛ばす。

一旦、露頂した「くにしお」は再び全没し、更にソ連原潜を追尾した。

やがて音紋解析から、ソ連原潜はＮＡＴＯコードネーム「オスカーⅡ」であることが、判明した。米空母を攻撃するために設計された、水中排水量一万八〇〇〇トン

——「くにしお」の約六倍の巨大な巡航ミサイル原潜である。その原潜がどんな目的でこの日本海に潜航しているのか、定かではないが、半日間、息を潜めるようにして追い続けた。その間、乗組員の食事はすべて缶詰とし、トイレの使用も制限された。「オスカーII」はその動きからして「くにしお」の追尾には気付いていない様子だった。だが、もし危害を加えかねない不審な行動があれば、直ちに警告を発することで、日本の高い対潜水艦能力を知らしめ、容易に不法行為が出来ない事実を示さねばならない。それが、抑止力となるのだ。

半日近くの追尾にもかかわらず、ソ連原潜の日本海潜航の目的は掴めなかった。

「発令所、電動機室、現在の速力で電池残量あと三時間です」

長門二尉の報告を、無電池電話で受けた電話員が、艦長に伝えた。

ちくしょう！　花巻は歯ぎしりした。ソ連の原潜は艦内に原子炉を持ち、自ら発電出来るため、半永久的に航行可能だが、日本の電池式では限りがある。長時間潜航が可能な潜水艦開発の必要性を、今ほど痛切に感じたことはなかった。

「オスカーII」の目的が単に日本海を通過するだけでないことは、五ノットという原潜にしては遅過ぎる速度からして、はっきりしている。筧艦長ですらソ連原潜と出遭うことなど、滅多にないチャンスと云っていただけに、徹底的に追尾し、手の内を掴んでみたい。

本当は、スノーケル・マストを出し、ディーゼル・エンジンを起動して電池の充電をしなければならないところだが、大きな音が出るので、たちまち探知されかねない。そうなれば最高速度三〇ノット（時速約五六キロ）の猛スピードで撒《ま》かれてしまうだろう。証拠を消すために、「くにしお」に魚雷をぶち込んでくるかもしれない。そうなれば、七十四人の乗組員もろとも、艦は轟沈《ごうちん》するだろう。

深海に沈んでしまえば、証拠となるソ連魚雷の痕跡《こんせき》を確認することは難しく、原因不明のままとなる可能性は大きいだろう。

実習幹部の二名は、ソ連原潜発見当初の興奮もどこへやら、体を寄せ合い、凍りついている。

三度目の交信をした際、交代時間を指定され、あとは対潜哨戒機P－3Cでの追尾に切り替えよとの命令が来た。悔しいが、従わねばならない。

花巻は筧艦長の表情をそっと窺ったが、追尾中と変わらぬ淡々としたものだった。艦長とはかくあるべきなのか――。

「くにしお」は交代時間直前、「オスカーⅡ」に気付かれないよう、深度二〇〇メートルから無音で潜望鏡深度に露頂し、アンテナをたてた。

花巻がＵＨＦ波で航空機を呼び出すと、応答があった。哨戒長の任についていた小野田機関長が、

「艦長、Ｐ－３Ｃが飛来します」

と報告した。筧艦長は頷いて、時計を見た。十四時五十分だった。

花巻はＰ－３Ｃの誘導のために、規定の周波数で交信を始めた。

「フェザーライト（Ｐ－３Ｃ）、ドルフィン（くにしお）、サイテッド　ユー　ベアリング１６３　オーバー」（航空機、こちら潜水艦、貴機を視認した、方位一六三度、どうぞ）

花巻の連絡で「くにしお」の位置を知ったＰ－３Ｃは、低空飛行して来ると、

「ナウ、オン　トップ」

「くにしお」の真上を通過したことを、伝えて来た。花巻がソ連原潜の位置を通信すると、自らもその位置を把握したＰ－３Ｃは、潜水艦捜索用のソノブイ（対潜水艦用音響探知ブイ）の敷設《ふせつ》を開始した。

ソーナー室では、Ｐ－３Ｃが投下したソノブイが着水する音を捉《とら》えていた。「オスカーⅡ」が注意深ければ、この着水音を探知して、目下の行動を断念し、多分、母港のウラジオストックに向けて、去って行くだろう。

「くにしお」の乗組員たちは一刻たりとも気が抜けなかった長い追尾に、疲れきっていた。だが、無事に任務を引き継いだことに安堵《あんど》し、任務を達成できた歓《よろこ》びが、艦内の隅々に波紋のように広がった。

やったぞ！　花巻は心の中で快哉《かいさい》を叫びながら、哨戒長、操舵員、油圧手たちと目と目で喜びを分かち合った。自分の存在を終始隠したまま静かに任務を達成することこそが潜水艦乗りの醍醐味《だいごみ》だった。

「花巻二尉、やりましたね」

先ほどまで、蒼白《そうはく》だった実習幹部たちも、目立たぬようにガッツポーズをして見せた。

「あとは航空部隊に任せよう、皆、ご苦労さん、元の任務に復帰する」

筧艦長は一同の高揚した様子をにやりと眺め、後は何事もなかったかのような平静さで艦長室へ踵《きびす》を返した。

「さすが艦長、沈着だねぇ、いよいよボスの様《さま》になって来た」

一同はその後ろ姿に、賛辞を送った。

＊

一ヵ月ぶりに勤務が明け、花巻朔太郎は横須賀市上町《うわまち》のアパートまで徒歩で二十分かけて帰った。途中、上り坂があるが、狭い潜水艦の中の生活が長いため、足腰を鍛えるには丁度いい距離だった。

二階建ての上の階が、朔太郎の部屋である。八畳ほどのワンルームの窓を開けると、さーっと風が吹き込み、澱《よど》んでいた空気と入れ替わって行く。

何はともあれ、Tシャツにジャージーのパンツに着替えると、まず大きなバッグに入れて持ち帰った勤務中の汚れ物を、洗濯機に放り込んだ。作業服上下三組、つなぎ二着、肌着とソックスそれぞれ十二、三枚など、一回の洗濯では到底、済まない量である。自分では気付かないが、長期間、潜水艦に乗っていた潜水艦乗りたちからは、ディーゼル・オイルと艦内の生活臭がまざった臭い《にお》——ディーゼル・スメルがするらしく、電車やバスで隣り合わせになった客たちは、密《ひそ》かに息を止めて、席から離れて行くことがあるようだ。

独身の朔太郎の部屋は比較的整頓《せいとん》されている。一年のうちの半分以上を留守にする潜水艦乗りたちは、別の艦に勤務している者同士、部屋の用心や郵便物の処理、家賃の節約などを理由に一つの部屋を借り、共同で住む場合が多い。朔太郎も以前は気の合う同期生と部屋を借りていたが、相手が呉の第一潜水隊群へ異動になり、引っ越して行ってからは同居者を断り、一人で暮らすようになった。

早く結婚したい気持ちはある。朔太郎の給与は、俸給二十二万六千四百円、乗組手当九万五百六十円、航海手当一万二千四百二十円、手取り約二十五、六万円。陸上勤務の同期生より高いのは、航海手当の他に俸給の四割もの潜水艦乗組手当という、いわば危険手当が上乗せされているからである。家庭を持っても、十分、やって行ける収入だが、長期の航海から疲れて帰って来ると、暫くは誰にも煩《わずら》わされず、好きに過ごしたいというのも本音だった。

質素な部屋にはやや不似合いな高価なステレオがある。電源を入れると、いきなり早口のアメリカ英語のトーク番組が流れてきた。ラジオの周波数をいつもＦＥＮ（極東ネットワーク）に合わせているからだった。ＦＥＮはアジアに駐在する米軍人向けの放送で、リスナーからのリクエストに応じて五〇年代の名曲から最新のヒット曲までを幅広く流す。また、大統領の重要な演説や為替レート、気象予報、部隊の動向なども随時、放送される。

横須賀の第二潜水隊群は米軍基地内に位置している関係上、米海軍との連絡は多く、また、海上自衛隊自体が米海軍と共同して行動することを前提としているから、英語にはなるべく親しむように心がけている。そのために、朔太郎は英会話を米軍将校の夫人に習って、一年になり、そこそこの日常会話ならこなせるようになっていた。

冷たい缶ビールを飲みながら、スピーカーから流れるビリー・ジョエルの歌に合わせて口ずさみ、二回目の洗濯機を廻していると、電話が鳴った。三期先輩の原田正からだった。防衛大学校に着校した時の寮の部屋長であり、朔太郎が実習幹部として「くにしお」に乗った時には水雷長で、〝ドルフィン・マーク〟を付けられるよう心身ともに厳しく鍛えてくれた。今は別の艦の船務長だが、優秀な潜水艦乗りで、お互い非番の時はよく飲みに連れて行ってくれ、早く身を固めろと心配してくれる、朔太郎にとっては、いつまでも頼りになる兄貴分だった。

「今晩のコンサートは行くんだろうな？」

前置きもなく、原田はいきなり太い声で聞いた。

「あれ、今晩でしたかね」

水雷長就任に備えた訓練で、咄嗟《とっさ》魚雷戦などの試験をされた上、ソ連原潜との思わぬ遭遇で追尾に神経をすり減らし、正直なところ、すっかり忘れていた。

「せっかくチケットを回してやったのに、忘れるとは何事だ、その調子では、一緒に行く相手も見つけてないようだな」

咎《とが》めるように、むすっと云った。朔太郎は午後三時を過ぎた掛け時計を見やり、

「ともかく洗濯の山と格闘中ですので、今日のところは、自分一人で聴きに行ってきます」

受話器に向かって、詫《わ》びた。今から横浜まで出かけるのは億劫《おっくう》でもあるが、東洋フィルハーモニーを生で聴く機会など滅多にないから、是非、行きたい。

それにこのチケットには曰《いわ》くがある。一ヵ月半前の夜、人身事故発生のため、山手線が運行停止になり、再開のメドがたたない混雑した上野駅のホームで、朔太郎と原田も立ち往生していた。元海将の講演会とその関係者の懇親会があり、出席した帰り道でのことだった。

朔太郎たちのすぐ横で、目白の病院へ急ぐという若い女性が、駅員に乗り継ぎの相談をしていた。細長い楽器入れふうのケースを携え、時計を見ながらかなり困っている様子だった。午後十時半を過ぎてから病院へ駆けつけるとは、よほど事情があってのことだろう。

「お困りのようですが、われわれもタクシーで帰ろうかと思っていた矢先です、駅前

のタクシー乗り場は長蛇の列でしょうから、別の通りまで出るつもりですが、よろしければもう一台拾うお手伝いをしますよ、女性一人では停まってくれないでしょうから、な、花巻」

　原田はいきなり朔太郎を振り向いた。帰りが遅くなるなぁとぼやいてはいたが、タクシーに乗る話などしていなかったから、朔太郎はきょとんとした。

　日頃は無口で、まして見知らぬ女性に話しかけることなど皆無に近いずんぐりむっくりの原田が、そう声をかけたのは、困っている人を見過ごすことが出来ない彼特有の善良な性格によるものだった。朔太郎が慌《あわ》てて頷くと、原田は、

「では、行きましょうか」

　と女性を促す。

　見知らぬ男性たちについて行くことに躊躇《ためら》う様子だった女性も、二人の佇《たたず》まいから推して不安はないと判断したのか、時間に急《せ》かされて思い切ったのか、お願いしますとついて来た。原田はがっちりした肩を揺らし、帰路を思案している人々で溢《あふ》れかえっている駅構内を、先に歩いた。

　大通りでかなり待った後、駅前の方へ入ろうとして来たタクシーを一台、強引に摑まえた。手荷物を大事そうに抱えて、乗りかけた女性は、ふと振り返ると、

「もし方向が同じようでしたら、ご一緒にお乗り下さい」

と申し出た。方向は全然違う。どうしたものかと原田の方を見ると、

「では、お言葉に甘えて」

原田は先に同乗し、朔太郎も慌てて助手席に乗った。

幸い目白のその病院を運転手が知っており、近道を抜け、三十分程度で、到着出来た。タクシーを降りる時、女性は深々と頭を下げ、

「こんなに早く駆けつけられて、助かりました、私、東洋フィルのフルート奏者をしています、もし音楽に興味がおありでしたら、お礼にチケットを送らせて戴《いただ》きます」

と云うと、原田に送り先を聞いた。

「それで楽器を――」

原田は頷き、相手が差し出した手帳に自宅のアドレスを記した。無骨で風采《ふうさい》の上がらない外見と違って、達筆なところも朔太郎がいつも羨《うらや》ましく思っている点だった。

女性が、暗く静まりかえった病院の救急用と照明が光っている入口に足早に消えると、

「先輩が、方向も違うのに、いきなり、タクシー云々《うんぬん》と云い出すものだから、財布の中身を考えて、びくつきましたよ」

さっきの驚きを口にした。

「だって、俺たちは国民を守る公務員だろ」

けろりとした顔で云い、運転手に品川駅と告げた。そこから先は私鉄で帰ることが出来るのだ。

「それにしてもきれいな女性《ひと》でしたね」

朔太郎が云うと、

「そうだったかな、暗くてよく顔が見えなかったけど」

ぶっきらぼうに言葉を返しただけだった。

「音楽会の切符、原田さんにだけ送って来るんですかね」

不満げに云うと、

「馬鹿、俺のこれを見て、安心感のある方を選んだんだ、ほんとに送って来たら、お前に譲ってやるからひがむな」

原田は左手薬指の結婚指輪を、ぬうっと突き出した。

それが、今夜、横浜で催される東洋フィルの演奏会の切符だった。

朔太郎は急いで洗濯物を干すと、髭《ひげ》を入念に当たり、お気に入りの紺のジャケットにネクタイを締め、切符を内ポケットに入れた。

久しぶりの生演奏に、朔太郎はすっかり聴き入っていた。

最初の曲目はチャイコフスキーの幻想序曲「ロメオとジュリエット」だった。三階までの客席に二千五百人収容の大ホールは、ドイツ人の高名な指揮者がタクトを振るとあって、満席状態である。朔太郎の席は二階のほぼ中央最前列の、見通しのいいところだった。

九十人の楽団員を擁する東洋フィルを、カラヤンの後継者と目されているはげ頭の指揮者が、情感豊かに束ねている。シェイクスピアの戯曲を題材にしているこの曲は、親しみやすいメロディーが多いせいもあり、早くも聴衆を虜にしていた。

情熱的なタクトに操られるように、力強い金管楽器が、家族の憎しみ合いを激情的に演奏したかと思うと、ビオラのやさしい旋律によって、ロメオとジュリエットの恋が甘美に織りなされ、客席にため息をつかせた。

小休止のあと、バッハの管弦楽組曲が演奏された。その選曲の妙に感心していると、突如、フルートのソロのまろやかな音色が流れ出した。暫《しば》し目を閉じていた朔太郎は、舞台に視線を向けた。

バイオリンやチェロ奏者たちの後方で、女性奏者が一人、銀色のフルートを唇に当て、体をしならせるようにして、吹いている。肩まで流した黒髪が一筋、ふっくらした頬にかかり、たおやかな指先がフルートのキーを強く、或いは優しく抑えると、澄み切った旋律が高音から低音まで迸《ほとばし》るようにホール中を満たした。まるでフルート奏者だけにスポットライトが当たっているかのように、際《きわ》だっていた。朔太郎はその透明感のある音色に、陶然とした。その奏者《ひと》こそが、上野駅から目白の病院へ送ったお礼にと、今夜のチケットをくれた小沢頼子《おざわよりこ》だった。

最後の曲が終わると、万雷の拍手とブラボー！の声がますます高くなり、やがてアンコールを求める手拍子が四方から沸き起こった。聴衆が贈った大きな花束を抱えて一旦、舞台の袖《そで》に消えた指揮者が、満面に笑みを浮かべて現われた。会場一杯に割れんばかりの拍手が再び起ると、指揮者はコンサート・マスターに合図した。

引き続き聴きたいのはやまやまだが、朔太郎はそっと席をたち、楽屋に向かった。途中、警備員に二回ほど誰何《すいか》されたが、薔薇《ばら》の花束を示して巧みにかわし、楽屋口にたどり着いた。ホールに来る途中、駅の近くの花屋で求めた花束を、今日のチケットのお礼として小沢頼子に手渡すためだった。

何度目かの熱狂的なアンコールの拍手がようやく鳴り止むと、燕尾服《えんびふく》姿の指揮者とコンサート・マスターを先頭に演奏者たちが次々に戻って来た。皆、額に汗を滲《にじ》ませ、大成功に終わった演奏会を喜び合っている。

小沢頼子もそれに続いて現われた。白いブラウスと黒いロングスカートの装《よそお》いながら、フルートを手にしたその姿は、二階席で眺めていた時より、なお一層、美しかった。

気圧《けお》されながらも、朔太郎は勇を鼓し、歩み寄りかけたが、仲間の奏者や関係者たちに取り囲まれていて、なかなか近づき難い。

「楽団員の方は打ち上げ会に遅れないようにして下さい」

とステージ・マネージャーが、廊下で叫んで回っている。朔太郎は気後れする気持ちを振り払い、

「小沢さん、私、横須賀の原田宛てにチケットを送って下さった折、一緒にと書き添えて戴いた花巻と申す者です、今日はご招待にあずかり、有難うございました、特に小沢さんのフルートには、引き込まれました」

声がうわずり、我ながらきまり悪かったが、

「ささやかですが、原田と二人のお礼の気持ちです」

手にしていた薔薇の花束を、差し出した。

「まあ、おいで下さっていたのですね、お花まで戴いて」

小沢頼子は、まだ、ほんのり上気した紅い顔を薔薇の蕾《つぼみ》に寄せ、

「いい香り、嬉《うれ》しいです、原田さんは？」

「それが、急な仕事で伺えず……、くれぐれもよろしくとの伝言を預かって来ました」

「こちらこそ、その節は本当に助かりました、おかげさまでフルートの恩師の最期《さいご》に、間に合いました」

頰にかかった黒髪を耳にかけ、改まった口調で礼を云った。タクシーの中では黙しがちで、誰を見舞うか分らなかったから、身内だろうと勝手に思っていた。

「お忙しそうなので、これで失礼しますが、また演奏会は聴きに参ります」

そうは云ったものの、ここで別れては二度と会えないような、妙に切ない気持ちがせり上がって来た。だが、演奏が終わったばかりの楽屋に長居をするわけにもいかない。

「おや、この青年が加古《かこ》先生の病院へ連れて行ってくれた人？」

オーボエを手にした銀髪の楽団員が、横から声をかけた。

「はい、今もお礼を申し上げていたところです」

「じゃあ、お茶でも付き合ってさしあげなさい、打ち上げは、どうせ遅くなるさ」

朔太郎の緊張と高揚した表情から、内心を察するように、茶目っ気たっぷりに、片目をつむって見せた。

「いずれにしても着替えてきますので……、ロビーのラウンジでお待ち下さいますか」

「も、もちろんです、ごゆっくり」

予想もしなかった展開に、朔太郎は天にも昇る気持ちで、楽屋を出た。

他の小ホールでもコンサートがあったらしく、ラウンジは混み合っていたが、ちょうど、二人連れの席が空いたところだった。

華やいだ雰囲気の中で、小沢頼子を待っていると、ふと、以前から約束していた時間のような錯覚にとらわれた。

程なくしてワンピースに着替えた頼子が現われた。背はそれほど高くないが、舞台化粧を落とした素顔に近い顔は、意外に幼く、色白で、大きな瞳《ひとみ》が眩《まぶ》しかった。

「お花は楽屋受付に預けて来ました、帰りに寄って、家に飾らせて戴きます」

「かえってお手数をおかけしましたね、カクテルでも？」

メニューを開いて、聞いた。

「では、軽いものを」

あとの打ち上げ会を気にしてか、遠慮がちに注文した。

朔太郎は、ボーイにブルーハワイを二つと告げ、

「さっきのフルートのソロ、素晴らしかったです、ゆったりしたメロディーはもちろんですが、速い部分も、まるで天空から地上の峡谷に降り注いで来るような清らかさで……」

朔太郎はこんな表現でいいのだろうかと戸惑いながらも、感じたままを率直に口にした。

「花巻さんは、音楽がお好きなんですね」

「プロの方の前で好きというのは、おこがましいですが、休日にたまにステレオで楽しむ程度です」

ボーイがブルーハワイを運んで来た。ラム酒にパイナップルジュースなどを加え、ブルーキュラソで色付けしたハワイの海を連想させるようなカクテルで、ゴブレットの口に添えられたレモンの輪切りとカトレアの花びらが、夏らしく爽《さわ》やかだった。ど

うぞと勧めながらも、後の会話が続かないのに、焦《あせ》った。

「フルートは小さい時からですか」

当たり障《さわ》りのないことを聞いた。

「いえ、小学生の時、吹奏楽クラブに入ったことから興味を持ち、お稽古《けいこ》程度に習っていたのです、ところが高校時代にちょっとした演奏会で、先月、お別れした先生に出会い、以来、指導を受けるようになって、この道に――、花巻さんのお仕事は？」

黒い瞳を真っ直ぐ向けた。朔太郎は瞬時、返答に躊躇《ちゅうちょ》した。

いきなり自衛官と云ったら、相手はどう思うだろうか――。これまでの苦い経験が頭を掠《かす》めた。だが、答えなければならない。

「海上自衛隊に勤務しています」

「は？」

早口だったせいか、小沢頼子は咄嗟に聞き取れなかったようだ。

朔太郎は思い切って、ジャケットの内ポケットの財布から名刺を取り出して渡した。

潜水艦　くにしお　船務士
二等海尉　　花巻朔太郎

頼子は驚いたようにしげしげと、名刺に見入り、

「では、もうお一人の原田さんも？」

「そうです、勤務している艦は違いますが、二人とも潜水艦乗りです」

「自衛隊の方にお会いするのは、初めてです、まして潜水艦に乗っておられる方とは……、狭い音楽の世界で生きているせいか、自衛隊そのものについて、知識がなくて……、台風や、地震などの災害時に自衛隊の方が出動されるのを、ニュースで知る程度です」

頼子はゴブレットを手に、申し訳なさそうに云った。

「それが普通ですよ、おまけに海上自衛隊では、そういうニュースになるような機会もあまりないですし」

朔太郎にとっては、何回か経験した会話のパターンだった。

「潜水艦というと、普段はずっと海の中に潜ったままということですか？」

頼子は興味ありげに聞いた。

「そういうことです、だから人目につかない海上自衛隊の中でも、最も見えない部隊です、現在も日本に潜水艦部隊が存在するのですかと、聞かれることさえあります」

朔太郎はカクテルを飲みながら、そう語り、

「でも、僕たちの任務はそれでいいのです、日本の周辺の海で僕らは密かに警戒監視に当たっているのですが、外国から見て、潜水艦が盛んに活動しているようだから下手な手出しをすると痛い目に遭いそうだ、と思わせるのが、理想なんです」

だから行動を隠すことが重要で、同じ海上自衛隊の水上艦でも、潜水艦の行動は知らないし、知らせないのだが、さすがにそこまでは口にしなかった。

「なんだか大変なお仕事のようですね」

「そんなことはありませんが、家族といえども仕事のことはあまり話さないよう指導されますので、思わぬトラブルもあります」

そこまで話して、朔太郎は、自分でも恥ずかしいほど饒舌《じょうぜつ》になっていることに気づき、

「つまらない話をして、すみません、打ち上げの時間に遅れてはいけませんね、東京周辺でまた演奏会がある時は、勤務中でない限り、伺いたいですが、予定はお決まりですか？」

時計を見て、慌てて聞いた。

「八月二十五日に上野文化会館で――、チケットはなかなか手に入らない時がありま

すから、よろしければ私の方からまたお送りします、宛先はこのお名刺のところですね」

と改めて名刺を見確かめ、ハンドバッグにしまった。やはり打ち上げ会の時間を気にしている様子だった。

「じゃあ、今日はこれで失礼します」

小沢頼子は申し訳なさそうに云い、手を差しのべた。しなやかで柔らかいその手に触れ、朔太郎はびくりとしながら、そっと握り返した。

足早に去って行く後ろ姿を見送った後も、その場から立ち去り難い思いを抱きながら、ホールの外に出た。冷房の中に長くいたせいか、むっとした風が頬を撫《な》でて行く。かすかに汐《しお》の香りがした。

駅までの道を、周囲のほろ酔い加減のサラリーマンやカップルを横目に、ゆっくり歩いた。こんなに心が浮きたったのは、何年ぶりのことだろう。朔太郎は、ジャケットを脱いで肩にかけ、夜空を仰いだ。さしてきれいな空でもないが、僅《わず》かに星が瞬《また》き、天空からフルートの澄んだ音色が聞こえて来るようだった。

思い切って連絡先を聞いておくべきだったかなと、心残りに思いながらも、過去になめた苦い恋を思い返すと、これでよかったのだと、自らに言い聞かせた。

自衛官と口にしただけで、身を引かれてしまった経験が一度ならずあった。一年近く付き合った女性の家に、挨拶《あいさつ》に訪れた際、母親からは冷たい視線を浴び、都庁に勤務するという父親からは、「君らがまた戦争をおっぱじめたい連中の予備軍か！　懲《こ》りない税金泥棒！」と面罵《めんば》されたこともある。

そういう思いは、もうしたくない。

とは云え、今しがたの小沢頼子の面影が迫って来る。フルートを吹いていた時のしなやかな姿が思い浮かび、朔太郎を悩ませた。

ただ一回の偶然の出会いだと何度、想《おも》いを打ち消しても、今までと違う忘れがたい女性《ひと》に巡り会えたという喜びが、朔太郎の全身を熱く満たした。

第二章　展示訓練

コンサート翌日の夕方、花巻朔太郎《はなまきさくたろう》は海上自衛隊・鳥ヶ崎官舎に住んでいる原田正《はらだただし》一尉の元を訪ねた。四階建ての三階が原田の住いで、六畳一間と四畳半二間、それに台所、浴室、トイレ、洗面所の間取りである。夫婦と幼い子供一人の家庭にはまず十分な広さで、原田の家はいつも温かい雰囲気に包まれ、居心地がよかった。

「へえぇ、初めて聴きに行ったコンサートなのに、カクテルまで一緒にとはねえ、お前もたいした度胸じゃないか」

食卓に並んだ酒の肴《さかな》に箸《はし》をつけながら、原田は朔太郎が報告した東洋フィルのコンサートの模様を聞くと、冷やかした。

「ですから、それは原田先輩があの夜、目白の病院まで小沢《おざわ》さんを送ってあげた感謝の気持ちを表するために、付き合ってくれただけで、僕にというわけではありませんよ」

　朔太郎は躍起になって、説明した。

「そんなことはどっちでもいいよ、まあ、飲め」

長野の辛口の地酒だと云って、盃を促した。原田の妻まき子が、鮎《あゆ》の塩焼きを運んできた。

「奥さん、ご馳走《ちそう》ばかりで、お手数をおかけして恐縮です、聡《さとる》ちゃんは、もう寝たのですか？」

　さっきまではしゃいでいた一粒種の三歳になる子供のことを聞いた。

「ええ、ぐずり始めましたし……」

襖《ふすま》で隔てた隣室に目をやった。鹿児島生まれのまき子は大柄で、グラマラスな肢体と云い、目鼻立ちのくっきりした顔つきと云い、気っぷのよさと云い、すべてにおいてなかなかの女性《ひと》だった。

「実は、昨日の夜、両親がここにきてね、この酒はそのお土産だ」

　原田が瓶のラベルを指した。

「えっ、ご両親が……」

原田の両親は長野県の小学校教師だった。揃《そろ》って日教組の組合員であるせいもあって、息子の自衛隊入りには強く反対した。それを振り切って防大に入学した息子を許さず、勘当同然の状態だと聞いていた。

「孫が出来たと便りを出したら、とうとう我慢出来なくなったんだろうな、三年かかったけど、横浜で日教組の研修会があったのにかこつけて、遂《つい》に寄ってくれたという次第さ、初孫だからよけい可愛《かわい》いのかも知れないが、顔を見るなりもう聡、聡と大変な可愛がりようで、結婚式にも来てくれなかったのに、まき子にも、こんな可愛い孫を産んでくれてと、拝まんばかりだったよな」

妻を顧みて、原田は苦笑した。

「私も嬉《うれ》しかったわよ、何と云ってもこの人がご両親と和解出来たんですもの」

「聡によって、われら親子の確執も解消したという訳だ、孫ってそんなに可愛いものなのかな」

まんざらでもないように、云った。

「世間では、目に入れても痛くないと云うじゃありませんか、めでたしめでたし、では乾杯！」

朔太郎は、原田の盃を満たした。

潜水艦乗りの身辺調査は、厳しい。機密保持にシビアな分、徹底的に調べられる。本人や親兄弟はもとより、親密に交際している友人にも調査は及び、外国人と抜き差しならない関係にある場合などは、潜水艦乗りから外される。内部から反乱が起こるかもしれない事態や、情報漏洩《ろうえい》を想定すれば、やむを得ない措置かもしれない。

それだけに、両親が日教組の教師であることを、隠すことなく云っている原田が、潜水艦乗りから外されないのは、不思議な気がした。

「海幕《かいばく》はかなり調べただろうが、両親は万年、ヒラ組合員でね、善良な個人の思想信条にまではたち入らないという判断をしたんだろう」

と嘗《かつ》て原田は、語ったことがある。

「それよりあのフルート奏者とのことを、もっと詳しく報告しろ」

原田は、話題を元に戻した。

「小沢さんのことでしたら、もうすべてお話ししましたよ、彼女、先輩が聴きに来てくれないのが、残念な様子でした」

朔太郎が云うと、

「そうかしら、さっきから聞いていると、朔太郎君の話しぶりは随分、お熱のようだけど——、これ、実家から送ってきた薩摩《さつま》揚げ、召し上がれ」

まき子は大皿に盛った薩摩揚げを、料理で一杯の食卓にまたも載せ、

「その小沢さんって、お幾つくらい？」

と聞いた。

「僕より二、三歳は若い感じでした、それでもオーケストラのソロを任されているのだから、かなりの才能なんでしょうね」

「それはさっき聞いた、彼女、独身だろうな」

原田は、しっかり確かめた。

「先輩はそういうことしか頭にないんですか、そんなこと、初めて会って分かるわけないでしょう」

朔太郎は薩摩揚げを箸でつまみ、口に放り込んだが、実のところ、昨夜、アパートに帰り着いてから、急にそのことが気になっていた。熱い気持ちになったとは云え、既婚者ならどうなるものでもない。

「奥さん、薩摩揚げ、美味《おい》しいです、早くこちらに来て一緒に飲みましょうよ、後片付けは僕が手伝いますから」

台所に戻ったまき子に、声をかけた。

「原田は酒の肴が少ないと、機嫌が悪いんですよ、でも一応、揃ったことだし、お言

葉に甘えて」

　まき子はエプロンを外し、原田の横の食卓椅子《いす》に腰を下ろした。

「朔太郎君ね、音楽家のような女性に憧《あこが》れては駄目、潜水艦乗りの妻は夫が無事に帰って来ることを第一に考える専業主婦になりきれる女性でなければ——、人一倍、緊張感を強いられてやっと家に帰って来るのに、救われないわよ、あなたが不幸になるのが目に見えている」

「不幸って、大袈裟《おおげさ》な、昨夜、会っただけの女性《ひと》ですよ、ご夫婦揃って、一方的に決めつけないで下さいよ」

　朔太郎は、胸の内の動揺を隠した。

　その時、電話のベルが鳴った。

「こんな時間に、呼び出されるのかな」

　八時を過ぎた時計を見ながら、原田は自分で電話を取った。潜水艦乗りはたとえ艦がバース（停泊地）に係留中でも、非常事態が起きた場合は、呼び出されることがある。そのため休みの日でも、連絡が取れ、二時間以内に艦に帰ることの出来る範囲内での行動が、暗黙のうちに義務付けられていた。

「はい、原田ですが」

受話器に向かった声から判断して、艦からではなさそうだった。

「おぅ、北《きた》、頑張ってるか？　えっ？　横須賀駅の公衆電話から――、道理でうるさいんだな、なんならこれからうちに寄らないか、花巻も来ているぞ」

と誘っていたが、結局、後日、外でということになったらしかった。原田が受話器を下ろすと、

「北って、北健吾《けんご》ですか」

朔太郎が確かめると、頷《うなず》いた。防大同期で、新入生の時、同室だった。〝部屋会〟での歓迎会で、北はハキハキ自己紹介し、「自衛隊には燃えるものを求めて入校しました」と目を輝かせて語った。上級生たちは大いに期待を寄せたが、夏休み前頃から、次第に二年生の〝対番〟の指導に耳を貸さなくなり、結局、叱《しか》られるばかりの存在になった。

四年生で部屋長の原田が心配して親身に悩みを聞き、一時は持ちこたえるかに見えたが、やはり退学したいという意思を翻《ひるがえ》させることは出来ず、朔太郎が北に会ったのは、徳島に帰る日、原田と一緒に有明埠頭《ありあけふとう》まで見送りに行ったのが、最後だった。だが、今の電話の様子では、それ以後も、北は原田を慕って、連絡をとっているらしい。

「先輩には、今も北から連絡があるんですね、僕は毎年、年賀状を出し続けています

が、一度も返事がありません」

　寂しく云うと、

「あいつは順調に昇任し、初級幹部検定でも上位だったおまえのような同期に対して、コンプレックスを抱いているんだ、地元に帰って、死んだ親父さんの勤めていた会社に就職出来たものの、飽き足らず、よほど勉強したんだろうな、一昨年《おととし》、二橋大《ふたつばし》に見事、合格して祝杯を上げたんだが、二年ちょっとしか経《た》たないのに、やはり自分の思っていた道とは違うと云い出してね、俺は、燃えるような情熱を一生、捧《ささ》げられるようなものは、どの学校、会社にもない、自分から探し求めて行ってこそ、見えて来るものだと、随分、宥《なだ》めているんだが……」

　後は口を噤《つぐ》んだ。

「あいつはまだ、情熱を捧げられる場所を求め続けているんですか……、何だか羨《うらや》ましいような……、いっそのこと、自衛隊に戻ればいいのに」

　朔太郎が云うと、

「いや、北のような性格の人間に、幹部は任せられない、悩める性格が災いして、多くの命が危険に晒《さら》されかねないからな」

　その一瞬だけ、原田は、厳しい表情で遮った。

盛り上がっていた酒席の雰囲気が、冷めた。今日はもう帰るべきだと、台所の片付けにたちかけると、

「俺だって、防大二年の時、辞めようとしたことがあるんだよ」

しんみりと、原田は語り出した。

「えっ、先輩が？」

朔太郎は驚いて、座り直した。

「そう、両親の反対を押し切り、勘当同然で防大に入ったんだから、卒業後、自衛隊に進むのは当然だという覚悟は出来ていた、国民感情についても、承知の上だった」

朔太郎は、じっと耳を傾けた。

「だから両親とは、防大受験前に徹底的に話し合ったんだ、父は、いざとなったら犬死にだぞ、先の戦争で、日本は焦土と化し、三百万人が死んだ、自分は徴兵にかからなかったが、おじさんやいとこたちは、白木の箱に入って帰ってきたのだ、国民は二度と戦争をしてはならないと、骨の髄まで身にしみているからこそ、その感情を逆なでする自衛隊は認められないのだ、そんな職業に息子を就かせたいと思う親がいるか！と、最後は頼むから防大は諦《あきら》めてくれと泣き出してね」

原田は、苦い酒を呷《あお》るように、ぐいと盃を干した。

「それでも、先輩の意思は揺るがなかったのですね」

父とそんな会話を交わしたことがない朔太郎は、率直に尋ねた。

「今から考えると、あの頃の俺に国を憂《うれ》えるほどの深い思慮があったわけじゃない、親が猛烈に反対したから、反発して意地になって自衛官を志したという面も否《いな》めない」

その一言、一言に朔太郎は聞き入った。

「だがな、花巻、国民の関心が低いからと云って、いつまでも国際情勢に無関心でいられる時代ではない、栄光を求めて自衛官になる訳ではないのだから、国のために働くことで、たとえそれが死に至ることになっても、犬死にだとは思わない、だから父さんたちが教育に身を捧げるのと、いざという時に身命を賭《と》す仕事とは、そんなに大きな違いはないはずと、何度も云い合ったよ」

鮎の骨を器用に抜くと、原田はうまそうに口を動かした。朔太郎の骨は、まき子が抜いてくれた。

「そんな大口を叩《たた》いたのに、防大へ入って早々に、小銃の射撃訓練や初歩的な戦闘訓練があったろう、それまで自分の死のことだけを考えていたけど、そうした訓練が基本的には人を殺すことを目的としていることに気付いたんだ、父が云っていたことの意味が分かった気がした、陸海空を問わず、自衛官という職業は、相手と自分の死に直接関係する、という自覚を持たねばならないと考えると、その重さが俄《にわ》かにのしかかって来てね、引きこもってしまったよ」

初めて聞く話に、朔太郎は愕然《がくぜん》とした。

「そうだったんですか、僕の父は旧海軍士官だったけど、東都工業大の入試に落ちたので、防大へ入りますと云ったら、何も云いませんでした、その一方で兄、姉たちの方が、末っ子の僕に、防大の集団生活や厳しい訓練について行けるはずがないと、大反対だったのです」

と云うと、

「お父上が、内心、どう思っておられたか、それは分からんぞ」

朔太郎ははっとした。中学生の時、偶然、見てしまった父の辞世とも思える歌を思い出したのだった。だが、そのことには触れず、

「先輩はそんな悩みを一度も話されなかったじゃないですか、みんなそれぞれに不安な時期だったのに」

「部屋長が、自分からそんな話をしてどうする」

優しい笑みを湛《たた》えた。朔太郎は戸惑いながらも、

「じゃあ、休学もせず、先輩はどうやって乗り越えたのですか？」

と迫った。

「ただ、悶々《もんもん》と悩むばかりだったが、ある教官に自分のそういう姿を知られてしまってね、一度、頭を真っ白にしてみろと云われた、たまたまその教官の親戚《しんせき》の空家が鎌倉にあって、気兼ねなく使えと勧められ、日曜や連休を利用して出かけては、図書館から借りて来た本を一日中、読んで過ごしたよ、しかし、本を読んだからと云って、それだけで悩みが解決したわけじゃない」

「……」

「ある日、近くの寺の和尚《おしょう》さんが茶席に呼んでくれた、名刹《めいさつ》なんていうのじゃなく、どちらかと云うと、破れ寺に近いほうだがね、防大の部活で茶道を多少、嗜《たしな》んでいたから、そんなに恥をかくこともなかったが、作法に適《かな》ったいいお茶をたてて貰《もら》い、心が落ち着いた」

原田は、細い目をさらに細めて懐《なつ》かしむように話した。

朔太郎は、居住まいを正した。

「三度目に茶席に招かれた時、その和尚さんと初めて話らしい話を交わした、俺のもやもやを聞くと、知人の軍人から聞いた経験談だがと、前置きして、話してくれた、戦争末期のことらしい、その軍人の乗った船が攻撃された、あたりの兵隊がわらわら倒れて、甲板の上が血の海になる、船が傾くと、血もザザーッと流れ、もの凄《すご》い臭《にお》いになる」

壮絶な戦争の前線を、原田は、まるでその和尚のように、静かに語った。朔太郎は頷くのみだった。二人の盃は、とっくに空になっていた。原田は、腕組みし、続きを話し始めた。

「そういう経験をされた軍人が戦いの中で考えていたことは、自分の義務を如何《いか》に果たすか、それだけだったと云う、怖いと感じる余裕などない、ところが船が沈んで行き、よその船に拾って貰って走っている時、弾が飛んでくると、無茶苦茶怖かった、らしい」

朔太郎はその感覚が、なんとなく理解出来る気がした。

原田は、軍人の話というのは、和尚さん自身の経験ではないかという思いを抱いた、と云う。せっかくだったが、戦場で軍人が義務を果たす行為と、現在の悩める自分とどういう関係があるのだろうかと、当座は聞き流していた。

「ところが、日一日と経つにつれ、塞《ふさ》ぎ込んでいた重い気持ちが次第に晴れてきてね、秋も深まる頃には、ようやく鎌倉通いを止めることが出来た」

朔太郎は、思わず、大きな溜息《ためいき》を漏らした。悩みを持っていたことなど、おくびにも出したことのない原田先輩、情熱を傾ける場所を求め続けて苦しんでいる同期だった北、それ以外にも、多くの隊員たちは人知れず、悩み、躊躇《ためら》いながら、克服していこうと頑張っているのだ。そう思うと、朔太郎は自身も逞《たくま》しく生きなければならないと、自戒した。

原田の官舎を辞し、自宅近くでバスを降りると、

「あら、花巻さん」

女性の声がした。振り返ると、いつも通う定食屋「桔梗《ききよう》や」の看板娘のサキだった。髪をソバージュにし、大人っぽく見せているが、まだ二十歳《はたち》を出たばかりで、白い上っ張りが初々《ういうい》しい。

「もうご飯は食べて来たみたいね」

岡持《おかもち》を下げていたサキは、図星でしょと笑った。

「この時間に出前とは、偉いね」

「一人前の女性に対して、子供扱いしないでよ、それより閉店間際《まぎわ》だけど少し寄って

いかない？　美味しい鮎が入っているの」

「悪いけど、ちょうどご馳走になって来たばかりだ」

「相変わらず鈍いわね、鮎なんて口実に決まってるじゃない」

じれったそうに云い、店に誘おうとした。海自の独身男性たちの眼差しを一身に浴び、サキお目当ての客が多かったが、朔太郎に対する好意を隠そうとしないのが、ちょっと困った娘である。

「食べ物を扱う店員が、ちりちりの髪を振り乱したままでいいのかい、不衛生だよ」

原田の官舎から帰って来たばかりの朔太郎の内心は、重かったが、敢《あ》えて明るくからかうと、

「失礼ね、花巻さんがうるさく云うから、お客さんと接している時は、きちんと結わえて、三角巾《さんかくきん》をかぶっているでしょ、出前の時くらいはずしていたいわよ」

「失礼しました、今日は寄れないけど、お父さんにまた美味しいものを戴《いただ》きに行きますからと伝えておいてくれよね、気を付けて帰れよ」

朔太郎が、別れを告げようとすると、サキはそうはさせじと、朔太郎の腕を、ぐいと摑《つか》み、

「今月二十一日からの展示訓練だけど、招待券の応募がまた外れたの、なんとかなら

ない？」

甘えるような仕種で、朔太郎を見上げた。

展示訓練とは、防衛庁が広く国民に海上自衛隊の役割を知ってもらうことを目的に、年に一回、一般に公開する催しである。

今回は自衛艦隊に所属する部隊を、護衛艦隊司令官が観閲するという形で、最新鋭の護衛艦、航空機、潜水艦などが参加し、日頃の訓練をデモンストレーションすることになっている。行事の開催は各種メディアにも通知して多くの国民に呼びかけ、応募の中から抽選で、三千人近くの招待者が選ばれて、護衛艦に乗艦できるのだった。

「いつも応募者が多くて、抽選が厳正なことは、知っているだろう？」

「分かっているけど、花巻二尉は今度、初めて参加するんでしょう、その勇ましいデビュー姿を一目、見たくて」

さすが看板娘、早耳である。

「僕は見世物じゃないよ、それに初《はつ》なのに、セールなんかに上がれるわけがないだろう」

「あら、そうなの、じゃあ無理して行くことはないわね」

現金にも俄かに、興味を失ったようだった。

「じゃあ、今度はきっと食べに来てね」

サキはそう云うと、岡持をぶら下げ、店へ帰って行った。

苦笑して見送ると、朔太郎は足早にアパートに帰った。北健吾は原田に横須賀駅の公衆電話からかけてきたようだが、それならもしかして、自分のアパートを訪ねて来るのではないかと、淡い期待を持ったのだった。もし来てくれたら、せっかくいい大学に入ったチャンスを大事にして、迷わずその道を邁進《まいしん》しろと、強く云ってやりたい。

防大へ入学したてのあの当時の不安は、はっきり記憶している。親元を離れて、未《ま》だ経験のない世界に入り、何をするにも不慣れで、同室の北とは売店で訓練用品を買うのも、入浴するのもいつも一緒で、先輩たちに叱られまいと、互いにかばい合い、勉学にも打ち込んだ。今でも北のあの凄い集中力と真面目《まじめ》な性格には、敬愛の念を抱いている。

十一時をすぎても、何の音沙汰《おとさた》もなかった。朔太郎はステレオのスイッチを入れ、いつものFENを流しながら、伊豆大島北東海上で行われる海自の展示訓練のことを思い、予定表を取り出した。

護衛艦と比較すると、潜水艦は小さく、目立たないと思っていたが、普段、見慣れていない人が多いせいか、意外に人気があるらしい。朔太郎は、初めて参加する大きな訓練行事だけに、一緒に行動する僚艦「まつしお」との連携プレーも、船務士として秒単位のスケジュールをたて、万事遺漏なきよう、調整を密に繰り返している。

その日、果たして予定通りの展示訓練が出来、国民の自衛隊に対する好感度を高めることが出来るだろうか。奮い立つ気持ちの一方、初の大舞台に、不安は拭《ぬぐ》い切れなかった。

＊

渋谷の公園通りは、ＪＲ駅から少し行くと、緩い上り坂になり、代々木公園に至る。通りの両側には、背の高いモミジバフウの並木が、七月に入った太陽を遮り、涼しげな陰を作っていた。道幅がさして広くないため、ほどよい高さのファッションビルや家具のショールーム、洒落《しやれ》たカフェが並び、落ち着いた街の雰囲気を醸《かも》し出している。

花巻朔太郎は、明後日からまた海に戻るに当たり、カセット・テープにダビングして、艦の中で聴くための安いＣＤやレコードを探し回っていた。通りを一歩、裏へ入った細い道沿いに、何軒かの中古レコード店が点在し、輸入ＬＰレコードも結構、豊富に揃っている。

はじめは、ソーナー員の犬丸《いぬまる》二曹に張り合って、日本で入手困難なクラシック音楽を漁《あさ》っていたが、いつの間にか、先日の東洋フィルで小沢頼子《よりこ》がソロを吹いた、バッハの組曲を探している自分に気付いた。

三軒目の店で、カートにぎっしり詰ったレコードのジャケットを順に引き出して、曲目を調べて行くうちに、小躍りした。カラヤンがスイスの小さなホールで録音したという珍しい一枚が目に止まったのだった。

直ぐに買い求め、店のオリジナル袋に入れて貰うと、公園通りに出た。犬丸に対抗する意地はとっくに吹っ飛び、他のレコードはもうどうでもいい気持ちになっていた。後は短パンを買って昼食を済ませ、横須賀に帰るだけである。

坂の途中のスクランブル交差点で信号待ちをしていると、反対側の歩道を、軽やかな足取りで歩いている女性の姿が目に入った。まさか！と胸が高鳴った。髪を後ろで一つに結わえていたが、紛れもなく彼女だった。半袖《はんそで》の爽《さわ》やかなワンピースにサンダル履きの軽装で、パルコの小さな袋を提げている。

信号が変わると、急いで渡り、

「小沢さん！」

と声をかけた。一瞬、訝《いぶか》しそうに朔太郎に視線を向けた頼子は、

「まぁ、こんなところでお会いするなんて」

驚いた様子だった。

「僕もびっくりしました、中古レコード店を物色していたものですから」

「そう云えば、花巻さんは音楽がお好きでしたわね、横須賀からわざわざ？」

「この辺りの店を梯子《はしご》していると、大抵のものは見つかるので、休みの日にたまに来るんです、小沢さんも買い物ですか」

「ええ、家が近くて、ついこんな格好で」

素顔の頼子は、自分の髪型を指さした。前髪を上げているせいか、額の広い顔の輪郭がくっきりし、顎《あご》から、ほっそりした白い項《うなじ》にかけての柔らかな曲線が眩《まぶ》しかった。サンダルのつま先から覗《のぞ》いている淡いピンクのペディキュアも可憐《かれん》だ。

「よろしかったら、お昼でも如何《いかが》ですか？」

思い切って、誘った。

「せっかくですけど、母が自慢のスパゲティーを作って待ってくれていますので」

申し訳なさそうに、断った。

「そうですか、残念だなぁ、音楽会以外、会える機会なんてないと思っていたので」

朔太郎は心底、がっかりした。そのあまりの気落ちぶりに、頼子は頰笑んで、

「じゃあ、こちらのお店で電話を拝借して、母に先に済ませてと伝えて来ます」

と云い、目の前の馴染《なじ》みらしいフルーツ専門店に挨拶しながら入って行った。暫《しばら》くしてオレンジの入った袋を手に戻って来ると、

「お家でどうぞ」

と差し出した。その心遣いに驚き、礼を云って、袋を手に、坂を少し下がったところの喫茶店に入った。平日の昼食時のせいか、近くのオフィスに勤めているらしい人々で混み合っていたが、ざわついた気配はなかった。

頼子は、アイスティーを注文し、朔太郎はそれにサンドイッチを頼んだ。

「何か、いいものが見つかりました？」

「実は、たまたま、これが目に入ったものですから」

朔太郎は自分の顔が赤くならないか、気にしながら、袋からレコードを取り出した。

「この曲のフルートはカールハインツ・ツェラー先生じゃありませんか」

「えっ、ご存知なんですか」

「ええ、とても高名な方で、私が西ドイツに留学する時、先日、あの目白の病院で亡《な》くなられた加古《かこ》先生が、紹介状を持たせて下さって……、そのお陰で、ほんの二回で

したが、レッスンを受けることが出来ました、花巻さんって、お詳しいのですね」

「いえ、その方のことは知りません、ただ、小沢さんがソロで演奏されていた曲だったので――」

　と口ごもったが、偶然とは云え、嬉しかった。

「ソロを任されるということは、東洋フィルに長いのですか」

「まだ二年です、音楽の世界では、幸い年齢はほぼ関係ないですね、あの時の指揮者が、私がツェラー先生にレッスンを受けたことがあると、どこかから聞かれて、選曲して下さったのかも知れません」

　頼子は謙虚に答えた。

「すると、留学されたのは、大学からの推薦とかで？」

　運ばれて来たアイスティーとサンドイッチを前に、朔太郎は聞いた。

「大学は芸大ですけど、フルートの枠はないので、卒業した年に個人的に、西ベルリンへ行ったんです」

「ほう、あちらはレベルが高いのですか」

「それもありますし、国内では飽き足らないものがあって……、でも、両親の大反対を押し切るのに大変なエネルギーが要って、ドイツ語の勉強がおろそかになり、行ってから不自由しました」

アイスティーのストローに口をつけながら、話した。

「で、ご両親が最終的に許可されたのは、どういうことで？」

朔太郎は、サンドイッチをつまみながら身を乗り出した。

「父は公認会計士なんですが、取引先に、ベルリン支社を持っている製薬会社があるのです、そこの担当者が父のゴルフ仲間で、プレーの帰りに我が家に寄られることがあって、こっそり相談しました」

いたずらっぽく頬笑み、留学中に困った時は、その支社の駐在員に相談出来ること、下宿は知り合いの女医さんの住いを紹介するなど、父の心配を打ち消すような条件を並べて、説得に当たってくれたことを、率直に語った。

「趣味ならともかく、父は私が音楽家になることに反対だったので、それは大変でした」

一見、おっとりした感じの頼子だが、自分の意思を貫くために、父親を説き伏せる思慮と交渉術を併せ持っている芯《しん》の強い女性であることが、伝わって来た。

「大学を出たての齢《とし》で、しっかりしているんだなあ、当時のベルリンの情勢は如何でした？」

「情勢」と口にしてから、慌《あわ》てて「生活」と云い直した。

「レッスンと課題曲をさらうことで精一杯で、東西ドイツの関係などに思いを致す余裕はなかったですね、でも、その女医さんが友達のところのディナーに誘われたりすると、たまに私を連れて行って下さったの、せっかくの機会なのに語学力がなくて、よく理解出来なかったのですけど、一つの国が分断された国民の悲劇は、おぼろげながら肌身に感じました」

「東ベルリンの方に行ったことは、ありますか？」

朔太郎は、頼子を質問攻めにしてしまっていることに、気付かなかった。

「ごくたまに——、ブランデンブルク門からすぐ東のフリードリッヒ通りは閑散として、パスポートを持っていても、警察や軍隊に見張られているようで、落ち着けませんでしたね、将来、一つの国に統合されたとしても、東西の国民は愛憎半ばで、わだかまりは直ぐには解けないのじゃないかしら」

頼子は、しみじみと云い、

「だから、日本が敗戦であいうことにならなくてよかったと思うようになりました、留学してよかったことは、自分の祖国について考える機会が出来たこと、それと、日本では音楽の練習の仕方が定型化していて、このままではクラシックは、他のジャンルに淘汰《とうた》されてしまいかねないという危機感を深めたことかしら」

二人が話し込んでいるうちに、周囲の客たちは、いつしか少なくなっていた。

「実は先日、花巻さんのお名刺をつくづく眺めていて、私と同世代の方が自衛官になろうとした動機って、なんなのかしらと、考えました」

黒い瞳《ひとみ》を、じっと朔太郎に向けた。

「そう正面から聞かれると気恥ずかしいな、国防に関する定見があって、入ったわけじゃありません、一般大学の受験に失敗して、たまたま先に受けていた防衛大学校に合格していたから、というのが正直なところです」

「でも、大学は他にもあるでしょ」

頼子は、朔太郎の通り一遍の返答に納得しなかった。

「うーん、父が海軍の軍人だったことが、多少、影響しているかも……、ただ、戦争のことは一切、話さない人だったから」

朔太郎は、躊躇いながら言葉を探った。

「要は子供の頃から、泳ぎが好きで、高校時代もクラブでボートに夢中になっていたという単純な動機からかな、防大に入学する連中と云うと、世間では右翼思想の持ち主とか、国家公務員という扱いで学生手当という名の給与をくれるから、困窮家庭出身の子弟と思われがちです、確かにそういう思想、家庭環境の学生もいるけど、僕も含めてほとんどは普通ですよ」

と云い、

「それがきつい訓練に耐え、諸外国の脅威を目の当たりにしているうちに、否応《いやおう》なく自分の国は自分たちで守らねばならないという信念を持つようになって行ったって感じでしょうか」

朔太郎はサンドイッチにあまり手もつけず、熱く語った。女性相手にこんなことを語ったのは、頼子が初めてだった。

自衛官というだけで頭から嫌う女性も多かったから、これでがっかりされたとしても、仕方がない。自分のことを知って貰うには、本音で話すしかないと思った——。

「私の周辺で、そういうことを真剣に考えている人って少ないですね、特に音楽の世界では……」

暫く黙していた頼子は、そう云うと、ちらりと腕時計を見た。

「遅くなったようですね、あの、サンドイッチ、如何ですか？」

朔太郎が勧めると、では、とつまんだ。

「あら、美味しいですね、お言葉に甘えてもう一切れ下さいね、ここに入って良かった」

その天真爛漫《らんまん》さに、朔太郎もつられて、最後の一切れを口にした。

「今月の二十一日から三日間、海上自衛隊の展示訓練があります、申し込み制だから今年は無理ですが、毎年ありますから、是非、一度、見に来て下さい」

「それって、どういうことをするのですか？」

ナプキンで口元を拭いながら、首をかしげた。国民に自衛隊のことを広く知って貰うために、日頃の訓練を披露する大切なイベントですと話すと、

「そういう催しがあるなんて、初めて知りました、いつか見てみたいですね」

「それが終わったら、休暇になります、またこのあたりに来ますが、お会い出来ますか？」

朔太郎は、思い切って次の約束を申し込んだ。

「もし、時間が空いていたらということでもいいのでしたら……、オーケストラに入っていると、毎月、演奏会や、急なリハーサルに追いかけられます、それに自分の稽《けい》古《こ》もあるし、自由になる時間は意外と少ないのです、お休みの日を事前に伝えて下さい、出来れば花巻さんの連絡先も」

頼子はそう云い、互いの自宅の電話番号を交換した。

通りに出ると、握手をして別れた。柔らかい頼子の手の感触をそっと確かめながら、オレンジの袋とレコードの袋とを大切に抱え、この人こそという想《おも》いを、深めた。

＊

伊豆大島の北東海域で、自衛艦隊による展示訓練が行われていた。

二日目の七月二十二日は、時に薄陽が射《さ》すだけの曇天で、六〜七メートルの北風があった。

小波《さざなみ》だつ鈍色《にびいろ》の海面を押し分けるようにして旗艦の「あきかぜ」を先頭に、二〇〇〇トンから五〇〇〇トン級の四隻《せき》の受閲護衛艦が一定の距離をとりつつ、一列になって現われると、三〇〇メートルほど隔てて行き違うような態勢で、観閲部隊が粛々と向かって来た。甲板には、招待客が鈴なりになり、広報官がマイクで流す説明に聞き入っていた。

「先頭は艦番号一七一、護衛艦『あきかぜ』、艦長は山田《やまだ》祐造《ゆうぞう》一佐、全長一五〇メートル、全幅一六・四メートル、所属は第一護衛隊群……、艦対空ミサイル発射機は……」

風の音で、所々、広報官の声がかき消されるが、招待客たちは高く聳《そび》えたつ何本ものマストやミサイル発射機などに見入った。

「あきかぜ」の船縁《ふなべり》には夏服に身を固めた乗組員たちが艦首から艦尾まで、姿勢を正して観閲艦の招待客たちに向かって、ずらりと並んでいる。登舷礼《とうげんれい》という儀典に則《のっと》った最高の礼式だった。世界中の海軍共通の伝統で、元々は相手船に対して、艦を運航している者以外、中には誰もいない、貴艦に抵抗しないという意を表わしていたが、やがて転じて相手船に対する最高の礼式となった。最新鋭の装備を備えながら、古式ゆかしい海軍魂が込められた礼式に、招待客たちの中には感動と驚きの入り交じった表情で、手を振って応《こた》える者もいた。

護衛艦に続いて、二隻の潜水艦が見えてきた。「くにしお」が観閲艦の前に現われると、

「艦番号五七七、第二潜水隊群、『くにしお』、艦長は筧勇次《かけひゆうじ》二佐、全長七六・二メートル……」

艦橋には潜水隊司令松坂《まつざか》一佐、筧艦長以下四名が夏期正装でたち、時折、セールまで打ち上がってくる高波の飛沫《しぶき》を顔面にうけながら、水上航行して行った。

登舷礼が終わると、いよいよ訓練展示である。

一瞬、雲間から、きらりと強い太陽の陽《ひ》が射す中を、受閲完了後に反転して来た三〇〇〇トン級の護衛艦が、現われた。

観閲部隊である護衛艦に乗った招待客たちの前方の位置まで来ると、
ボーン
ボフォース対潜ロケット弾が、発射された。空と海をゆるがすような凄《すさ》まじい音響とともに、黒い煙を吐きながら鈍色の海に向かって飛んだロケット弾が着水すると、爆発し、高々と水柱があがった。海中に潜む潜水艦を攻撃するという想定での訓練だった。

「日本に、こんな凄い艦があるなんて」

「まさしく軍艦だな、戦争放棄している日本が、どこで使うんだ」

招待客たちは、口々に云いあった。護衛艦によるデモンストレーションは、スケールが大きく、次々に多種多様な訓練が披露されていった。

やがて「まつしお」「くにしお」が観閲艦の前に姿を現わした。

「右前方から潜水艦二隻が近づいてきました、間もなく皆様の前で、潜航し、再び浮上します」

と紹介が流れた。

受閲の時と異なり、二隻の潜水艦の艦橋には誰もおらず、自衛艦旗も出ていない。潜入の準備が完了し、その時を今や遅しと待ち構えているのだ。

花巻二尉はこの時、艦内の発令所で前を航行している僚艦「まつしお」とスクリューの回転数、相互の距離などの情報を無線で交換しながら、緊張しつつ、潜入の時を待っていた。

「潜入十秒前」

航海科員が報告した時、「まつしお」に乗艦している第二潜水隊群司令のコールサインで、呼び出しがあり、号令がかかった。

「潜入用意、テー（始め）」

二艦は同時に潜入を開始した。

筧艦長が進行状況を見守る中、潜航指揮官は事前に打ち合わせた通り、

「ダウン一五度」

と下令した。通常の潜航はダウン三度で行うが、展示訓練の場合、迫力を誇示するためのパフォーマンスだった。しかし、一五度となると、書類や食器類が滑り落ちる傾斜である。予《あらかじ》め落ちて来ないように引き出しや棚にしまって、鍵《かぎ》を掛け、乗組員た

ちは手近なバーやバルブに摑まった。

そんな苦労は、護衛艦に乗っている招待客たちに分かるはずもなく、船体のごく一部しか見えない潜水艦が、巨大な渦を巻きながら海中に没して行く様子を、息を潜めて見入り、カメラに収めている。

海上保安庁の巡視船も展示訓練に加わっていた。所轄《しょかつ》は運輸省だが、同じく海の安全を担《にな》っている仲間としての参加である。

次いで、海自の航空部隊も華々しく、デモンストレーションを披露した。翳《かげ》った雲を抜けて、二機の対潜哨戒機《しょうかいき》が低空飛行で後方から進入し、観閲部隊の横を通り過ぎながら、赤白く光り輝く物体を次々と投下して行った。敵の赤外線ミサイルを引き付けて、自分たちを守るＩＲフレア（使い捨て型赤外線デコイ）の発射である。招待客たちの中には、これを楽しみに、プロはだしの望遠カメラを用意して来ている者もいる。

一定の海域を移動しながら、各艦が時間通り隊を組んで回頭したり、すれ違ったりする技量は、普段からよくよく訓練を積んでいなければ、保ち得ない。それだけの高いレベルを維持することによって、抑止力を保ち、諸外国からの脅威に備えるというのが、目下の自衛隊の任務なのだ。

予定の展示訓練を時間通り、寸分の狂いもなくすべて終えたのは、十二時四十分――。先に護衛艦が東京湾に向い、その後を潜水艦の「くにしお」「まつしお」が続いた。十二時四十五分のことだった。

「くにしお」が東京湾入口に戻ったのは、午後三時少し前だった。

ここから浦賀水道航路に入り、母港のバースに向かう。乗組員たちはその準備態勢に入った。横須賀の潜水艦基地からも、港内の停泊船の状況、風向き、風速などの情報が送られて来る。

東京湾は土曜日の午後とあって、貨物船やタンカー、フェリーに加え、ヨットやレジャー船など、いつにもまして混雑が激しかった。外洋方向に進んで来る船舶の間を横切る頃合いを見ながら、針路を真西に転じた。ここから錨地《びょうち》までは、五マイル（約八キロ）である。

「浦賀水道航路を出ました」

十五時三十五分、発令所で海図台に張り付いていた航海科員の橋本《はしもと》が、艦内交話マイクを通して、艦橋に報告した。

花巻は発令所で哨戒長付として、潜望鏡に取り付き、見合い関係になりそうな船舶（衝突の恐れが発生しそうな船）の有無の監視に当たっていた。

「航路を抜けたのか」

直接の上司である船務長の五島《ごとう》一尉が、入港に備えて、発令所に現われた。浦賀水道から横須賀港に向かう航路では、通常、五島船務長が艦橋に上がり、哨戒長の任に就くのだが、近々、船務長への異動が予定されている中筋《なかすじ》水雷長に哨戒長の経験を積ませるために、目下、替わりに艦橋にたたせている。

それまで士官室で、今回の展示訓練の報告書の下書きに没頭していた五島船務長は、入港時に艦橋に上がる前の現状把握のため、発令所のレーダー、海図などに目を通すと、

「もう、そろそろだな」

独りごちた。

「そうですね、後は艦長にびしっと入港を決めて戴くのみです」

花巻がきびきび答えると、

「お前、最近、いいことでもあったのか？」

冷やかすように、聞いた。

「いえ、別に」

「そうかな、この間、渋谷のパルコ辺りを、美人と歩いていたという目撃談があるんだがな」

にやりとした。

まさか、小沢頼子と出会った事を、誰かに見られていたとは……。油断も隙《すき》もない連中だ。

「いや、あれは、単なる知り合いです」

「そうかい、そうかい」

ニタニタしながら、五島は艦橋に昇って行きかけ、ふと足を止めた。花巻は背後に五島の姿を感じつつ、明日で展示訓練を終えたら、小沢頼子に電話してみようと心弾ませ、潜望鏡にしっかり向き合った。

右前方に南下して来る白い船舶が、視野に入った。距離にして約二〇〇〇メートル。普通に十分、躱《かわ》せる距離であった。

北風がさらに強くなり、海面の波も高くなり始めた。午後の陽は雲に遮られ、七月下旬とは思えない肌寒さで、小魚を求めて低空を飛び回っている海鳥たちの翼も、心なしか重そうに見える。

浦賀水道航路を西へ抜けた「くにしお」の艦橋では、水雷長の中筋一尉が、当直の哨戒長として一番前にたち、左側に副長の佐川《さがわ》三佐、中筋の真後ろでは筧艦長が作り付けの椅子《いす》に座っていた。他にも見張りの海曹が、艦橋うしろのセールトップにたち、双眼鏡で警戒の目を配っている。

展示訓練中は、第二潜水隊司令の松坂一佐が筧艦長の横に姿を見せていたが、終了するといつの間にかいなくなったことを、誰も気にとめなかった。

前進強速一一ノット（時速約二〇キロ）、針路二七〇度で横須賀港に向かい始めた頃、

「右三〇度、二〇〇〇メートルの漁船、方位変化少ない」

大柄な哨戒長の中筋が、細い目を光らせて、筧艦長に報告した。中筋のすぐ前、胸より少し低い位置にジャイロ・コンパス・レピーターがあり、艦の針路を示している。その上に方位環を置いて目標を見ると、方位を計測することが出来るのだ。全員、右三〇度の方向に双眼鏡を向け、白い大型漁船を確認した。しばらくして、

「漁船の方位、知らせ」

筧艦長が命じた。

「漁船の方位、僅《わず》かに落ちる（自艦の右側艦尾方向に方位が変化する）」

哨戒長が方位環を使って漁船を見ながら、報告した。方位がはっきりと右に変化して行けば、「くにしお」は漁船の前を通り過ぎることが出来る。しかし方位の変化が僅かということは、このまま進むと、漁船の直前をぎりぎりですれ違うか、最悪の場合、衝突する危険が生じる。それを避けるには、相手の漁船を右舷側に見ている「くにしお」の方が、海上衝突予防法に従って、相手針路を避けるよう義務付けられている。つまり出来るだけ早めに右転するか、減速する必要がある。

この時、左から急にヨットが近づいて来た。

「左六〇度、ヨット近づく、距離約六〇〇メートル」

佐川副長が横目で、慌て気味に報告した。帆を膨らませたヨットには、女性が複数乗っており、「くにしお」の方を指さしている。

浮上航行中の潜水艦は珍しがられ、見物しようと接近して来る船が結構いる。しかし、潜水艦は水面下の見えない船体部分が大きく、接触の危険性がある。また艦尾のスクリューに巻き込まないかも、心配の種である。早く離れて欲しいというのが、佐川副長たちの心境だったが、右舷側の漁船も相変わらず気になる方位にある。

「右の漁船の方に向けます」

哨戒長が、漁船の回避を進言した。体の割りにやや気が小さい水雷長は、艦橋での哨戒長任務に緊張気味で、早めに「くにしお」を右転させたがっていた。

「俺が執る」

筧艦長が、いらっとした表情で、椅子からたち上がると、左艦首一五〇メートルに近づいているヨットとの接近を回避するために、

「停止」

と命じた。哨戒長は直ちにその命令を艦内発令所の操舵員《そうだいん》に伝えた。哨戒長の前のジャイロ・レピーターの下に、操艦系のマイク21MCがあり、スイッチを下げると、操舵員と直接交話可能な仕組みになっていた。

自動車のように、ブレーキをかけて直ぐ停止するというわけにいかない潜水艦は、徐々に速度を落として行った。

殆《ほとん》ど同時に佐川副長が自身の側にあるレバーを引いた。ボーーーッと注意喚起のための超長一声《ちょうちょういっせい》の汽笛が、周辺の海に鳴り響いた。

ヨットは直ぐ左転し、衝突の恐れは無くなった。

「前進強速」

筧艦長は元の速度に戻す指示を出した。中筋哨戒長は一瞬、戸惑うような表情を浮かべた。ヨットを避けた後は、漁船を避けるために右転するとばかり思っていたが、艦長の命令は違っていたからだ。佐川副長も中筋と同じ思いだったのか、僅かに表情を動かした。

ヨットを回避している間に、漁船は右舷艦首三〇度、もはや七〇〇メートルにまで接近し、このままの速度で航行していては、衝突の危険は高まるばかりのように思えた。初認以来、双方の艦船は、一分間に約五〇〇メートルの速度で、接近していたのだった。

だが、艦長の判断は重い。中筋哨戒長も佐川副長も一抹《いちまつ》の危惧《きぐ》を抱きながら、筧艦長は漁船の前を通過するつもりでいるのだと、口を挟まなかった。

漁船との距離はみるみる縮まって来た。そのうちに、甲板上には女性や子供の姿が見てとれるようになった。中筋は今まで漁船とばかり思い込んでいたが、観光用の遊漁船らしいことに初めて気付いた。客たちの中には、衝突の危険が迫っていることも知らず、「くにしお」にカメラを向けている者さえいる。

遊漁船の方も、一向、「くにしお」を避ける気配はなく、双方の距離はあっという間に縮まってきた。

筧艦長は、初めて衝突の危険を察したのか、

「短一声《たんいっせい》、面舵《おもかじ》（右）一杯《いっぱい》」

と矢継ぎ早に命じた。ボーッと汽笛が響いた。短一声は相手船に対して、「本艦、右に回頭しつつある」という汽笛信号である。面舵の命令を待ちわびていた哨戒長の中筋は、間髪を容れず、

「面舵一杯」

21MCに向かって、焦《あせ》って叫んだ。ややあって、

「再送――」

発令所の操舵員が、命令を聞き返して来た。どこかが聞き取れなかったようだ。哨戒長が慌てたために、マイクのスイッチをきちんと押し下げてから声を発しなかったのだろうか。冒頭部分が切れて、伝わらなかった可能性があった。

「面舵一杯」

今度は哨戒長の声が正確に伝わり、操舵員から、「面舵一杯」と復唱が返ったと思った時には、すぐ前方に白い遊漁船が迫っていた。二〇〇メートルほどの距離だった。

直ぐ筧艦長は、

「停止」

「後進原速」

「後進一杯」

たて続けに命令を発し、全力で「くにしお」を後退させにかかった。艦首が僅かに右転し、後進のためにプロペラが逆回転する強い振動が艦橋にも伝わって、衝突は辛くも回避された――。

冷や汗を拭いかけた時、遊漁船が思いもかけず左転し、「くにしお」に向かって来るではないか。艦橋の四人は、

「右だ、右！」

遊漁船に向かって、必死に手を振って合図したが、船首に「第一大和丸」と記された船は、「くにしお」の目前に、迫っていた。

浦賀水道航路を抜けてから僅か、三分後のことだった。

発令所の潜望鏡に取り付いていた花巻は、「停止」「後進原速」「後進一杯」という筧艦長らしからぬうわずった号令に、緊張していた。艦橋に上がりかけて、足を止めた五島船務長が気がかりそうに傍に来たのを幸い、

「船務長、艦橋から次々に操艦の命令が下りて来るのですが……、あの白い漁船の方位、おかしいです」

判断を仰ぐために、場所を譲った。五島船務長は潜望鏡を覗き、漁船を見るなり、

「こっちが面舵を取って避航しているのに、あっ、取舵（左回り）を取って来たぞ、なに考えてるんや！」

驚愕《きょうがく》のあまり、出身地の関西弁で怒鳴った。こういう時には、相手船も面舵を取るのが常識だ。花巻は気が気でなかった。

「あかん、ぶつかるぞ！」

絶望的な声を発したかと思うと、軽い揺れが起った。

ウワーン、ウワーン、ウワーン。

ほぼ同時に、衝突警報が艦内に鳴り渡った。おそらく艦橋でスイッチが入れられたのだろう。

発令所周辺に一気に緊張が走った。潜望鏡に目を押し当てたままの五島は、

「おい、艦首に漁船が乗り上げたぞ、あっ、赤い船底を見せて、船尾から沈んで行く」

「えっ、もう沈む？　そんな馬鹿な――」

衝突して二分程度で、あの大きな漁船が沈むなど、考えられないことだった。

「発令所は俺が貰《もら》うぞ、花巻、直ぐこの状況を記録に取れ」

肝の座った口調で五島は指示し、次いで1MC（全艦放送）用のマイクを取り、

「衝突事故発生！　被害箇所調べ」

太い声で命じた。衝撃に脆弱《ぜいじゃく》な潜水艦では、まず自艦の安全を確認するよう、手順が定められている。

乗組員たちは動揺を押し隠し、日頃の訓練通り迅速に防水扉を閉め始めた。浸水などの被害が発生した時、他の区画にまで及ばないよう、各区画を孤立させ、守る措置である。

「待て！」

閉まりかけた扉をこじ開けるようにして、機関士の長門《ながと》二尉が駆け込んで来た。

「今のはほんとに衝突音ですか、士官室にいたので、流木にでも当たった程度の揺れでしたが」

なおも、鳴り続ける衝突警報に戸惑いながら、昂《たか》ぶった声で質《ただ》した。

「漁船との衝突事故だ、相手船はもう船尾から沈んでいる」

動揺を抑えきれず、花巻が告げると、

「発令所、艦橋、溺者《できしゃ》救助用意」

艦橋にいる筧艦長から直接、号令が下された。

「溺者救助用意」

五島が復唱し、全艦に放送した。長門機関士は、はっと顔色を変えると、閉まっている防水扉を力ずくで開け、艦尾方向に走って行った。

騒然とした発令所で、五島はレーダー員や航海員たちに次々と指示を与え、花巻には、彼らの報告を総合して記録を続けるよう命じた。艦内にいる花巻らは実際、何が起きているのか、はっきり分からず、一目《ひとめ》、海上の様子を見確かめたかったが、指示に従った。

五島は発令所の指揮を執りながら、潜望鏡で海に投げ出された人々を探したが、衝突回避のために「後進一杯」をかけていた「くにしお」は、惰性で衝突海域から後方に下がりつつあり、近くにその姿は見出《みいだ》せなかった。

非番だった長門は一旦《いったん》、士官室に戻り、救命胴衣を摑《つか》むと、艦尾方向の機械室に走って行った。そこに脱出用ボートがあるのを思い出したのだ。溺者救助に使おうと叫ぶと、

「そうだ、あれで救助出来る」

周囲の乗組員たちも気付き、隅の格納場所に置かれている脱出用ボートを外しにかかった。だが、常に海の中にいる潜水艦には救難という概念は元々なく、浸水時などの乗組員の脱出用として、備えられているのは、小さなゴムボートだけだった。

普段はスペースを取る邪魔なものとして、隅に括《くく》り付けられているため、いざ取り外すとなると、予想外の時間と労力を要した。四、五人掛かりでロープを解くには解いたが、次に六メートル上の上甲板へ引き上げるのがまた一苦労だった。

艦の後部ハッチは普段、閉められたままになっている。上甲板は波飛沫に洗われ、いつも海水が周辺に溜《た》まっているため、予めドレン弁で排水してからでなければ、開けたハッチから海水が落ちて来、発電機にまでかかれば、故障の因《もと》となりかねない。だが、今はそんなことを云っている場合ではない。

「ハッチ開け！」

長門機関士が命じると、海曹の一人が六メートルの梯子《はしご》を足早に昇り、ハッチのハンドルを、力任せに押し開いた。途端、冷たい海水が潮風と一緒になって、どさりと落下して来、直下のディーゼル・エンジンもろとも周囲にいた長門たちまでびしょ濡《ぬ》れになったが、ともかく急いでボートを上げた。

エンジンも付いていない四人乗りのボートで、おもちゃのようなオールが付いているだけだが、救難に少しでも役だてば、それに越したことはない。

数人でなんとか上甲板まで押し上げ、海上を見て、一同、愕然とした。

海面は油で汚れ、漁具、発泡スチロール、クーラーボックス、段ボールなどで、一面覆《おお》い尽くされている。艦内からでは想像もつかない光景だった。漁船は既に沈没して、影も形もないが、浮遊物の散乱具合から、乗船していた人数の多さが窺《うかが》えた。

それにしては、人影が見当たらないのは、「後進一杯」で現場海域から一〇〇メートルほど後退した後、戻るのに時間がかかったからだろうか……。

浮遊物の合間に必死に目を凝らした。海面とあまり高さの変わらない潜水艦の上甲板からの視界はこれほど狭いものかと、皆、苛立《いらだ》ちを覚えた。

「あそこに人の頭が……」

若い海曹が、人影を発見した。ブイに摑まって、助けを求めている。

「あっちにも二人――」

長門も中年の男性らしき姿を見つけた。男性たちはポロシャツ姿で、とても漁師とは思えない。それぞれ発泡スチロールや、板切れのようなものにしがみついて、浮いているのが精一杯の様子だった。

せっかく甲板に運び上げた肝心のゴムボートは、膨らませるのにまたもや時間がかかり、気は急《せ》くばかりだ。

「飛び込みます」

泳ぎの名手の海曹が、たまりかねたように、長門に申し出た。そこへ五島船務長が駆け上がって来た。

「船務長、ぶつかったのは漁船ではなかったのですか」

「遊漁船だ、潜望鏡で確認した時は、女性、子供の姿も見えた」

一刻を急ぐように五島は云い、ようやく膨らんだゴムボートが海面に投げ込まれると、ライフジャケットも付けていない半袖《はんそで》の制服姿のまま、二人の海曹を引き連れて、船体に沿って波立つ海面へ飛び込み、ボートによじのぼった。

浮遊物が多すぎ、ゴムボートの小さなオールではなかなか進まないが、それらを除《よ》けながら、やや遠くで助けを待っている遭難者に向かって漕《こ》ぎ出した。

一方の長門たちは、潜水艦から一番近い海面で、ブイにしがみついている男性を助けようとした。

「私が行きます」

さっきの海曹が、再び申し出た。救命胴衣を付けていない作業服姿の部下を飛び込

ませるのは、躊躇《ためら》われたが、

「よし、行け」

と了承した。海曹は船体に沿って下ろされた縄梯子を伝って海面近くまで行くと、そこから飛び込んだ。

「ここだ！ 助けてくれ」

男性が、死にもの狂いで叫んだ。

海曹が傍に泳ぎつくと、夢中でしがみついて来るのを、抱きかかえ、巧みな泳ぎで艦に辿《たど》り着いた。海面近くで待ち構えていた乗組員たちが縄梯子を使って、男性を引き揚げ、用意していた毛布で体を包んだ。

「他の人たちも、ボートで救助に向かっていますから」

長門が励まし、寒さと恐怖で震えている男性を、皆で士官室へ下ろした。

士官室で待ち受けていた補給長は、男性にシャワーを浴びて貰った後、熱いコーヒーを勧めた。そこから先は、男性から状況を聞いて、記録するために、船務士の花巻を呼んだ。

必死の救難活動は「くにしお」の艦首の方でも続けられていたが、事故直後の混乱は、やや収まっていた。

艦橋から降りて来た佐川副長とともに、発令所で事故報告作りと送信の作業に追われていた花巻は、急ぎ士官室に駆けつけた。

「お怪我《けが》はありませんか」

まず気遣うと、男性はそれには答えず、

「死ぬかと思ったぞ！　俺の近くの二人以外にも、海に投げ出された友達や観光客は大勢いたけど、みんな助かったのか」

コーヒーを飲んで、ようやく生き返ったかのようだが、男性の顔はまだ、恐怖で引きつり、手がわなわな震えて、乗組員から提供された真新しいシャツの袖に、なかなか腕が通らない。

大勢、という言葉が、花巻の胸に突き刺さったが、表情には出さず、記録のためにまず男性の名前と勤め先を聞いた。商社の関連企業の社員だった。

「目下、近くの貨物船やヨットも救助に乗り出していると、連絡が入って来ています、大勢の客と云われますと、あの遊漁船には何人くらい、乗っておられたのですか？」

花巻は艦橋からの命令で、護衛艦「くしろ」、僚艦「まつしお」に無線連絡し、事故の発生を伝え救助を依頼し続けていたが、溺者の人数はまだ把握していなかった。

「そうだな、今日は満員だったから、四十人は乗っていただろう」

そんなに！ 内心、絶句する思いだった。

「俺も含め、会社の慰安旅行の客が多かったな、大島一周ツアーのグループや土日キャンプの家族連れも結構いたよ、こんな広い海でなんで衝突事故が起るんだ！」

コーヒーカップを両手で抱えながら、次第に怒り始めた。

「同僚がどうなったか心配だ、問い合わせてくれ」

「すぐお調べします」

花巻が無線連絡のために、発令所に戻りかけると、

「海上保安庁です」

二等海上保安正の肩章を付けた二人が、厳しい表情で入って来た。自分たちの巡視艇で乗り付けたのだろうが、突然の来訪に驚かされた。

「この方が、『くにしお』で救助されたのですね」

「はい、他に二名の溺者を確認しましたので、ボートで救助に向かい、一人は救出、一人はすぐ近くにいた貨物船の方に引き渡したという連絡が入っています」

と答え、

「この方のお話では、遊漁船には四十名もの乗船者がおられたということですが、今までに何人、救助されたのですか？」

と聞いた。

「十三人、この人で十四人目」

保安官は深刻な口調で云い、当人に氏名を確認すると、手帳と照らし合わせ、

「あなたの会社から、安否の問い合わせが来ています、こちらでも事情を伺いたいので、ご一緒に来て戴《いただ》けますか」

花巻を押しのけるようにして、保安官は男性を両脇《りょうわき》から丁寧にたたせ、濡れた衣服の入ったビニール袋を提げて、尻《しり》から押し上げるようにして梯子を上がって行った。


「花巻二尉、五島船務長より、自分は艦橋に上がる必要があるので、代りに上甲板の指揮を執るように、との伝言を託されました、艦は当分、現場海域に留まるとのことですので、私が発令所の当直をやります」

若い水雷士が伝えに来た。

「艦長は？」

「電信室で直接、関係各部と連絡を取っておられます」

「では、後を頼む」

花巻は、上甲板に上がった。

海上は浮遊物だらけと聞いていたが、既にあらかた回収されたらしく、油の浮いた海面には波濤《はとう》がたち、北風が頬を切りつけるように冷たかった。

目を凝らしてぐるりと見渡してみたが、溺者の姿はもはや見当らず、艦橋を仰ぐと、佐川副長が戻っており、五島船務長たちがいた。

左右の潜舵の上や、幅二メートルにも満たない狭い甲板には、手空きの乗組員たちが多数出て、なおも海面に視線を凝らしていた。少し離れた海域には、救難に当った貨物船とヨットが停まっていた。「くにしお」はまだ三名を救助しただけだが、あの二隻《せき》がかなりの溺者を救ったと、僚艦との交信で知らされていたから、花巻は感謝の眼ざしを向けた。

頭上をヘリコプターが頻《しき》りに飛んでいた。報道用のヘリなのか、騒音が凄《すさ》まじい。既に午後六時過ぎ――。衝突事故から二時間半が経《た》っていた。辺りは、次第に灰色の空と海との境界も定かでなくなり、もはや何も見えなくなった。やがて海面の捜索は、見通しのきく艦橋と潜舵からだけ行うことになり、花巻は上甲板の解散を命じた。

その場を去り難そうにしていた乗組員たちは一人去り、二人去って、幹部は花巻一人になった。

「とても夏の海とは思えない寒さです、よろしければ、これを羽織っていて下さい、私も下に戻りますので」

機械室のベテラン海曹が、自分の着ていたジャンパーを脱ぎ、渡してくれた。礼を云い、白い半袖の制服の上に重ねると、かなり寒さがしのげた。

その時、一機の報道用ヘリが、低空で舞い降りて来、窓から身を乗り出したカメラマンが執拗《しつよう》にシャッターを切り続けた。当事者の自分たちには情報は殆ど入って来ず、全容は摑めないが、そのヘリの様子からしても、事故の大きさが察せられた。

それにしても、松坂隊司令が発令所にも、艦橋にも姿を見せないのは、どういうことだろうと、ふと思い返した。さっき発令所に来たソーナー員の犬丸が、隊司令は衝突事故のショックで腰を抜かし、ベッドに横になっているみたいですよ、と耳元で囁《ささや》いて行ったが、まさかそんなことが……。こんな時こそ、這《は》ってでも艦橋に上がって艦長を励まし、乗組員の先頭にたって、事態に対処すべき立場ではないのか。

花巻は、やや高慢な感じのする自信家で、操艦には一家言ある松坂隊司令の姿を思い浮かべ、腰を抜かしたなど、信じたくないと頭を振った。

だが、この衝突事故の衝撃は、乗組員たちが想像もしない形で、刻一刻と膨らんで行きつつあった。

第三章　衝突事件

事故から一夜明けた日曜日の新聞、テレビの報道は凄《すさ》まじかった。

自衛隊潜水艦　東京湾で衝突！　釣り船沈没
死亡一　不明二十九名
海自史上　最大最悪の事故

一面トップに縦、横組みの大見出しが躍り、社会面には、

「あっ、潜水艦だ」直後に衝撃

助けて！　夏休みの海に悲鳴

センセーショナルな見出しの下、現場海域に漂泊中の「くにしお」や、救助されて憔悴《しょうすい》しきった釣り客などの写真や記事で埋め尽されている。

二十二日午後三時三十八分頃、神奈川県横須賀港沖三・二キロの海上で、展示訓練より帰港中の海上自衛隊第二潜水隊群所属の潜水艦「くにしお」（二二五〇トン）と、横浜に本社がある大和商事所有の大型釣り船「第一大和丸」（一五四トン）が衝突、釣り船は二分弱で沈没した。海上保安庁等の調べでは、釣り船の乗客乗員計四十八人のうち、十九人はタンカーなどに救助されたが、うち一人は夜十時過ぎに死亡した。残りの二十九人は依然、行方不明で、安否が心配されている。

潜水艦「くにしお」は、相模灘《なだ》での訓練を終え、他の参加艦船とともに横須賀港への帰途にあり、また釣り船「第一大和丸」は伊豆大島へ向かっているところだった。

第三管区海上保安本部は、海難対策本部を設置、「くにしお」の筧勇次《かけひゆうじ》艦長（四二）と救助された「第一大和丸」の安藤茂《あんどうしげる》船長（三〇）らから、深夜にいたるまで事情を聴取、事故原因の解明に当たっている。
救助された一人は、救急車で搬送された自衛隊横須賀病院で、濡《ぬ》れた衣服を着替えた後、興奮して次のように語った。

サロンで寛《くつろ》いでいたところ、「珍しい船が来るぞ、潜水艦だよ」という誰かの声に子供（小学五年生）と甲板へ。その直後、ドーンともの凄《すご》い衝撃を受けた。あっという間に船は左に傾き、沈みかけたため、慌《あわ》てて近くにあったブイのロープに子供をくくりつけた。みなパニックになって大混乱のうち、子供とはぐれた。海に投げ出されて子供を探すと、五〇メートルほど先の海面に浮き沈みしていた。子供の摑《つか》んでいるブイには、数人の女性がしがみつき、大声で助けを求めていた。発泡スチロールが漂って来たので、懸命につかまって、子供の傍《そば》に……。

記事の左には、行方不明者の顔写真と住所、氏名が二列になって掲載されていた。

新聞を二紙、繰り返し読んだ後、テレビの報道に見入っていた小沢頼子《おざわよりこ》は、胸塞《ふさ》がれる思いだった。

渋谷駅からほど近い閑静な住宅街にある頼子の自宅は、公認会計士の父が早朝からいつものように付き合いでゴルフに出かけ、母が朝食の支度にかかっていた。普段はそれを手伝う頼子だが、報道が繰り返されるテレビから目が離せず、母に任せきりになっていた。

「あれ、姉貴《あねき》、まだテレビ見てるの」

愛犬の散歩から戻って来た大学三年生の弟が、芝生の庭から声をかけた。大事件の発生と関わりなく、自宅にはいつもと変わりない日曜日の風景が、ゆったりと流れているのだった。

「テツ、この調子では、姉貴は朝飯も用意してくれないみたいだぞ、僕がやろうな」

弟の浩史《ひろし》はTシャツ姿でテラスから部屋に上がって来ると、ドッグフードを皿に入れ、後からついて来たテツに差し出した。父が血統にこだわって選び抜いた柴犬で、ようやく一歳になり、しっぽがきりっと巻き上がるようになった。家族の愛情を一身に受けて育ったテツは、お手、おかわりの可愛《かわい》い仕種をして、浩史から「よし」と声がかかると、一心に食べ始めた。

浩史はその姿を見ながら、頼子の座っているソファの隣にどかんと腰を下ろした。最近、背丈が伸び、部活のバスケットボールで鍛えられたせいか、筋肉もついて来ている。

「毎朝のフルートの練習も放り出して、異常な熱心さだね、うるさくなくていいけど、誰か知り合いでも事故に遭ったの」

と、新聞を手に取り、行方不明者の顔写真に眺め入った。姉弟《きようだい》仲はよかったから、本気で心配している様子だった。

「そうじゃないけど……」

「じゃあ、なにをそんなに熱心に見ているの」

浩史はますます不思議そうに、聞いた。

「オムレツができましたよ」

母の声に、浩史は今、行くよと答えながら、

「自衛隊ってひどいよなぁ、海は自分らのものとでも思ってるのかな、でかい態度でいつも小さい船を蹴散《けち》らしているんだろう、むかつくよな」

腹立たしげに云い、食卓に移って行った。報道を見聞きする限り、潜水艦は傲慢《ごうまん》だとしか思えない。しかしその潜水艦「くにしお」には、花巻朔太郎《はなまきさくたろう》が乗っているはず

だ。半月ほど前、偶然、近くの公園通りで出遭い、喫茶店で話した時、展示訓練について、今年の招待者の募集は締め切られていて無理ですが、毎年ありますから、いつか見に来ませんかと誘われた。

花巻と出遭って、まだ三回。それも短い時間でしかなかったが、自分の周囲にはいない、見識と謙虚さを秘めた好ましい男性だという印象がある。

今までに交際を求めて来た男性は何人かいたが、自分のことしか考えない利己主義者か、理想や夢を語っても、どこか浮ついていて鼻白むような男が多く、一緒にいても、退屈この上ない。

花巻は海上自衛隊の潜水艦乗りとしての使命感を持ち、それを訥々《とつとつ》とではあるが、静かな信念を込めて語ってくれた。頼子にとって新鮮な驚きであり、この人とならもっと話をしてみたいと、惹《ひ》かれるものがあった。来月、上野文化会館で開かれる楽団のコンサートのチケットを送ったのも、その想《おも》いからだった。

だが、一五〇トンの釣り船を、二〇〇〇トン以上の大きな潜水艦が、本来避《よ》けなければならない位置関係にありながら、避けようともしなかったために、衝突事故が起こったということなら、自衛隊は弟の云うように忌《い》むべき体質を持っているのかも知れない。

これ以上、テレビに見入っているわけにもいかず、腰を上げかけた時、「くにしお」の甲板上に、白い制服やグレーの作業服を着た乗組員たちが並んでいる映像が写った。一同、暗い海を眺めているだけのこのシーンは繰り返し見ていたが、次の瞬間、白い制服の上にジャンパーを重ねた若い隊員の姿が一人だけクローズアップされた。頼子は、はっとした。帽子をかぶっていたから顔だちまでは、はっきりしないが、「花巻さん……」という声が自身の胸に響いた。

「冷めるわよ、早くいらっしゃい」

再び母の声がした。映像はわずか数秒で消え、続いて捜索活動のシーンに変わった。

食卓に向うと、

「事故に遭った人たちは怖かったでしょうね、お父さんの趣味が釣りでなくてよかったわ」

母が、フォークを使いながら、眉《まゆ》を顰《ひそ》めた。

「父さんもいつか話してたけど、あいつらは常識に欠けるんだよ、この際、反省すべきだ」

浩史も頷《うなず》いた。頼子は花巻のことを話そうかと迷ったが、切り出せぬまま、黙って食事を始めた。

日章旗を背にした防衛庁長官室の黒革の椅子《いす》に、川原《かわはら》長官は一八三センチ、九〇キロの巨体を凭《もた》せかけ、未《いま》だに収まらぬ怒りをたぎらせていた。執務机を隔てたその前には、西山《にしやま》事務次官が畏《かしこ》まってたっていた。

「君が防衛庁生え抜きの初の次官ということで、それなりに期待をしていたが、海自史上、最悪のこんな惨事を起こすとはね、綱紀が緩んでいた結果じゃないのかね」

語気が次第に強まり、部屋中に響いた。

「不徳の致すところです、常日頃、自衛隊員たるもの、いざという時は、命を投げ出す覚悟で国民の生命と財産を守るべしと訓育しておりましたが、まさかこんな事故を起こすとは――、残念です、せめて救命胴衣を着て飛び込むくらいの気概が欲しかったというのが、本音です」

防衛事務次官のポストは従来、大蔵、警察など他省庁からの出向者で占められて来たが、念願叶《かな》って初の生え抜きとして抜擢《ばってき》されたのが、防衛庁きっての切れ者と名高かった西山である。

「艦長のお詫《わ》び会見がないと記者たちが騒いでいるらしいが、今はどこにいるのだ」

おります」

「乗組員は全員、入港している艦内に留め置き、事情聴取は、横須賀総監部に呼んで

「くにしお」は昨日一晩、事故海域に留まり、筧艦長の指揮で遭難者の捜索活動に従事していたが、今朝早く横須賀の第五バースに帰港した。その間、艦の外に出たのは、副長の佐川《さがわ》三佐唯《ただ》一人だった。司令部から差し向けられた内火艇（小型エンジン付きボート）で出向いて事情聴取を受け、戻って来たのは翌午前一時過ぎだった。

一方、艦長に対する海上保安庁の事情聴取は、午後十一時過ぎに海保側が「くにしお」に乗り込んで来て、士官室で行われた。洋上にある艦から艦長を強制的に呼び出し、その間に事故等不測の事態が起こった場合、海保側にも責任が生じることを避けたのかも知れないし、海自に対する遠慮があったのかも知れない。

「『くにしお』艦長から直《じか》に事情聴取した海上幕僚長の報告では、筧艦長は多大な犠牲者を出したことについては動揺していますが、操艦に関しては自分は間違っていない、非はなかった、との考えのようです」

「だが、相手船の船長は、事故直後、海保の長時間に亘《わた》る取り調べで、『くにしお』側が避けるべきところを怠ったことによる衝突だと主張しているのだろう、本当のところはどうなんだ、潜水艦隊は自衛艦隊司令部にも防衛庁にも、秘密事項だと隠す体

質があるようだが、後で具合の悪いことが出て来た時は、却《かえ》って対処が難しいぞ」

筧艦長の事情聴取が「くにしお」の中で行われたのに対して、遊漁船の船長は海保の本部に連れて行かれ、厳しい調べに涙ながらに応じたと報じられたことから、世間では、早くも自衛隊優遇との批判が起こっていた。

「正式な記者会見は、明日、防衛庁で海幕長にさせます、昨夜は潜水艦隊幕僚長が十分な吟味もせず、『くにしお』にも責任があったかの如《ごと》く一部のメディアに喋《しゃべ》ってしまいましたが、訂正させました、今後、海難審判、横浜地検の取り調べが予想されますので、ここは慎重に——」

西山次官は、後は用心深く言葉を濁した。

「それがいい、マスコミがどう騒ごうが、艦長は絶対、表に出すな」

川原長官は椅子からたって、執務机の背後に掲げられている日章旗を凝視した。目下、国会会期中で、遠からず野党からの攻撃は避けられない、と覚悟するような表情だった。

「承知致しました、教育訓練局長からも、防衛庁として艦長に直接、事情を聞きたいと云って来ましたが、第一大和丸が引き揚げられてから、と納得させました」

事故当夜はもちろん、今朝も早朝からヘリコプターや捜索船約五十隻《せき》、ダイバー百人以上が出て、懸命の捜索活動が行われている。

「漁船が沈没している位置は、分かったのだな」

「はい、巡視船『しじま』の遠隔操作水中無人探査機が、水深五〇メートルほどの海底に甲板を上にして沈んでいる第一大和丸を発見し、五人の遺体を収容したという報告が入ったところです、明日午後に、サルベージ船で引き揚げ作業を開始し、船内の排水、点検作業を行った後、さらなる行方不明者の捜索を実施する予定にしております」

「朝からかかれないのか、事故から三日目になるのだぞ」

「何分、特殊な技術を要する作業ですので、ノウハウを持ったサルベージ船を使わねばならず、直ぐに取りかかることは不可能なようです」

西山次官は、申し訳なさそうに云った。川原長官は、椅子に座り直すと、ふうっと大きな吐息を漏らし、暫《しば》し頭を抱えていたが、

「君ら官僚、自衛官というのは、機転がきかんというか、融通がきかんというか……、もし、私が地元から早く帰っていたら、陣頭指揮して、事態をもう少し何とか出来たのに」

云っても詮無《せんな》いことを繰り返した。

川原長官は初の大臣就任とあって、事故当日の土曜日は、石川県にお国入りしていた。事故の一報を受けたのは、午後四時過ぎだった。だが、帰京するにも小松飛行場から羽田行きの便は午後七時半までなく、防衛庁に登庁したのは午後九時過ぎ——、それから中央指揮所で西山次官から報告を受けたのは、十時近く。事態を把握して、采配《さいはい》を振るにはまだ不十分なうちに、深夜、官邸に呼び出されたのだった。

竹本《たけもと》首相も前日から自由党の夏季セミナー出席かたがた、静養で軽井沢に出かけていて、急遽《きゅうきょ》、官邸に戻ったのは午後十一時過ぎということだった。同じく東京を留守にしていたという点で多少、救われたが、竹本首相、大淵《おおぶち》官房長官の二人から交互に質問され、応答にもたつくことがあって、同行させていた海幕長に説明させる場面もしばしばだった。その際、川原は、翌朝、捜索活動の現場に赴きたいと熱意を披瀝《ひれき》したが、温和が売りの竹本首相は、国民には絶対に見せることのない冷酷な表情で、「今は防衛庁長官はここにいて、救助の指揮に全力をあげ、事故原因の究明に当たることが最大の任務だ」と、突き放した。

遠い外国の洋上でならともかく、永田町から目と鼻の先の東京湾で起こった海難事故で、民間人の犠牲者が多数出たことは、内閣へのダメージが大き過ぎると、憂慮している様子だった。首相のその表情で、川原は辞任やむなしを覚悟した。昨年十一月、大臣に就任して、たった八ヵ月しか経《た》っていないだけに、無念だった。

「君らがもう少し頭を働かせてくれていたら、とつくづく残念でならん、小松飛行場は航空自衛隊の基地と隣接しているのだから、事情を説明して、偵察機だろうが、ヘリだろうが一機、手配してくれればもっと早く帰京出来、救難現場に出向いて指揮が執れた、そう思わんかね！　君ら官僚、自衛隊の人間は規則と前例に縛られた縦割りの思考しか出来ないのか！」

云えば云う程、腸《はらわた》が煮えくりかえるらしく、川原長官の瓦《かわら》のようないかつい顔面が赤くなり、爪《つめ》が掌にめり込む程、拳《こぶし》を握りしめた。西山次官は、黙りこむしかなかった。


事故から三日後の七月二十五日、新聞は一面トップで、川原防衛庁長官の辞意表明を一斉に報じた。

一方、各紙社会面でも、病院に収容された生存者たちの記者会見の模様が大きく取り上げられていた。

「助けて！」の叫び
「くにしお」無視
潜水艦に　怒りの声沸く

自衛隊横須賀病院に入院中の被害者たちの間では、事故後の潜水艦「くにしお」の救助活動について、非難ごうごうだった。

浮輪に摑まって助かったという坂井春子さん（一九）は、病院内のテレビを見て「潜水艦の操艦に落ち度はなかった」とする海幕長の発言を知り、「自衛隊の発表は全部デタラメ」と体を震わせた。

「私以外にも、たくさんの人が『助けて！』と叫びながら、次第に力尽き、次々と波間に沈んで行きました。私も『あんたたち、なにぼーっと見ているのよ。なんで助けてくれないのよ』と怒鳴りましたが、ただ海面を見てるだけで、何もしてくれませんでした」

坂井さん自身は、十五分くらい海に漂っていたところを、近くにいたタンカーの救命ボートに救助されたというが、その間、潜水艦の乗組員たちは、坂井さんら溺《おぼ》れている人々の叫び声が聞こえていながら、何もせず無視していたと声を震わせた。

また、別の男性（四二）も、
「乗組員たちは腕組みしてただ眺めていただけ。近くにいるのに、浮輪一つ投げて来ないから、日本語が通じない外人船乗りかと思って、英語でヘルプ・ミーと叫んだよ、民間人を見殺しにする自衛隊なんか、ぶっつぶして貰《もら》いたい」
語気荒く、批判した。

事故から四日後の七月二十六日正午前、札幌公演のために、東洋フィルの楽団員らと空港に下りたった小沢頼子は、フルート・ケースと舞台衣装を入れたバッグを両手に抱え、出口に向かった。六十名の楽団員が大小様々な楽器を抱えている光景に、他の旅行客たちは珍しそうに目を向けた。

ホテルに向かうバスの到着が遅れているため、三十分の待ち時間がメンバーに告げられると、一同は舌打ちしながら、それぞれ飲みものの販売機に向かったり、トイレを使いに行ったりした。

頼子は仲のいいチェロ奏者とオーボエ奏者の楽器ケースの番をしつつ、天井から吊《つ》り下げられているテレビから流れるニュースに目を凝らし耳をそばだてていた。

「引き揚げ船により、第一大和丸が八十三時間ぶりに浮上しました、船内からは、二十人の遺体が次々と見つかり、収容された模様です」

アナウンサーの昂《たか》ぶった声が、映像に重なった。大型特殊クレーンで吊り上げられた第一大和丸の船体周囲から海水がザーッと流れ落ち、最後部がぐにゃりとへこんでいる様子が、大写しされた。

遺体はいずれも、海上自衛隊横須賀地方総監部に運ばれ、待ち受けていた家族と悲しみの対面をしたという。

「苦しかっただろう、冷たかっただろうとばかりに、毛布にくるまれた遺体に取りすがる家族の姿が、周囲の涙を誘いました」

アナウンサーが語ると、横の解説者が、犠牲者は全員、溺死で、外傷や骨折の痕《あと》はなかったらしい、と付け加えた後、

「それにしても、『くにしお』は衝突直後、近くにいた民間の船と直接、連絡を取らず、遠くにいた海自艦艇を通して、上部組織の司令部に救助を頼んでいたというから、呆《あき》れますよ、無線による遭難信号、信号弾の打上げ、拡声器による近くの船への呼びかけといったことを一切していない、近くの他人より遠くの親戚《しんせき》に頼んだ、それが救助の遅れと惨事の拡大を招きましたね、潜水艦の隠蔽《いんぺい》体質がモロにでた最悪のケース

ですよ」

と批判した。頼子はいずれの言葉にも頷《うなず》けた。

防大に入ったのは、取りあえず、泳ぎが好きという単純な動機からですかね、と謙虚に語った花巻のあの言葉は、一体、何だったのだろう。純粋そうに思えた花巻も、所詮、口舌の徒に過ぎないのだろうか。頼子の大きな瞳《ひとみ》に、裏切られた悲しみの涙が膨れ上がった。

*

七月二十九日——、衝突事故からすでに一週間が経っていた。

朝ぼらけの中、「くにしお」は横須賀基地の第五バースに係留されたままだった。艦の中では、機械や装備品のメンテナンス以外はこれと云って仕事がなく、海上保安庁の初動捜査が一段落すると、幹部以外の六十余名の乗組員には三交代で陸に上がり、帰宅することが許可されていた。しかし幹部は依然として艦内に留め置かれ、連日、誰かが海上保安庁に呼び出されて、事情聴取されていた。

「おはようございます」

操舵員《そうだいん》の山本二曹が上甲板の中部ハッチのラッタル（梯子《はしご》）から発令所に下りて来た。

「おはよう、やけに早いな、子供さんは、パパが出かけてしまったことを、知らないんだろう？」

たまたま発令所に居合わせた朔太郎が声をかけると、

「子供たちは、まだ小さいですから、どうということは……、それより妻に大泣きされましてね、七十何人もの乗組員がいて、溺れている人を助けないなんて潜水艦乗りの妻として恥ずかしいと――、事実を話すと、今度はどうしてマスコミはいつも自衛隊を白い目で見るんだと怒り始めて……、ま、それはともかく昨日の夕刊でまたしつこくやられていますよ」

山本二曹が新聞を差し出した。

「悪いが、もう見たくない」

花巻は、首を振った。

「君らが久しぶりに帰宅する時も、人目を憚《はばか》って夜暗くなってから出て行き、戻って来るのも日の出前だなんて、みんな常軌を逸したマスコミのせいだ、何を書こうが、もう勝手にしろという心境だ」

負けず嫌いの口元を、朔太郎はぎゅっと引き絞った。

「それはそうですが、これは一読しておかなくては、と思ったものですから――」

山本操舵員は、引き下がらなかった。

発令所に一人、また二人と当直の乗組員が集まって来た。普段は艦一番の熱血漢の山本操舵員だが、眼に悲しみが滲《にじ》んでいる。新聞記事など読みたくもないと突っ撥《ぱ》ねていた花巻はやむを得ず、さし示された紙面に目を向けた。

呆れた操艦ぶり
第一大和丸船長、潜水艦を非難

癖毛なのか、緩くカールした長髪に、薄い色のサングラスをかけた安藤茂船長の写真とインタビュー記事が、社会面のトップに掲載されていた。

――今の正直な心境は？

船長を信じて第一大和丸に乗って貰ったお客さんに改めて陳謝したい。操船には最後までベストを尽くした。だけど結果的に僕の手で死なせてしまった。

——ご遺族の方々に対しては？

弔問に伺い、直接、謝るしかない。あんなもの（潜水艦）見たら、海上衝突予防法の決まりなんかにこだわらず、さっさと逃げ、自分の船の客を守るべきだった。

——貨物船のゴムボートに救助された後、もう一度、ボートから海の中へ飛び込もうとしたのは？

船長たる自分が助かったんだから、お客さんを一人でも助けたいと思うのは、当たり前じゃないですか。

——事故直前に「くにしお」を目の前にして減速したのはなぜか。

条件反射的に速度を落としてやり過ごそうと考えた。〝軍艦〟に対して、民間の船はそうするしかないのが、実情だ……。おかしな慣例だが。

——でも優先権は第一大和丸にあったのですね。

当然ですよ、でも東京湾では〝軍艦〟はよけてくれない。それなのに、ぎりぎりになってから回避行動を取って来るとは。あの艦長は経験不足だとしか云いようがない。

——今後、海難審判などの場で、さまざまな責任が問われると思うが。

海保がやることを信じている。原因究明のために何でも答え、協力していくつもりです。僕はこれしかないと思って操船した……。

一読して花巻は、安藤船長の背後に誰か――多分、弁護士がついたと直感した。従来のお詫び一辺倒から、「くにしお」批判に急変しているからだ。そのことを山本に話すと、

「やはり、そう思われますか」

山本二曹は云い、

「日本にとって自衛隊って一体、何なんでしょうね、まるで国賊扱いだ……」

と云うなり、また悔し涙を滲ませ、他の乗組員たちも、目を潤《うる》ませた。海上自衛隊四万人の内の五パーセントしか採用されないエリート集団の潜水艦乗りたちといえども、社会から認められない無念さには、耐えきれぬ状況が続いていた。

八月十一日――。事故から二十日が経ち、お盆も間近となった。

「くにしお」は依然として第五バースに接岸したままだった。

潜水艦のバースは米軍基地内にあるため、水上艦乗組員にとっては足を踏み入れにくい場所である上、他の潜水艦の乗組員も近づくことを避けているようだった。入道雲が湧《わ》き上がっている夏空の下、「くにしお」には孤立した侘《わ》びしげな影が日に日に深まっていた。

「あっ、『くにしお』って、これだわよ」

ミニバンで乗り付けた作業衣姿の中年女性たちが、無遠慮に近寄って来た。米軍基地で働く清掃員たちだった。「くにしお」の手前には黄色と黒の規制線のロープが張られていたが、おかまいなしにくぐり抜けて、近づいて来たらしい。

「潜水艦って頑丈なつくりのはずなのに、随分、へこんでるわねえ、よほど無茶をしたんだわよ」

「だから漁船なんか、ぶつかられたらひとたまりもなく沈没するのよねえ、おお怖っ」

興味津々《しんしん》、海面から露出している艦首の損傷部分を、好奇の目で見入った。

上甲板で見張りにたっていた若い海士は、むっとして、

「ここは立ち入り禁止ですよ、規制のロープが張ってあるでしょう」

追い立てるように、声を強めた。彼女たちは、ご挨拶《あいさつ》ねえ、あんな酷《ひど》い事故をおこ

しておいて、なによと聞こえよがしの憎まれ口を叩《たた》き、フンとばかりに車に乗り込み、立ち去って行った。

艦内からちょうど、上甲板に出て来たところの花巻は、その無遠慮な様子を目撃し、唇を噛《か》んだ。米軍基地内で働く作業員のみならず、報告のために陸の司令部へ出向いても、他の潜水艦乗組員とすれ違いかけると、すーっと避けられるような気がする。潜水艦乗りたちには験《げん》を担《かつ》ぐ気風があり、事故を起こした艦の乗組員に取り憑《つ》いた疫《やく》病神《びょうがみ》が、乗り移って来るのを、畏《おそ》れている節《ふし》がある。

花巻は海上保安庁に呼び出され、出向くところだった。これで二度目である。〝海の警察〟と云われている海上保安庁の所管は、警察庁ではなく、運輸省で、トップの大臣以下、運輸族の政治家の思惑が微妙に現場に影を落としているのも、乗組員泣かせだった。

今日は、どんなことを聞かれるのか。また同じことの繰り返しか、ということより、他の乗組員の証言との食い違いを指摘されたり、「くにしお」ぐるみで事実を隠蔽していると疑われたりする方が、辛《つら》い。

私服で出頭と決められているから、サマーウールのスーツに、紺のネクタイを締めていたが、目立たなくていい反面、こういう時は、制服姿の海保の職員に引け目を覚える。

ゲート前でタクシーを拾い、海保の巡視船が停泊している長浦港《ながうら》へと告げた。事情聴取は横浜の保安本部ではなく、潜水艦の停泊基地から山を隔てて反対側の、四キロほど離れた長浦港に接岸している巡視船の中で行われているのだった。

タクシーのラジオから流れている音楽を耳にし、ふと小沢頼子を思い出した。渋谷の公園通りの中古レコード店で発見したバッハのレコードは、テープにダビングし、艦で繰り返し聴いていたが、時に頼子自身が吹いているかのような錯覚に陥り、その顔、姿に心悩まされる時がある。

招待されていた上野文化会館での東洋フィルの演奏会には到底、出かけられない。司令部を通して艦に届けられた郵便物の中に、頼子からの封書があったが、チケットと印刷された挨拶状のみで、手書きのメモの類《たぐ》いはなかった。お礼と、聴きに行けない理由をしたためた手紙を書くべきだろうが、言葉が見つからない。報道を見聞きした頼子は、自分のことをとんだ食わせものだと軽蔑《けいべつ》しているかもしれないが、今は釈明する気になれなかった。

長浦港は旧海軍敷地跡地で、現在は海自と海保、民間の船舶が共同で使用している。花巻が到着した時には、遥《はる》か対岸に護衛艦が一隻、停泊しているだけだった。

暑い陽射《ひざ》しをまともに浴び、花巻は奥まった桟橋に係留されている海上保安庁の巡視船「いせ」に向かって、海岸縁《べり》の道を歩いた。

でこぼこの舗道に、貨車の引き込み線が僅《わず》かに残っているのは、戦前、海縁にあった各倉庫への物資搬入のためだったらしい。だが後方に山が迫っている長浦港は交通の便が悪いことから、今は錆《さ》び付いたトタン屋根の建屋や、船を修理する小屋がぽつりぽつりと建っているのみで、雑草がのび放題、人影もまばらで、半ば廃墟《はいきょ》の様相を呈している。

こうした景観も、これから事情聴取を受ける身の花巻にとって、一種のプレッシャーになった。岸壁の端で、汗が流れる顔を拭《ふ》き、靴の砂埃《すなぼこり》を払うために、腰を屈《かが》めると、周辺には使い古された舫《もやい》や、古いタイヤが転がっており、気持ちが一層、暗くなる。

「あの、『くにしお』船務士の花巻さんですか？」

いきなり、声がした。驚いて顔をあげると、自分よりやや歳下《としした》の男が、やはり汗まみれでたっていた。

「神奈川新報です」

社会部記者の名刺を差し出した。海保の事情聴取を受ける「くにしお」乗組員を、新聞記者が待ち伏せしているとは、聞いていた。

「今から話を聴かれるので、お答えすることは控えます」

花巻は、名刺を受け取らず、ぐいと記者を睨《にら》みつけた。何を書かれるか知れないという警戒感と、今までの報道に対する憎悪《ぞうお》が相半ばしていた。

記者を振り切ると、足早に目の先の桟橋に横付けされている海保の巡視船「いせ」に向かった。二〇〇〇トンの大型船だった。

周辺は、特別な警戒態勢がとられていた。花巻の姿を見るや、警備救難部の名札を付けた二人の職員がさっと前後から挟むようにして、船へのタラップを上がり、そこから先は一人の職員に、船内へ連れて行かれた。大型船の外見からは想像出来ない狭い廊下を通り、小部屋に入れられた。

低い天井に、配線や配管がむき出しになった小部屋には、スチールの机と肘掛けのある椅子が二脚、ないものが一脚、置かれている。肘掛《ひじか》けのない椅子が被疑者扱いの花巻の座るところであることは、前回分かった。

花巻は、服装に乱れがないか、気を配った。ついこの間まで咄嗟《とっさ》魚雷戦の対応やソ連原子力潜水艦の追尾などで、神経をすり減らしていた訓練の日々が、俄《にわ》かに遠い日のことのように思われた。

扉の外で咳払《せきばら》いがし、前回と同じ制服姿の二人組が入って来た。三十代半ばの背の低い眼鏡をかけた方が三等海上保安正、五、六歳年下の背の高い方が一等海上保安士だった。海自で云えば、三等保安正が三尉クラス、一等保安士が海曹に相当する。

「連日、五班に分かれて君たちを聴取しているが、皆、云うことが違うので、困っているよ、君の証言も後で他のものと照合すると、結構、辻褄《つじつま》が合わないぞ」

三等海上保安正は、眼鏡の奥の目をじろりと花巻に向けた。

「突然の事故ですので、私も含め乗組員は皆、動転して、その時々の正確な行動となると、記憶が曖昧《あいまい》になるのは、やむを得ないことかと……」

花巻が釈明すると、

「事故というのは、突然、起るから事故なんだ、海自の中でも潜水艦乗りは常に咄嗟の事態に備えて、訓練をしていると聞いていたがね、君ら潜水艦乗りは、海自きってのエリートなんだろう？」

嫌みたっぷりに云ったが、花巻は黙していた。横で一等保安士が、分厚い調書のファイルを開き、

「さて、花巻さんは前回、衝突時、哨戒長《しょうかいちょう》付として発令所にいたと云いましたよね、哨戒長付とはどのような仕事をするんでしたかね」

今さらでもない質問をした。

「艦位情報にレーダー情報、その他、運航面に関して哨戒長を補佐する立場です」

「例えば、今回のように浦賀水道に入って横須賀に入港する時は、具体的にどんなことをするのですか」

またも前回同様の質問を、繰り返した。

「まず、潜望鏡で陸上物標を捉《とら》えて方位を取り、航海科員に伝えます、それで航海科員が海図に艦位を記入する、もう一つは、潜望鏡による見張り、その情報をレーダー員に提供することなどです、その他、航海に関する事柄全般も任務に入っていますが」

「事故当時の時間帯の哨戒長は本来、船務長であるべきなのに、水雷長が近々、船務長に異動するに当たって、訓練のために艦橋に上がっていたのでしたね」

「その通りです」

「こういうことは、潜水艦ではよくあることですか」

「はい、そうしないと、いざその職務に就いた時、即刻、適切な指示が出来ないため、事前に訓練を重ねます」

　花巻が答えると、

「ところで、前回、君は第一大和丸を視認する前に、ヨットを視認したと証言したよね、時刻は？」

　眼鏡の保安正が椅子の肘掛けに両手を乗せて、聞いた。

「十五時三十四分〜三十六分の間くらいだと思います、すぐレーダー員にヨットの存在を知らせ、レーダー員は艦橋に情報を知らせました」

「その後、どうしたのですか」

「ヨット側が本艦に気付いているかどうか確かめるために、潜望鏡で相手を見たところ、舵《かじ》を握っている操縦者はこちらを向いていないと思われました、ただし、デッキにいた人がこちらをずっと見ている様子だったので、潜望鏡を艦首側に旋回させ、右《う》舷《げん》前方まで回した時、漁船を見つけました、——その時は船名は分かりませんでしたが、衝突後、第一大和丸だと知りました」

「大和丸のことを、誰かに知らせたのかね」

「レーダー員に知らせました」

「その時の状況を、もう一度、詳しく説明しなさい、人によって食い違いがあるのでね」

花巻は、前回伝えた通りの事実を話した。保安士がその時の調書と付き合わせているのが、分かった。

潜水艦で暗く狭い空間には慣れているつもりでも、交互に二人の取り調べを受けながら、記憶違いのないよう話そうとすると、プレッシャーを感じる。正確を期して、話を続けていると、黙って聞いていた保安正が、

「停止が下令されて、前進強速が来てからのことは?」

いきなり、話を先に飛ばした。

「えーっと、短一声《たんいっせい》―面舵一杯《おもかじいっぱい》―停止が次々と聞こえました、そしてあまり間を置かずに、後進原速、後進一杯が聞こえました、この一連の動作は、発令所にいて、外の状況が分かりにくいわれわれは、当初、ヨットに対するものだと思っていましたから、またヨットを探しました、三十六分の艦位測定前か後か、よく分かりませんが、かなり接近しており、思わず『危ないことするな』と声に出しました」

「で、どうした」

「一連の動きの後、少し時間を置いてから、艦橋から緊迫した様子で『面舵一杯』だったか、『後進一杯』だったかが、二、三度聞こえました、やや上ずった声だなと感

じました、それまでの一連の動きの時は平静だったので、操舵員が確実に操作しているのに、どうして何度も同じことを云ってくるのかという感じで応答していました、その時、舵が右一杯に取られていたのを見ました、船体が震えていたので、後進がかかっていたと思います」

「この間、花巻二尉は時計を見ていたんですか」

記録を取っていた保安士が、不意を衝《つ》くように、質問した。花巻は一瞬、口を閉ざした。この質問はどんな意図があるのか、考えたが、催促され、

「当直交代の十四時三十分を発令所の時計で確認しましたが、その後は見ていなかったと思います」

発令所の蛍光塗料の掛け時計を思い浮かべて、答えた。

「漁船と衝突したことは、どうして知ったわけ？」

眼鏡の保安正が、代って畳みかけて来た。

「いつにない号令を聞いて、変だと思っていたところに、丁度、艦橋に上がる五島《ごとう》船務長が傍《そば》に来られたので、潜望鏡を替って見て貰いました、船務長は潜望鏡を艦首方向に向けながら、『こっちが面舵を取って避航しているのに、あっ、取舵を取って来たぞ、なに考えてるんや！』と絶望的な声を上げられました、それから少し置いてコ

リジョン・アラーム（衝突警報）と、『衝突する』か『衝突用意』かが艦内放送系から聞こえて来ました、そして僅かながらショックを感じました」

「ショックはどの程度の？」

「よろけたり、どこかに摑《つか》まったりという記憶はありません」

「その時、艦位を測定したのは、誰からの指示なんだね」

「船務長から『記録を取れ』と命令されました、私はすぐ潜望鏡に付き、三方位を取ったと思います、衝突後何分くらいたって方位を測定したか覚えていませんが、第一大和丸がみるみる沈んで行くのを見ました」

「衝突したという連絡は、どこへしたのか」

「私が艦位を入れている時、艦橋から『本艦、漁船と衝突、漁船は沈みつつあり』と、第二潜水隊群司令へ報告せよ』、次いで『水上艦に救助を要請せよ』との命令がありました、私は直ちに第二潜水隊群司令へ同旨を報告し、また、展示訓練の際に一緒で、近くにいた護衛艦『くしろ』に対して『本艦漁船と衝突、救助を要請する』旨《むね》、通報しました、いずれからも了解の応答がありました」

「そんなことより、まず海保に連絡することは、思いつかなかったのかね、うちに通報されたのは、二十分も経過してからなんだよ」

日頃、何かと下目に見られている鬱憤《うっぷん》を晴らすかのように、責め立てた。

「前回の調べでもお詫《わ》びした通りです、隠すというのではなく、われわれ自衛隊に育った者は、一度《ひとたび》、ことが起れば、まず上層部に連絡するという習性が身にしみついておりました、そこから先は命令を待つという、今から思えば柔軟性のない考えにとらわれていました」

冷や汗が出る思いで、詫びた。その率直さに保安正は拍子抜けしたように、追及しあぐね、沈黙があった。

「ところで、衝突時間は覚えているか」

「船務長から記録を取れと命じられた時、近くで衝突時間一五三八《ヒトゴーサンハチ》という声を聞いたので、直ぐその時刻を航海科員に伝えました」

「そのほかに、何か特に述べておくことはないか」

眼鏡の下の目を光らせ、保安正が聞いた。

「報道ではわれわれが溺者《できしゃ》を見殺しにしたと云われていますが、潜水艦乗りも海の男――、目の前で溺れている民間人を見殺しにするはずは絶対、ありません」

強く訴えた。

「今、そんな感情論は聞いていない、云うことは以上かね」

「もう一つ……、漁船を視認しておきながら、急接近して来たヨットにばかり気を取られていましたが、漁船のプロット（海図に位置を記入）をするように確実に指示をしておけばよかったと思います」

そう云うと、花巻は頭を垂れた。予《あらかじ》め用意した言葉ではなく、聴取の流れから、自責の念が湧き起こって来たのだった。

三十人もの死者を出してしまったのには、哨戒長付をしていた自分にも責任の一端があるのだ……。

花巻は自己嫌悪のあまり、いつ、聴取が終わり、「いせ」から解放されたのか定かでないまま、気がつくと、照り返しのきつい殺伐とした岸壁を歩いていた。

タクシーが横須賀米軍基地の正面ゲートに到着すると、花巻は中までは乗り入れず、降りた。ゲートは米兵によって厳重に警備されている。

スーツ姿の花巻に対して、迷彩服に拳銃を携帯している警備兵は、ＩＤカードを仔《し》細《さい》にチェックしてから、

「サンキュウ　サー」

と敬礼した。

「サンキュウ」

花巻は呟《つぶや》くように頷き返し、第五バースに向かった。台風の接近で、晴れていた午前中とうって変わって、遠雷が轟《とどろ》き、雨模様の生ぬるい風が吹き渡っていた。

正門から「くにしお」が係留されている第五バースまでは歩くと二十分近くかかるが、事情聴取の後の鬱屈した気持ちを、艦に辿《たど》り着くまでに鎮《しず》めておきたかった。

「ハイ、ハナマーキ」

呼びかけられた視線のすぐ先に、ＣＴＦ－74（第七艦隊潜水艦部隊）司令部の幕僚、デイビッド・ヤング大尉がカーキ色の半袖《はんそで》シャツとズボン姿で、近づいて来た。普段着的な制服だが、左胸ポケットの上に金色のドルフィン・マークと、赤、青、黄など色鮮やかな勲章の略章が並び、今日はやけに眩《まぶ》しく映った。

「ホアット　ハプンド？　ユー　ルック　ソウ　タイヤード」

顔色の悪さを心配するように、覗《のぞ》き込んだ。

「アイム　ファイン」

花巻は、強いて明るい笑顔を向けた。

「バット　マイ　ワイフ　ウォーリーズ　アバウト　ユー」

ヤング夫人には、定期的に英会話を習っていたが、事故以来、休むという連絡も出来なかった。心配してくれているという夫人に申し訳なく思いながら、

「アズ　ユー　ノウ、〝サブマリン　クニシオ〟　コライデッド　ウィズ　ア　フィッシング　ボート……」（ご存じのとおり、「くにしお」が漁船と衝突し……）

艦内留め置きが続いて、基地からまだ自由に出られないことを告げた。

「ウィ　アー　ディープリー　コンサーンド　アバウト　イット」（われわれも、大変憂慮している）

ヤング大尉は、同じサブマリナー（潜水艦乗り）として、事故の詮索《せんさく》は控え、

「テイク　ケア」

花巻の手を強く握って励まし、そのまま司令部の方向に歩き去った。

テイク　ケアか――、花巻はその言葉になんとなく馴染《なじ》まぬ気持ちで、姿勢に気を付けて歩いた。どこに視線があるかも知れないからだった。

広い道路を、迷彩服やセーラー服姿の兵隊、軍用のトラック、乗用車がひっきりなしに往来している。

ここには、ハワイの米太平洋艦隊の指揮下にある第七艦隊の基地がある。第七艦隊は艦艇五十～六十隻《せき》、航空機二百～三百機、約四万人の人員を擁している。しかし、

横須賀を母港とする艦艇は空母「ミッドウェイ」と二十隻余の主要艦艇のみで、戦闘機は厚木、哨戒機は三沢を基地とするなど、広く分散しており、横須賀の基地自体は、軍隊としてそれほどの規模を感じさせない。海自の潜水艦基地は、その中にあった。

第五バースに向かって歩いていると、濃紺のバンが傍らに停まった。窓越しに制服姿の原田一尉が見えた。原田は窓を開けると、

「今、長浦から帰ったのか？」

海保の調べに気付いたらしく、聞いた。

「はい、只今、戻りました」

同乗している数人の幹部の目を意識し、靴の踵《かかと》を鳴らさんばかりに姿勢を正して、応答した。

「丁度いい、どんな様子だったか教えてくれ」

原田はそう云うと、同乗者たちに何事か告げ、車を降りた。白い帽子と云い、制服と云い、私服でいる時の飾らない無骨さと比べると、全く異なる凜々《りり》しさで、惚《ほ》れ惚《ぼ》れとする佇《たたず》まいだった。

大股《おおまた》で歩み寄るなり、

「幽霊みたいな顔で、基地内を歩くな」

耳元で注意した。スーツ姿なればこそ、意識して背筋を伸ばして歩いていたつもりだったが、さっきのヤング大尉と云い、心中を見抜かれているのかと、ぎくりとした。

「オフィサーズ・クラブで一息ついてから、帰れ」

そう云うと、原田はちょうど通りかかったベース内タクシーを止め、花巻を押し込んだ。

米軍基地の中には、レストランはもとより、学校、病院、スーパーマーケット、テニスコート、野球場、住宅等々があり、一つの巨大な街を形成している。

士官専用レストランの分厚いドアを開けると、すぐそこは大きな花が活《い》けられたエントランス・ロビーで、壁面には現役の第七艦隊司令官、参謀長以下五名、日本側も同クラスの司令官以下五名の肖像写真が掲げられている。

原田は制帽を廊下横のクローゼットに掛けると、ロビー奥のドアを押した。分厚いカーペットを敷き詰めた広いフロアには、黄色いクロスのかかったテーブルと背の高い椅子《いす》がずらりと並んでおり、正面にはスピーチや生バンド用の一段高くなったステージが設けられている。レストランというより、バンケット・ルームの雰囲気に近い。寒いほど冷房が、よく効いていた。

マネージャーの会釈《えしゃく》に、原田はスマートな笑顔を返し、ボーイの案内した席へ着くと、花巻に向いに座るよう促した。午後二時近い中途半端な時間だが、やや離れた窓《まど》際《ぎわ》の席では、米軍士官が七、八名、食事を摂《と》っている。日本人幹部は誰もいないのが、幸いだった。

「ビールと云うわけにはいかんだろう」

注文を取りに来たウェートレスに、アイスティーを頼み、

「で、海保の聴取はどうだった？」

細い目に、俄かに優しい笑みを浮かべた。

「前回とほぼ同様のことを、繰り返し聞かれて、頭が変になりそうでしたが、何とか切り抜けて来ました、痛いのは、やはり何故《なぜ》、海保への通報が遅れたかという点でした」

「海の警察に通報が二十分も遅れたのだから、当然だ」

花巻は一言もなかった。

「潜水艦隊は呉《くれ》も含めて目下、作戦訓練をすべて中止し、衝突事故防止の特訓続きらしいですね」

「そういうことだ、この際、徹底してやらねばならない」

原田は頷き、

「まだ当分、おまえたちの拘束は続きそうか？」

アイスティーが運ばれて来ると、尋ねた。花巻は、はいと答え、ストローに口を寄せると、一気に半分ほど飲んだ。喉《のど》がからからに渇いていたのだった。その様子を観察するように見ていた原田は、

「君のお兄さんが昼前に訪ねて来られたので、私がお会いした、事実関係を説明し、朔太郎君ならご心配には及びませんと、ご納得戴《いただ》いたよ、お兄さんは明日から名古屋本店での支店長会議があるので、夕刻まで待てないが、休暇が出たらともかく元気な姿をお母さんに見せてやって欲しいということだった」

と告げた。海保での調べについて話さないでいてくれたことに、花巻は感謝し、

「兄は、事故のことは報道だけでは分からないから、直接会って、話を聞きたいと云って来ていました、もう少ししたら自分も帰ることが出来るから、心配しなくてもいいと返事していたので、まさか直接、訪ねて来るとは……、ご面倒をおかけしました」

頭を下げた。中日銀行大阪支店長の兄は、他ならぬNHKが、釣り船のアルバイト女性による「『くにしお』乗組員は助けてくれなかった」という発言を、くり返し報道していることや、弟である自分のジャンパー姿が放映されているのを見て、何かの

罪に問われるのではないかと心配している様子だった。

「肉親なら当然だ、いてもたってもいられない気持ちだったと思うよ、とてもいいお兄さんだな、俺も兄弟が欲しいと思ったよ」

心底、羨《うらや》ましげに云い、アイスティーを飲むと、

「小沢頼子さんからは、何か連絡はあったか」

いきなり話題を変えた。花巻は首を振った。

「おまえの方からは？」

「していません、それほど親しい訳でもありませんし……」

「そうか、彼女もあの映像を見て、ショックを受けた一人だろう」

わざとからかうように、云った。

「三十名もの犠牲者が出て、申し訳ないと、頭を垂れるしかないと我慢して来ましたが、報道はエスカレートするばかりで、この国のマスコミは何なんだ、誰も事実を伝えないのかと憤《いきどお》りを覚えています、自衛隊を叩けば、正義の味方かインテリとでも思っているのでしょうか」

原田は答えなかった。

「……日本における自衛隊って、一体、何なんでしょう、陸上自衛隊は災害派遣で被

災者に喜ばれることもありますが、それは本来の任務じゃない、われわれ潜水艦乗りにしても長い間、海に潜って、警戒監視活動をすることで国防に貢献している、とは云え、そんなことなど国民は知っちゃいない」

花巻はグラスの底の紅茶を飲み干した。原田はなお、黙していた。

「要は日本は戦争をしないと憲法に謳《うた》っている――、戦争もしないのに、自衛隊員は二十数万人とか、装備は最先端の技術を搭載とか云っている、一体、何のためですか……、張り子の虎みたいな自衛隊に留まってること自体、虚《むな》しくなって来ました」

花巻は、このところの鬱屈した怒りとも悲しみともつかぬ思いを、原田にぶつけた。

「戦争をする自衛隊なら、存在意義があると思っているのか」

「そうは云っていません、ただ、国防の仕事に就いている人たちは、どこの国でも、国民に敬愛されこそすれ、こんなに嫌悪されているのは日本だけでしょう、自衛隊が隊員に教えていることは、現実とあまりにかけ離れている、自衛隊の最高指揮官は内閣総理大臣とは云え、その総理以下の政治家も官僚も、事故が起きれば、保身に汲々《きゆうきゆう》として、隊員をまるで犯罪人呼ばわりする、こんな国の自衛隊って何なのか……」

花巻は周囲を憚《はばか》りつつ、低い声で憤懣《ふんまん》をぶつけた。

「俺は、そんな風には考えていない、日本には敗戦によって受けた深い傷跡がまだ残っている、それは一朝一夕には消えない、そういう国民感情をわれわれは慮《おもんぱか》らねばならない、その上で俺たちが俺たちの時代に、国民から理解して貰《もら》えるような自衛隊に変えていかねばならないと思っている、この一方的報道に対して、今後の海難審判や裁判の場で真実をはっきりさせ、国民に理解して貰う努力を、辛抱強くしなくてどうする」

原田は、静かに語った。

「先輩は当事者じゃないからそんな理想論が云えるのです、『くにしお』の乗組員は、参りきっています」

思わず、悔しさが喉元にこみ上げて来た。

「花巻は案外、弱い人間だな、疲れているのだろう、身柄が自由になったら、小沢さんのフルートでも聴きにいくんだな」

と微笑し、

「そろそろ帰れ、遅くなりすぎたら、皆、心配するだろう、拘禁性ノイローゼで体調を崩す乗組員も多いと聞いている、〝ミスターくにしお〟がそのうちの一人だなんて、洒落《しゃれ》にならんよ」

と促した。花巻は席からたち上がり、

「先輩にはいつもご心配ばかりかけ、申し訳ありません、ですが、小沢さんにはいつか時が来たら、自分から話しますので、いらぬお節介は止《や》めておいてください」

渋谷で偶然、頼子と会ったことについては、いつものように原田の官舎で夕食をご馳走《ちそう》になった時、話しており、上野のコンサートも、出来れば聴きに行きますと云っていた。それだけに、自分のためによかれと、気を利《き》かして頼子に事情を説明しに行きかねない。

「お節介とはなんだ、急に強気になって、呆《あき》れた奴だ」

原田はにやりと笑い、自分はさっき入って来た米潜水艦部隊司令部の幕僚と、話したいことがあるからと、先にクラブを出るよう促した。

外はいつの間にか、今にも雨が降り出しそうな気配で、暗い空に稲妻が走っていた。

「くにしお」に戻った時には、雨は、本降りになりかけていた。私服を制服に着替え、発令所に出向くと、

「花巻二尉、先程から何度も電話が入っています」

航行警報を片手に、海図を広げていた航海科員の海曹が、云った。

「どこから？」

と問い返した時、艦内当直が電話を取り、

「船務士に、電話です」

停泊中は電話回線を繋《つな》いでいるため、各所から連絡が入るのだった。

「花巻二尉です」

応答すると、

「丹羽《にわ》だ、丹羽秀明《ひであき》だ」

やや尊大な声が伝わって来た。長らく会っていないが、直ぐに分かった。郷里の豊田第一高等学校の同窓で、ボート部で共に汗を流した間柄だが、丹羽は東都大を出て、防衛庁に勤めていた。

「珍しいな、こんな時に電話して来るとは」

「こんな時だからこそ、連絡したのさ、元気かい？」

取ってつけたように、聞いた。

「そんなはずないだろう」

ボート部での丹羽の利己的な行動と、その性格故に起った忌《い》まわしい事故が脳裏をよぎり、ついぶっきらぼうになった。

「実は、明日、君のところの艦長を、うちの教育訓練局の柳《やなぎ》課長が呼び出すことになっている、知ってるだろう」

「いや、初耳だ、それで僕に電話をして来た用件とは？」

「君も忙しい身であることは分かっているが、今から二時間以内に柳課長に、筧と云ったっけ、その艦長が事故を起こすに至った経緯、原因、日頃の操艦ぶり、艦長としての資質などについて、纏《まと》めて報告しなければならないのだよ、船務士の君なら全般的な目配りが出来る立場だろう？　それを二、三枚のメモにして、僕の直通のファックスに送って欲しいんだ、知ってると思うが、僕は今、柳課長付でね」

花巻は呆れた。久しぶりに電話をして来たかと思えば、上司への報告書提出のために、日頃、何の付き合いもない自分に情報提供を依頼して来るとは――。丹羽の身勝手な行動は高校時代と少しも変わっていないようだ。

「事故原因など、報告はすべて潜水艦隊司令部、海保に提出済みで、今さら君に渡す情報など、何もないよ」

「そんなものが欲しくて、それこそ今さら、君に頼んでいるわけがないだろう、公表されていない情報が君のもとになら必ずあるはずだから、高校同期の誼《よしみ》で知らせて欲しいんだ」

ぐいと高圧的に出てきた。

「事実は一つだ、何年前だったか、呉の潜水隊群司令部でばったり会った時、君は海自は純粋培養された人間の集団だと嗤《わら》ったが、まさしく僕らは、バカが付くほど正直な人間集団だ、立場によって情報が違うことなどあり得ない、忙しいので切るよ」

と突っぱねると、

「切るのは早い、『くにしお』が航泊日誌を改竄《かいざん》して、提出していることを、俺は握ってるぞ」

「改竄だって？」

「そうだ、事故直後、衝突時間を『くにしお』が有利なように書き改め、元の頁《ページ》は引き千切って、新しい頁に差し替えただろう、その証拠を握った上で、君に電話をしているのだ、正直に情報提供してくれた方が、君のためだ、待ってるよ」

傲然《ごうぜん》と云い放ち、直通のファックス番号を告げるなり、がちゃりと切った。

＊

上野文化会館での定期演奏会も終わり、冷夏と云われた今年の夏も、また終わりに近づいていた。

　銀座通りのハヤマ楽器の練習スタジオに、フルートの合奏が流れていた。小沢頼子ともう一人、同年代の女性フルート奏者、あと一人は伴奏のピアニストで、曲目はヴェルディのオペラによる「リゴレット幻想曲」だった。ハヤマ楽器が月に一度、主催する〝今宵の音楽〟に女性音楽家三人を揃《そろ》えての企画で、来月、ハヤマホールで開かれることになっている。

　三人とも美人揃いであるのは、聴衆を多く集めるための営業の一環だった。もう一人のフルート奏者は、留学先のフランスから帰ったばかりでまだフリーの身だが、個性的な容姿と演奏スタイルが注目されている話題の新人。ピアニストは三十歳、高名な指揮者夫人という七光りもある芸大出身の女性――。

　この曲は、「女心の歌」「慕わしい人の名は」など、有名なアリアが出て来るので、親しみやすい一方、二本のフルートが華麗に絡《から》み合う難曲でもある。

「そのメロディーのところ、もう少しテンポを落とせない？」

　ピアニストが注文を付けた。フランス帰りのフルート奏者は楽器から唇を離すと、

「分かりますけど、一番パートを遅くすると、二番のオブリガートの息継ぎがとりにくくなって、音が聞こえなくなってしまうのよねぇ」

頼子に同意を求めるように、やんわり抗議した。

「でも、やってみましょうよ」

ピアニストの提案には、なるほどと頷《うなず》けるものがあったから、頼子は銀色のフルートを構え直し、スタートを合図すると、フランス帰りは不承不承に従った。

スタジオは防音壁で囲まれ、出入り口は分厚い鉄製の扉になっている。

その扉がそっと開き、ハヤマ楽器の営業部長が肥満した体を押し込めるようにして入って来た。合奏の邪魔にならないように、隅の椅子に腰掛け、聴き入っていたが、曲の最後まで通し終わると、拍手した。

「やはり女性の合奏は、華がありますねぇ、お陰さまでチケットには、問い合わせが殺到していますよ」

言葉巧みに褒め、

「ところで、お三方ともポピュラーの独奏曲はお決まりですか」

と下手《したて》に聞いた。芸術家肌の気むずかしいクラシック奏者に、ポピュラー音楽を演奏して貰うのは気遣いがいるが、集客のため、三人に一曲ずつ依頼していたのだった。

頼子はディズニー映画『ピノキオ』の主題歌である「星に願いを」の変奏曲を吹くことに決めていた。それぞれが曲目を告げると、営業部長は二重顎《あご》を満足げにさすり

ながら、メモし、

「さすが皆さん、センスがいいですなぁ、じゃあ、ポスターを製作しますので、これで決まりということに」

約束を取り付けるように云い、またそっと鉄の扉から出て行った。

練習が終わると、二人はそそくさと帰ってしまった。一人残った頼子は今日、入手したばかりの「星に願いを」の譜面を台に置いて読み、フルートを唇に近づけたが、練習中に楽器の中にこもった水分が気になった。ガーゼを巻いた掃除棒を取り出し、管の中に出し入れして拭《ぬぐ》った。

改めて大きく息を吸い込み、「星に願いを」を吹き始めた。

輝く星に、心の夢を祈れば、いつか叶《かな》うでしょう……

頼子は静かに吹きながら、いつしか花巻の潜水艦上での姿を想《おも》い浮かべていた。先月末、地方公演で札幌の空港に降りたった時、たまたまテレビで遊漁船と共に沈んだ乗客の遺体引き揚げの様子が映し出されていた。思わず涙したのは、潜水艦乗りたちが溺《おぼ》れている人たちを助けるでもなく、近くの船舶に救助を求めさえしなかったことによって、三十人もの命が失われたことに対する怒り——、花巻への失望からだった。渋谷の喫茶店で花巻に対して抱いた好ましい印象は、この事故で一変した。花巻が上野のコンサートに、のこのこと現われなかったのは、せめてもの救いだった。

ＣＤで歌われていた歌詞を思い浮かべ、頼子は体をしならせながら、息の続く限り吹き続けた。

だが、星に願いをかけようとしている自分は、一体、何を想ってのことだろう。頼子の心は乱れた。

「あのぉ……」

ハヤマ楽器の事務員がスタジオの防音用のドアを少し開け、フルートに熱中している頼子に、何度か声をかけたが、気が付かない。

「小沢さん、お客さんですよ！」

さらに大きな声を出すと、頼子はようやく気付き、フルートから唇を離して、振返った。

「ご来客です、下の楽器売り場のほうです」

顔馴染みの事務員が伝えた。

「それは私には……、それと、あと五分で次の練習者が使う予定になっていますので」

「どなたかしら」

スタジオを空けて欲しい様子だった。時計を見ると、もう三時近かった。

「ごめんなさい、直ぐ片付けます」

頼子は、フルートをクロスで拭《ふ》いてケースにしまい、楽譜の束を鞄《かばん》に入れて、部屋を出た。

ワンピースの上に麻のジャケットを羽織り、急ぎ足で階下《した》の楽器売り場に降りて行くと、さっきの営業部長がなんと父と話していた。そう云えば、朝食時、今日はハヤマ楽器で練習があると話した気はするが、父がこういう場所を訪れるとは、想像もしていなかった。

「ついギリギリまで使わせて戴きました」

頼子は営業部長に小さく頭を下げた。

「いえいえ、小沢さんはいつも本当に稽古《けいこ》熱心ですよねぇ、ちょっと演奏を褒められると、この世界の人の多くは自分は天才だとでも勘違いして、天狗《てんぐ》になってしまうものですが」

父の小沢泰三《たいぞう》を意識してか、お世辞とも本気ともつかぬ口調で褒めた。

「で、お父さんはどうして来たの？」

中肉中背で、顔立ちは頼子とあまり似ていないが、銀縁眼鏡をかけた切れ長の目のあたりに、頑固というか、妥協を許さぬ性格が現われている。公認会計士という職業柄、地味だが、身だしなみにはいつも気遣っている様子で、この暑い日にも、きちんとネクタイをしめている。

「この筋向かいの紫文《しぶん》画廊さんのところで、奥村土牛《おくむらとぎゅう》展があってね、義理があって顔を出したのだ、で、ついでにもしや頼子が練習しているかと思って、寄ってみた」

「ちょうどいい機会だわ、お父さん、お願いごとがあるんだけど」

「なんだね、急に」

「このフルート、そろそろ買い換えたいと思っているの、いい品があるらしいけど、私の貯金じゃちょっと足りなくて迷っていたところ——、お父さんがここに来るなんて、なにかの縁だわ」

頼子は、大きな瞳《ひとみ》に娘らしい甘えを見せた。営業部長が、引き取るように、

「実は来月あたり、ドイツのメーカーの新作が入って来ると担当者に聞いたものですから、小沢さんにお勧めしていたところです、差し出がましいのですが、お嬢さんの

ためには、いい買い物だと思います」

　商売気抜きで、口添えした。

「あなた、頼子をけしかけないで下さい、父親としては、フルートより嫁入り費用を少しでも積み立ててやらねばならん時期ですからな」

　泰三は素っ気なく、首を振った。

「新宿の一等地にオフィスを構えておられる小沢会計事務所のオーナーが、そんなご冗談を――、頼子さんはいつも斬新《ざんしん》な解釈をなさいますから、演奏家や評論家の諸先生方にも、評判がいいのですよ、これからが本領発揮という大事な時なんです」

　ここぞとばかりに、応援に回ったが、プロになることを未《いま》だに反対している泰三は、動じなかった。

「お父さん、バイオリンやピアノを買い換えることを思えば、フルートは大した額じゃないはずよ、どうしても助けて下さらないなら、ローンを組みます、保証人も頼みません」

　頼子も負けずに、きっぱりと云うと、

「相変わらず強情だなあ、まあ、考えておくとしよう、こんな話になるのだったら、寄らなければよかった」

金銭にシビアな泰三は苦笑し、営業部長に挨拶《あいさつ》して、頼子と階下に降りかけると、

「小沢先生、お久しぶりです」

重そうなアタッシェ・ケースを提げた若い男性が会釈しながら、近づいて来た。

「おや、辰村《たつむら》君じゃないか、君とここで会うとは驚いたね、レコードでも？」

「いえ、私は下手の横好きで、ギターを齧《かじ》っていますので、ふらりと」

丸めたギターのカタログを示し、頼子の方に視線を向けた。穏やかで、人柄の良さそうな容貌《ようぼう》だった。

「娘の頼子です」

父は紹介し、

「こちらは、辰村晴彦《はるひこ》君、国際公認会計士で、企業コンサルタントとしても引っ張りだこの切れ者だよ」

と話した。頼子が初対面の挨拶をすると、

「資格取得の試験が難関だっただけで、たいしたことはありません、小沢先生こそ、数字をまるで音符のように見たて、芸術的なバランスシートをお作りになるのですから、その技を見習いたいと思っています」

若い時、精密機器メーカーの経理担当だった父は、会社に国税庁の査察が入ったこ

とが原因で上層部と揉《も》め、会社を辞めると、一念発起して、公認会計士の資格を取ったのだと母から聞いていた。以後、苦労して、当時まだ少なかった会計事務所を設立し、今では五十人近いスタッフを抱える中堅の事務所として、各企業から引く手あまたの存在らしい。だが、自宅で見ている限り、父は気むずかしい頑固者で、音符とか、芸術からは縁遠いと思っていただけに、初めて聞く父の仕事ぶりに、驚かされた。

「褒めてくれているようだが、厳正な数字に芸術など、取りようによっては、誤解を招きかねない言葉は、よしてくれ給《たま》え」

父は、渋面にまんざらでもなさそうな笑いを滲《にじ》ませ、

「確か君、まだ独身だったよね、仕事一筋で、どうせ外食ばかりだろう、今度、家にいらっしゃい、家内は料理自慢で、ご馳走するのが趣味みたいなものだから、喜んで腕をふるうよ、なあ、頼子」

と、同意を促すように振り返った。

「光栄です、お言葉に甘えて是非——」

男性は、喜びを全身で表わすように、答えた。

ハヤマ楽器を出ると、午後の風がそよ吹き、透明な陽射《ひざ》しが賑《にぎ》やかな銀座通りに

燦々《さんさん》と降り注いでいた。

「お父さん、今のはお見合い？」

見透かすように、くすっと笑った。

「そういう風にとれたかね」

ポーカーフェイスで、返した。

「以前にも、似た手を使ったじゃない」

「そうだったかなぁ、忘れたよ、だけど二十六の娘を持つ親としては、当然の心がけだ、で、辰村君の印象は？」

頼子の顔をしっかり見確かめるように、聞いた。

「いい方みたいだけど、ちょっと寸が足りないわね」

頼子は楽器ケースを持ち直し、こともなげに評した。

「そんな云い方は失敬だぞ、大男、何とかという例えもあるじゃないか」

「致命的なのは、お父さんのシナリオ通りに動いたことじゃない？　そういう人、いざという時に頼りにならないわよ、本当に食事なんかに呼ばないでね」

と釘《くぎ》をさし、

「これから当分の間、関西方面で開くコンサートのリハーサルなの、今日は残念でした」

「関西って?」

「神戸、西宮、京都——」

そう云うと、頼子は銀座線の入口を指さし、手を振った。

「この前は札幌、小樽、今度は神戸、西宮、京都——、お前こそまるで旅芸人じゃないか」

心配そうに、娘の後ろ姿を見送った。

地下鉄の階段を降りると、頼子は、駅の新聞スタンドをちらりと一瞥《いちべつ》した。今日は潜水艦衝突事故関連の大きな記事が載った新聞、雑誌はなさそうだと通り過ぎかけ、夕刊紙の見出しに立ち止まった。

マリンガールに嘘《うそ》の証言迫る
大手紙　社会部記者の仰天取材

「第一大和丸」のマリンガールと云えば「潜水艦の乗組員は、遭難者を見殺しにした」と、各新聞、NHK等のテレビ取材に応じて、証言したアルバイトの女性売店員のことだ。どうせセンセーショナルな記事だろうと思いながらも、読まずにはいられない衝動に駆られた。

そそくさと買い、小脇《こわき》に挟んで車輛《しゃりょう》に乗り込むや、左右の乗客の迷惑にならないように、小さく折りたたんで、記事の行を追った。

潜水艦「くにしお」の乗組員たちが、目の前の海で溺れている釣り客たちの助けを無視したために、多数の犠牲者が出た、との告発をした「第一大和丸」のマリンガールA子サンのことをご記憶だろうか？　その衝撃的な話の内容は、国民の間に自衛隊のありようを巡るさまざまな論議を巻き起こしたが、あの証言は彼女の見聞ではなく、某新聞記者の示唆《しさ》による意図的な虚偽であるとの情報が、永田町、六本木界隈《かいわい》を駆け巡っている——。以下、その談話をまじえて聞いて戴こう。

先日、海上保安庁がA子さんに再度の事情聴取を行ったところ、問題の証言を撤回したようだ。以下、そのあらましは驚くばかりだった。

A子サンは、事故の二日後、自衛隊病院に取材に来た某全国紙社会部B記者から、人目につかない病院外の場所で話を聞きたいと依頼され、密《ひそ》かに病棟をぬけ出した。新聞社の車で、近くのホテルへ向かうと、B記者はA子サンを労《ねぎら》い、飲食を共にした後、一緒に自衛隊を告発しようと持ちかけた。勧められたアルコールで気持ちが高揚したA子サンは、記者に誘導されるままに、事件当日の救助活動について語ろうとしたが、記憶が定かでない部分が多く、結果、B記者が推測した話を追認したものらしい。

翌日、病院での共同記者会見に臨んだ折、A子サンはB記者から教えられた通りの筋書きで話したところ、報道陣から一身に注目を浴び、新聞、テレビで繰り返し大きく取り上げられることとなった。

また、別の関係者によれば、A子サンは退院した後、海保の事情聴取で、海図などを元に事実関係を聞かれているうちに、多くの矛盾点が出て来、疑問をもたれるようになったらしい。

恐くなったA子サンは、B記者に相談すべく、教えられた直通番号に電話をするも、B記者は出て来ず、伝言にも一切の連絡はなく、海保の二回目の聴取の際、遂《つい》に耐えきれずに泣き出し、何もかも話してしまったという。

因《ちな》みにB記者は、日頃から左寄りとして有名な自衛隊無用論者の御仁ということで、数年前、陸上自衛隊・座間駐屯地での弾薬庫襲撃事件でも……。


信じがたい思いで、頼子は、新聞から目をあげた。この夕刊紙の記事は、本当だろうか？　全国紙の記者がそんな行為に及ぶなど、俄《にわ》かには信じられないが、潜水艦の乗組員たちが目の前で溺れ沈んで行く遭難者を、救助しようともせず、ただ眺めていただけ、というのも、信じたくない……。ジャンパー姿の花巻のクローズアップ映像が、脳裏をよぎった。

マスコミって一体、何だろうと混乱しつつも、本当のことを知りたいという思いが、胸の底からふつふつと湧《わ》いて来た。

＊

ＪＲ横浜線の町田駅で下車し、バスで十分足らずの小学校前で降りると、花巻は上官の五島船務長と二人で、午前中から残暑厳しい陽射しをまともに受けて、歩いていた。衝突事故で犠牲となった遺族の家へお詫《わ》びと焼香をしに行くためだった。

辺りは古い作りの農家や新興住宅、アパートが建ち、その間に畑が点在している。嘗《かつ》てこの周辺一帯は、梨畑だったということが頷けるのどかな土地柄だった。

やや上り坂のせいもあって、スーツの上着は暑かったが、脱ぐことは控えた。それより町田駅前の花屋で供花をあつらえていたから、その包装が崩れないよう、花巻は気を付けて大事に抱えていた。

「目印の大きな柿の木があるな、あそこだな」

五島船務長が、額の汗を拭って云った。

「そうですね、四つ角の右とありますし」

地図と照らし合わせて、花巻も頷いた。すぐ近くに来ると、緑したたる葉を茂らせた大きな柿の木には、まだ青いが、果実がたわわに実っている。

遺族を廻るのは今日が初めてで、マスコミに気付かれないよう極秘の行動だったから、人に道を尋ねるわけにはいかなかった。

戦前から建っていると覚しき、屋根瓦《やねがわら》が崩れかかった数寄屋《すきや》門の表札には「夏目《なつめ》」とあり、その横に、保険代理店の看板も掛かっているから、間違いない。飼い犬が激しく吠《ほ》えたてたせいか、中庭を隔てた家の玄関から、主《あるじ》らしき男性が顔を出した。

花巻は緊張し、五島も神妙な表情で、

「潜水艦隊司令部から、お悔やみに参りました」

と挨拶し、二人揃って頭を下げた。鎖に繋がれた犬が黄色い歯をむき出し、さらに激しく吠えたてた。

「伺っています、父親の夏目利之助《りのすけ》です」

半袖のワイシャツを着た夏目は、犬を叱《しか》りながら、家の中に招じ入れた。

襖《ふすま》を開け放った部屋部屋の奥の間に仏壇があった。その前で二人は正座し、司令部から言付《ことづ》かって来た香典と供花を前机の上に置いてから、仏壇に飾られていた犠牲者の遺影に向かって、深く頭《こうべ》を垂れた。享年《きようねん》二十八——。自分と同じ年齢であることに、花巻は胸がしめつけられ、五島の後に線香をあげると、合掌した。

「有難うございます」

五十五歳と聞いていた夏目は、静かに礼を述べた。

「本来なら艦長がお参りに参上すべきところ、まだ各所からの取り調べが残っており、遅くなりましたが『くにしお』を代表して、まずは船務長の私と船務士がお線香を上げさせて戴くように、司令部から申しつかって参りました」

五島と花巻が名刺を出し、改めて挨拶すると、

「事情は聞いています、折悪《おりあ》しく家内が急な所用で出かけており、お茶しか差し上げられませんが、悪しからず」

夏目は、申し訳なさそうに云った。

「とんでもないことです、お気遣いなく」

五島が首を振り、

「大切な息子さんをこのような……何と云ってよいか……心からお詫びを申しあげます」

弔意を表すると、夏目は暫《しばら》く黙したままだったが、

「あれは気の優しい奴でしてね、お盆に帰ったら、親父の後を継ぐために本格的に保険業務を勉強するからね、と電話をかけて来たのが、ちょうど、釣りに行く一週間前の土曜日――、嬉《うれ》しかったですよ、それが息子の声を聞いた最後だった」

悲しみの涙などもう涸《か》れ果てたかのように、淡々と切り出したのが、却《かえ》って辛《つら》かった。

「そうでしたか……」

と頷くのが、二人とも、やっとだった。夏目は、仏壇の息子の遺影を見やりながら、

「釣りに行くことは知りませんでした、ですから次郎《じろう》が衝突事故に遭ったということ

は、保険のお得意先から戻った午後六時頃だったか――」
と云い、一旦《いったん》、口を噤《つぐ》んでから、自らに語りかけるかのように、ぽつり、ぽつりと話しはじめた。

千葉の親戚《しんせき》から、テレビで次郎君の名前が出ているけど、知っているかと云われて、びっくりしてNHKをつけ、事件を知りました。テロップに救出者何人と報道される度に、名前が出はしないかと、女房と身を乗り出さんばかりに見ていたんですが、埒《らち》があかず……、七時過ぎに横須賀地方総監部に電話をして、何かわかったら直ぐに連絡をしてくれと頼みました。しかしいくら待っても、どこからも、電話はありませんでした。

テレビはどこも事件のことを報じているのに、行方不明者の家族には、どこからも何の連絡もない。辛かったですよ。そうこうしているうちに、あちこちの親戚や保険のお得意先から、再三の電話があって、ともかく現場に行くしかないと云われ、女房と明け方、五時に家を出ました。

取り乱している女房を宥《なだ》めつつも、未だに何の連絡もないのは、駄目かも知れないと諦《あきら》めかけていました。

横須賀に着くと、みんな体育館のような場所に集められ、待機することになりましたが、家族たちは疲れ切っていた。私も正直、自分の体なのか何なのかもう……分からなかったよね。

その日は、商社だったか、防衛庁だったかが取ってくれていた旅館で、私らは休みました。家内は泣き通しで、横になっても、うとうとしただけでした。

五島と花巻の胸に、その一言一言がしみた。衝突事故当時はショックで、海上にまだいるかも知れない遭難者を探すことにのみ心を奪われ、その家族のことにまで思いを致す余裕はなかったのが、実情だった。

「それにしても、長い三日間でした」

仏壇にたてられた自分とよく似た息子の遺影を見やり、再び言葉を継いだ。

私らは旅館に二泊しました。その時、戦死した私の兄のようにだけはならないで欲しいと願いました。兄は太平洋戦争で海軍の兵隊として出て行きましたが、戦死の通知が来た時、お袋が泣きながら、役場に行って白木の箱を貰《もら》って来たのです。中には紙が一枚きりで、姿、形は何もない。倅《せがれ》もそうなりはしないかと、悪い予感ばかりが頭をよぎりました。

体育館で待っている時も、息子の体がスクリューに巻き込まれてしまっていないかとか、沈んだ後で、魚の餌《えさ》になっていないかとか、遺体が上がっても、原形を止めていないのではないかとか、ともかく悪いほうにばかり考えが行くのです。

もし、遺体が上がってこなければ、兄貴と同じように紙切れ一枚になってしまうのかなと想像すると、夏目の家系はそういう宿命にあるのかと、堪《たま》らない気持ちでした……。

そうこうしているうちに、引き揚げられた船内で見つかったという報が入り、検視されている間、ああ、よかったと。死んだことはもう間違いないけれど、ただ、遺体が見つかったという点だけでもよかったと……。

花巻はその話を聴きながら、涙がこぼれた。

「君は幾つだね」

「息子さんと同い歳《どし》の……二十八です」

赤くなった目を伏せたまま、答えた。

「そうですか、次郎と一緒……」

夏目はじっと花巻を見詰めた。花巻はいたたまれず、涙が止めどもなく流れた。

「……横須賀ではそういう若い年代の記者が、土足で走り回っていたな、あまりに何も知らな過ぎ、呆《あき》れましたね」

眉《まゆ》を寄せた。

「一番、厭《いや》な思いをしたのが、次郎の遺体と一緒に、横須賀から家に帰る時でした、自衛隊がワゴン車を用意してくれたんです」

そう云い、溜息《ためいき》をついた。

遺体が安置されている体育館の二階から、自衛隊員が五、六人で棺を抱えて車の場所まで運んでくれました。何処《どこ》のマスコミもそういう場面はパチパチとカメラに収める。それでいて、遺体が車の中に運び入れられますよね。その時、誰一人として、手を合わせたり、黙礼さえもしませんでした。言葉なんかなくてもいいけど、せめてそうあるべきでしょう。他の遺族に対しても同じで、弔意を示す人はいない。写真を撮ったら、あとは知らん顔、あれは人間としてどうなのか。

当時の憤懣《ふんまん》を思い出したように語り、夏目は、肩で息をして、気持ちを鎮《しず》めると、

「あなたが、船務長さん、そちらが次郎と同い歳の花巻さん……、最近の報道では、事故原因は艦長の操艦ミスということらしいが、あんな大きな潜水艦を一人で動かせるわけはないでしょう、あなた方にも責任があると思いますよ、仏壇に手を合わせて下さった以上、もう事故は決して起こさないでほしい、何と云っても自衛隊は国民を守ってこその存在でしょう、あなたらに息子を返せと云いたいのはやまやまなれど、こんな一握りの骨になってしまった……、私ら遺族は死ぬまで、し……死ぬまで悲歎《ひたん》にくれて過ごさなければならんのです、今日、お参りに来てもらったのは、自衛隊にそれを知って欲しいからなのだ……」

最後は言葉にならず、初めて嗚咽《おえつ》を漏らした。

「肝に銘じます」

二人は、硬直した体で畳に手をつき、もう一度、深く頭を下げた。

バスに乗り、町田駅へ戻るまで、五島と花巻は黙したままだった。

次は、埼玉の遺族の家にお参りすることになっている。駅に着くと、

「辛かったな、死んで詫びろと怒鳴られる方が、まだ救われる……」

五島は全身の力が抜けたように、吐息をついた。

埼玉の弔問先は、夫の遺体が上がったのに、その死を認めない新妻だった。事故の三日後に発見されたが、新聞には「主人は泳ぎが得意でした、波に流されても、きっとどこかの島に泳ぎ着いて、生きているはずです」と、頑《かたく》なに死を認めないコメントが載っていた。ショックの大きさが窺われた。


その新妻に向かって、どう弔意を述べればいいのか、花巻はさっき訪れた花屋で、再び供花を求めると、五島の後から重い足取りで改札口へ向かった。

＊

銀座・みゆき通りに近いビルの五階に、田坂《たさか》総合法律事務所はある。霞が関の東京地裁、高裁への交通の便の良さから、三階から六階まで、法律事務所が多く入居している。

田坂の事務所には、田坂了一《りょういち》の他に若い弁護士が一人と、マリンコンサルタント一名が所属していた。遊漁船「第一大和丸」と海自の潜水艦「くにしお」が衝突した事件では、田坂弁護士の元にいち早く遊漁船所有者の大和商事と昭和海上火災保険から、海難審判の補佐人（弁護人）の依頼が来た。「海事弁護士界に田坂了一あり」と名前が轟《とどろ》いているからだった。

「ただいま」

小柄な体をかしげるように、田坂が裁判記録で膨らんだ鞄を提げて帰って来ると、秘書の黒木朋子《くろきともこ》が受け取り、すぐ日本茶を運んで来た。

「安藤船長から電話がありました、今日は何時に、何処へ出向けばいいのか、マスコミを撒《ま》くために道を迂回《うかい》するので、早めに連絡して欲しいということです」

黒木は、田坂の抱えている事件には、依頼人との面談の段階から同席し、詳細なファイルを作成しているよきアシスタントで、安藤茂船長の件にも最初から関わっていた。

「毎回、難儀なことだな、君、考えてくれないか」

五十三歳と、田坂は脂《あぶら》の乗り切った年齢だが、早くもどこか老成した感があり、大きな双眸《そうぼう》には、人を惹《ひ》き付ける不思議な魅力が漂っている。

「交通費にも事欠く生活の安藤さんですから、彼のアパートの最寄り駅周辺まで行ってあげてもいいかもしれませんね、運転しますよ」

「きついな、今日は特別、腰が痛むんだよ」

田坂弁護士には、腰痛の持病があった。

「では、築地のいつもの寿司屋で、昼時《ひるどき》の混み合う時間を避けて、午後二時からというのは如何《いかが》ですか？」

すらりとした長身で、ショートカットの似合う黒木はスケジュール帳を見ながら、てきぱきと提案した。

「あそこなら歩いて行けるから好都合だけど、奴さんが今、住んでる横浜からだと、電車賃は幾らかかるんだ、支払ってやってくれ給えよ」

「心得ています、では直ぐに連絡しておきますわ」

頷き、踵《きびす》を返した。

「第一大和丸」の安藤元船長は三級海技士の資格を持っていたが、目下、無職で無収入だった。実家が三重県尾鷲《おわせ》のため、横浜、東京周辺で身を寄せられる親類縁者がいない上、大和商事は事実上、倒産していたから、金銭的な面倒を見る力はなく、船員仲間や支援者の自宅を泊まり歩く日々だった。一方の田坂も、地味な法律事務所ながら、安藤の事件ではこの先の刑事裁判まで見越した弁護団を予定していたから、実費約一千万円程度の持ちだし覚悟で臨んでおり、経費には限りがある。

ややぬるくなった日本茶を、田坂はゆっくりすすった。執務机周辺には、最近の審判廷で使った海図が丸く巻かれて、幾つも保存されていたが、唯一《ゆいいつ》の癒やしは壁に掲げられた帆船の油絵だった。

田坂はいわゆる普通の大学の法学部出身ではない。東都商船大学を卒業し、日本船舶で十年、船員生活を経験していた。あのまま船に乗り続けていたら、今頃は二〇万トンクラスのタンカーの船長として、七つの海を悠々と航海していたかもしれないと思うと、現在の分刻みの多忙な毎日に嫌気がさす時がある。

当時、長引く海運不況と、激しい労使対立の中で、拝み倒されて労働組合の委員長を引き受けた。そのことで会社側から左翼と決めつけられたため、先行きに見切りを付けて、司法試験に挑戦し、弁護士に転身した。だが海に対する限りないノスタルジーは今も失っていない。あの大海原にこそ、人間らしくまっとうに生きる喜びを与えてくれるロマンが秘められている。

だが、弁護士に転職したればこそ、今回のような事件を担当することが出来るのだ。男冥利《みょうり》に尽きる。田坂はいつも弱き者の味方でありたいと願っているだけに、傲慢《ごうまん》な権力に対しては、我慢出来ない反骨精神の持ち主だった。自衛隊を昔ながらに〝税金泥棒〟と蔑《さげす》む国民もまだ多いが、田坂の実感では、権力の中でも最も強いのが、内閣総理大臣が最高指揮官たる自衛隊である。相手にとって不足はない。

硬い執務用の椅子《いす》の背に上体を凭《もた》せかけ、腰痛をこらえながら、田坂は今回の海難審判の補佐人を依頼されて以来の経緯《いきさつ》を、つい昨日のことのように思い返した。

衝突事故が起きた七月二十二日土曜日は、広島へ出張中だった。夜、ホテルのテレビで事故を知り、最近の自衛隊の横暴ぶりがこんな形で現われたかと思っていたところへ、秘書の黒木が海難審判廷の補佐人を依頼する連絡が来ていると知らせて来た。

「待ってました」という心境だった。

〝自衛隊に一太刀浴びせてやる〟という意気込みで、広島での仕事を早目に切り上げ帰京して、まず「第一大和丸」の所有者である大和商事の経営陣と昭和海上火災保険の担当者の話を聞いた。死亡者への補償額の目安を確かめた後、安藤茂に会ったのは、それから五日後のことだった。もっと早くと思っていたが、安藤は連日、海上保安庁、海難審判庁、横浜地検の事情聴取で身体《からだ》が自由にならなかったのだ。

その当時の安藤はマスコミの目を避け、横須賀の薄汚いホテルに泊っていた。憔悴《しょうすい》しきった様子で、第一声が「三十人もの人を死なせてしまいました」と、まるで全面的に自分に非があるかのような口ぶりだった。

そんな安藤を横目に、田坂は用意して来た用紙に、潜水艦「くにしお」をはじめて視認してから、衝突に至るまでの航跡を、定規、コンパスで描かせた。

疲労困憊《こんぱい》している割には、安藤の話は理路整然としており、作図の腕もなかなかのものだった。

「三重商船高等専門学校というい学校を卒業しながら、エクアドル、ブルネイ、マレーシア駐在の雇われ船長では、苦労が多かっただろうね」

中小の船会社の多くは、本社は東京にあるものの、実際の仕事はプラント建設などに沸く発展途上国であることが多い。

「日本にいるより気楽だったんですよ……、と云うのも小五の時、母が死にました、その後、再婚した父や継母とうまくいかず、三重の高等専門学校が全寮制だったので、これ幸いとばかり入学したのですが、妹や弟が生まれ、いよいよ実家から足が遠のいて、日本以外の任地ならどこでもいいやという気持ちだったのです」

根無し草的で気ままな生活の裏には、複雑な家庭環境が影を落としているようだった。そう云えば、白い半袖《はんそで》シャツに伸び放題の癖毛の頭髪、なかなかの男前ながらどこか屈折した面差し――。こういう船長なら、潜水艦がそこのけとばかりに強引に前を横切ろうとすることに、向《む》かっ腹をたて、譲ろうとしなかったのも、頷《うなず》ける。

事務所から横須賀のホテルまで、車を運転して同行して来た黒木が、クーラーボッ

クスに用意していた缶ビールを取り出し、田坂と安藤に勧めた。田坂は喉《のど》を潤《うるお》しながら、

「それにしても、あんた、ついてないねぇ、八年ぶりに帰って来た日本で、よりにもよって、釣り仲間で作った素人《しろうと》集団の大和商事に入り、おんぼろ漁船を改装しただけの『第一大和丸』の船長を引き受けるなんて――」

持ち主が転々と変わった九六トンの元漁船は、魚を貯蔵していた冷凍庫を船室やサロンなどに作り変え、総トン数も一五四トンと大きくなって、外見は一時《いっとき》、マスコミに「豪華クルーザー」と書かれるほどだった。だが改造によって、重心が後ろになり、操船しにくかっただろうことは、元船乗りの田坂には容易に察しがついた。

「大和商事に就職したわけではありません、帰国してたまたま学校の先輩である佐々《さ さ》木《き》さんに挨拶の電話をしたところ、あそこの業務部長になっていたため、ちょっとの間だけでいいから、『第一大和丸』の船長を引き受けてくれないか、目下、船長不在で会社が困っている、と懇願されたのです、次の船長が見つかるまでという約束で、アルバイトと割り切り、一ヵ月前に乗りましたが、今回の航海を最後に辞めることになっていました」

「それはどうして？　次の船長は決まっていなかったのだろう？」

「ですが、佐々木さんが次期社長になるはずだったのを、反古《ほご》にされた挙げ句、逆に解雇されたので、もう船長を続ける義理はなくなりましたからね」

「衝突事故が起る航海が最後とは、ますますついてないねぇ、経営状態が悪くて、給与のことであの会社は揉《も》めていたとも聞いているが」

「遅配はもう大分、前からあったようで、会社の雰囲気は良くなかったですね、実はあの日も、そのことで揉めていたのです、乗組員たちが皆、下船すると云い始め、次期社長に決まったらしい営業部長が、私とコックだけは、この航海限りでの下船を認め、それと合わせて全乗員の給料を支払うと云いましたので、確約書を取り、出発しました、それで出航が十五分遅れてしまったのです」

「やっぱり、そうか、予定通り出航していれば、事故は起らなかったのかもしれないな」

「さっき先生は、よりにもよってなんで『第一大和丸』に乗ったのかと云われましたが、まさしくその通りで、久しぶりに日本に帰って来たのに、どうして次々とこんな目に遭うのか、気味が悪くなってきました」

安藤も他の船乗り同様、験《げん》をかつぐタイプで、不安そうな表情を浮かべた。

「こんなことでは、次にどんな思いがけないことが起るのかと、気が滅入ります、先生、勝算はありますか？」

「海難審判は、君もよく承知のように、事件を裁き、勝ち負けを決める場ではない、こうした事故が二度と起らないように、事故の真相を明らかにして、海の安全を守ることを目的とする場だからね」

田坂は、三缶目のビールを空けると、

「疲れたよ、十分だけ横にならせて貰うよ」

腰痛が我慢できなくなり、カバーさえない粗末なベッドの上に腰を曲げて横たわり、ちょっと休憩のつもりが、不覚にも、ものの五分もしないうちに鼾《いびき》をかくほど深く寝入ってしまった。

自分のそんな姿を見て、安藤は黒木に、この先生に任せて大丈夫かなぁ、他の弁護士に頼めないかなぁと、本気で不安を漏らしたらしい。どんなに疲れていようと、疲労困憊している初対面の依頼者を前に寝入ってしまったのは、さすがに失敗だった。しかし、自衛隊に一泡吹かせてやらねばならないという気概はますます強くなり、絶対、負けられない闘いだと腹を括《くく》った。

その翌日から、かねて目星をつけていた海事補佐人にも声をかけ、田坂の本格的な仕事が始まったのだった。

午後二時過ぎ、田坂が馴染《なじ》みの築地の小さな寿司屋に出向くと、安藤茂は既に来ているとのことだった。

二階の小部屋に上がると、ジーパン姿で胡座《あぐら》をかいていた安藤は姿勢を正した。

「この店も繁盛して、昼時は大忙しだから、遠慮して時間を二時にしたんだ、遅くなったが、まず飯にしよう、親方とは依頼された訴訟が縁で知り合い、俺の懐《ふところ》具合を承知の上で、うまいネタを握ってくれるんだ、遠慮せずに好きなものをたらふく食べてくれ」

田坂は顔を出した女将に、安藤の注文を聞かせた。

安藤はいかにも長年、船で鍛えた筋肉質のがっしりした体型だが、初めて会った時より痩《や》せていた。遠慮気味の安藤に、女将は「お任せでいいですね」と引き取り、階段を降りて行った。

「横浜地検の方の取り調べは、まだ続いているのかい？」

「それもありますが、保険会社へ提出する書類が不備だということで、私が代理でやっているものですから、まさに寝る暇もない忙しさで」

「大和商事には、そういうことに精通している人間もいないのか」

「なにぶんにも、趣味で作った会社ですから、不得手らしいです」

通常、こうした書類の作成は船会社の船員部、或いは海務部が担当するものである。安藤がそれまで引き受けているのなら、疲労は溜《た》まる一方だろう。

「体は大事にしなさいよ、これ、審判廷での想定問答集だ、後でざっと目を通して、自分なりの主張があれば、書き加えてくれ」

と分厚い書面を座卓の上に置いた。

「有難うございます、じっくり拝見させて戴《いただ》きます」

安藤は書類を受け取ると、

「お陰さまで、この頃、取調室の窓が気にならなくなりました、あの共同会見でインタビューを受けて以来、ちょっと自信がつき、闘おうという気持ちが持てるようになりました」

「それはよかった」

運ばれて来たビールで軽くコップを合わせ、田坂は快活に笑った。初対面の時、連日連夜の事情聴取に疲れ果て、いっそもう楽になりたい、話を聴かれている間、飛び降りる窓はないかとばかり考えている、という言葉を聞いて田坂は、マスコミに共同会見を持ち掛けたのだった。

安藤のためにも、世間に対しても、自衛隊相手に弱気ではないことをアピールするための会見だった。潜水艦を〝軍艦〟呼ばわりまでさせるつもりはなかったが、「堂々と話すことだ」という励ましに奮い立ったのか、安藤は思ったとおりのことを口にした。

共同記者会見には予想通り各社、食いついて来たが、反応がいささか大きすぎた。今後も聞きたいことがあれば、必ず会見を開いて、質問に答えるから、個々につけ回さないで欲しいと訴えたにも拘《かかわ》らず、田坂事務所の入居しているビル周辺には、記者がうろつき、向いのビルの部屋から、四六時中、写真週刊誌などがカメラを向けている時期もあった。

店の主人の好意で、半端物ながら、豪勢な盛り合わせが来ると、安藤は次々に口に放り込んだ。よほど空腹のようだった。

「仕事の当ては、ありそうかね」

田坂が手酌でビールを飲みながら、聞いた。

「いえ、たとえ陸《おか》の仕事でも当分、船舶関係の仕事に就く自信はありません、気は進みませんが、ここ当分は支援してくれる友人たちの好意に甘えて、海難審判に打ち込むつもりです、それに審判廷が始まる前に、三十人のご遺族廻りも、一人でも多く済ませないと、気持ちが落ち着きません」

「もう何人ぐらい廻ったの」

「五軒です、仏壇の前で手を合わせて、許しを乞《こ》うことで、何とか精神の平静を保っています」

今が旬の穴子のにぎりを手に取りながら、神妙に話した。

「そうか、針のむしろかもしれないが、人としてやらねばならんことだ」

田坂は云い、遺族廻りが安藤の救いになっていることに、少しほっとした。

「『くにしお』の弔問に対して、遺族側が受け入れたところはまだ三、四軒らしいが、海自はこれから総力を挙げて遺族対策をやって来るだろう、衝突の責任追及は私が全力を傾けて闘うが、君はご遺族とマスコミには、今後とも気を抜いてはいけないよ」

「分かっています、しかし、遺族側のお客さんの多くは大商社の系列会社の親睦《しんぼく》会会員です、中核のあの商社は自衛隊に航空機から戦車まで納入している関係上、あまり叩《たた》くなという指示を出していると聞きました、途中でうやむやになることはありませんか」

「そう云えばあそこには、元大本営参謀が君臨しているんだったな、もし奴からそんな指図が及んだとしても、私が絶対、許さない、君は間違った操船をしていないのだから、いつも云っているように堂々としていること、これに尽きる」

田坂はなおコップを重ねながら、励ました。


「えっ、小沢さん――」

禁足令がとけ、「くにしお」からほぼ一ヵ月ぶりにアパートへ帰って来た花巻朔太郎は、鳴り続ける電話の受話器を取り上げ、直ぐに次の言葉が出て来なかった。

「いらしたのね、よかった」

妙に高い声だった。

「上野の演奏会は、連絡もせず、失礼しました」

チケットを送ってもらいながら、出かけられなかったことを詫《わ》びると、

「気にしないで下さい、私、あの当時は新聞やテレビに出て来る花巻さんのジャンパー姿を何度も見て、ショックを受けていました、口を利《き》くのもいやだった時期です、もしコンサートで出遭っていたら、喧嘩《けんか》を売ってしまったかも……」

いきなりの言葉に、朔太郎はさすがに押し黙った。

「ごめんなさい、私、今、少し酔っています」

まだ午後六時にもならない時間に？と問いたかった。

「……、事件以来、花巻さんに騙《だま》されたようで、ずっと不信感をもっていたのです、でも間違っているかもしれないという気もして……、確かめようと何度か電話をしたのですけど、気後れしていつもベルの途中で切ってしまって……、それで思いきって父のブランデーを少し飲んで、こうしてかけています」

「僕はずっと不在で、さっき、帰ったばかりなんです」

朔太郎が云うと、

「あっ、そうだったんですか、随分、馬鹿な真似《まね》をして、ごめんなさい」

頼子は素直に、詫びた。

「そんなことはありません、で……」

「よろしければお会いして、話を聞きたいのです、事故が起きて以来、分からないこと、びっくりすることが多すぎて、落ち着けませんでした」

朔太郎も、頼子がどんな気持ちでいるか、気になりながら、まだ釈明する気になれず、日々を過ごして来ただけに、その言葉が嬉しかった。今しがたの戸惑いは、吹き飛んだ。

「僕も話したいことが、山ほどあります」

「それなら二、三日後、ご都合がつきますか？」
二、三日後ならずとも、今、直ぐにでも会いたい！　だが、「くにしお」は明後日早朝、衝突事故の修理のため、横須賀を離れ、神戸の造船所のドックに向かう。むろん朔太郎たち乗組員も一緒にである。ただ、違っているのは、筧艦長と水雷長の中筋《なかすじ》が職を解かれて、潜水艦隊司令部付になり、神戸までの水上航行からは、新艦長の指揮下に入るということだった。
修理と点検には、少なくとも数ヵ月はかかるだろう。無事、元の「くにしお」に戻るまでは、気が抜けない。

「小沢さん、暫く待って貰えませんか、明後日から神戸へ長期出張になるのです、その間、休暇はありますが、東京に戻る訳にはいきません」

断腸の思いで告げてしまってから、朔太郎はその言葉を取り消し、明日にでも会いたいという衝動に駆られた。

「何でしたら……」

己に負け、口にしかけたが、頼子は、

「出張って——、あ、ごめんなさい、潜水艦乗りは仕事の話をしてはいけないのでしたよね、私、今度の事故で新聞はもちろん、駅のスタンドに並んでいる夕刊紙や、週刊誌までも読みあさっています、おかげで多少、知識がつきましたが、やはり花巻さんに直接、伺いたいのです」

ブランデーを飲んで電話したという頼子の声は、遠慮のない真摯《しんし》なものだった。これまで、通り一遍の会話しかしていないが、自分の意思をしっかり持った女性だという印象は、渋谷で会った時に感じた。その頼子が、衝突事故の真相を知るために、週刊誌までもあれこれ読んだというのは、新鮮な驚きだった。

「今回の出張は別に秘密にすることじゃないですよ、潜水艦の修理のため、神戸の造船所へ行くのです」

「そうなんですか、神戸へ――」

「もしかして、関西の方に行く予定でも？」

「ええ、コンサートであちこち回ります、でも花巻さんの都合と合わないことの方が多そうなので、戻られてからで結構です」

「では、帰ったら連絡します、何なりと聞いて下さい」

「じゃあ、その時に……」

会話が途切れ、沈黙があった。

「……あの、小沢さん、元気ですか？」

朔太郎は、電話を切りたくない一心で、問わずもがなのことを聞いた。

「ええ、花巻さんも？」

「何とか……、渋谷で手に入れたレコードはテープにダビングして聴いていますが、それどころではなくなって……」

「こんな時ですもの、仕方がないですわ、私、いつか花巻さんの前で吹きますから、聴いて下さいね」

「それは、光栄だな、じゃあその時を楽しみに」

自分の前でフルートを吹いてくれるという気持ちに感激し、受話器を下ろすのが一層、心残りで、暫く握り締めていたが、向こうから切れた。

頼子が自分を忘れずにいてくれたことが、嬉しかった。今度こそはと胸躍らせていた恋心は、もう封じこんだつもりだったが、声を聞いただけで、生き返るようだった。それに事故当事者の自分に、真相を聞く勇気を奮い起こすために、ブランデーを飲んで電話して来たというのも、愛《いと》おしかった。

今夜はレコードを聴きながら、飲もうかと、思わず笑みを浮かべかけ、はっとした。俺は、何を浮かれているのだ。

ご遺族を三軒廻り、遺影に手を合わせた時、もう潜水艦乗りの資格はないとまで思い詰めた。発令所の潜望鏡で、最初に二〇〇〇メートル先で、見合い関係（衝突の恐れが発生すること）にある「第一大和丸」を視認してから、以後も注意を怠らなければ、途中でヨットが近づいて来ても、引き続き遊漁船との方位を観察し、艦橋に報告出来たはずだ。

そのことを遺族廻りの際、船務長の五島に漏らすと、「一介の哨戒長《しょうかいちょう》付の船務士が、思い上がるな、艦橋には艦長、副長、水雷長に加えて見張り一名がいたのだぞ」と、窘《たしな》められた。その言葉は五島流の心遣いかもしれないが、今も悔やまれてならない。

そんな自分が頼子の電話に舞い上がっているなど、恥ずかしいことだった。

インターフォンが鳴った。何だろうと、ドア・スコープを覗くと、「桔梗《ききょう》や」の娘の池乃《いけの》サキの出前姿があった。カツ丼《どん》を頼んだのを、忘れていたのだ。

ドアを開けると、

「病気なの？　顔色が悪いわね」

白い三角巾《さんかくきん》の下から、ソバージュにした髪を覗《のぞ》かせているサキは心配そうに、朔太郎を見上げた。

「いや、単に睡眠不足というだけ——、丼《どんぶり》一杯で出前なんて、悪かったね」

外に出て行く気になれず、頼んだのだった。

「そんなことないわ、父さんが心配していた、この鯛のお刺身は差し入れよ」

と上がり込むと、小さな食卓に注文の丼と共に、刺身と赤だしの椀《わん》を並べた。

「親切に有難う」

心から礼を云うと、

「なによ、気持ち悪い……、花巻二尉殿にはからかわれている方が気楽だわよ」

サキは小鼻にしわを寄せて笑みを浮かべ、

「なんなら、お給仕してあげようか」

甲斐甲斐《かいがい》しく、割り箸《ばし》を割ってくれた。

「そこまでしてくれなくていいよ、これからサキちゃん目当てのお客が来る書き入れ時だろう？　早く店に帰ってあげろよ、お父さんにはくれぐれも宜《よろ》しく伝えておいてくれよね」

「久しぶりなのに、せかすのね、誰か来るとか、電話があるとかみたい」

朔太郎は内心、どきりとしたが、

「そんな訳ないだろう？　店にだって行かないのに」

強いてしれっと云い繕《つくろ》うと、

「そう云えばそうだけど……、うちに来る潜水艦乗りたちは『くにしお』のことを、かしいわ、で、明後日出るのね」

「そう、いい勘してるね」

「潜水艦乗りの奥さんになるには、うってつけだと思わない？」

ちらりと、花巻の反応を窺った。

「サキちゃんなら、誰でもいいお嫁さんになれるさ」

「分からず屋……」

二十歳過ぎだが、どこかあどけなさが残る頬を膨らませ、玄関に脱いだサンダルにほっそりした足を入れると、

「そうだ、北健吾《きたけんご》という人、知ってる？」

と、振り向いた。

「知ってるどころか、防大の同期生だ、ここに来たとでも？」

驚いて聞き返すと、

「そうじゃない、あれは事故の少し後だったかしら、店にたて続けに二回来たわ、二回目には酔った挙げ句、花巻は海自を辞めるべきだ、もし辞めなかったら、恥知らずもいいところだと、くだを巻き始めたので、父さんが怒って、そいつの襟首を摑《つか》んで、

店から放り出したの、もちろん私もやかんの水をぶっかけてやったわ」

興奮して、なおも話しかけ、

「いけない、父さんから、この話は、花巻さんにするなと口止めされていたけど、頭にきていたから、つい喋《しゃべ》っちゃった……、悪かったかしら」

済まなそうに、声を落とした。

「いや、そんなことはないよ」

朔太郎はサキを送り出し、ドアを閉めると、真っ暗闇《くらやみ》の中に突き落とされたように、呆然《ぼうぜん》と佇《たたず》んだ。

あの北から恥を知れ、と云われる筋合いはないが、この先、のうのうと生きて行くことは出来ないのだという息苦しさを、改めて覚えた。


横須賀を出航して三日目の昼前、「くにしお」は神戸港に到着した。

幸い天候に恵まれ、波静かだった。

海岸沿いに作られた造船所のドックに入渠《にゅうきょ》するにあたり、タグボートが数隻《すうせき》出て、「くにしお」を慎重に誘導すると、底に積まれた盤木《ばんぎ》（船体を支える角材）の上に静かに乗せた。

やがてドックの扉が閉まり、海水が抜かれるに従って「くにしお」の全容が次第に現われて来た。普段、上甲板までしか水面上に姿を見せない「くにしお」は、さすが二二五〇トンの艦だけあって、小山のように大きい。

入渠作業が終わり、ドックサイドと「くにしお」とを結ぶ桟橋が固定されると、待ちかねていた四十人近い海上保安庁や横浜地検の関係者が「くにしお」の実地検証を開始し、衝突時に生じた右艦首付近のへこみや周辺の傷の写真撮影を始めた。

大規模な定期修理と衝突箇所の損傷復旧を兼ねた今回の作業の詳細な打ち合わせなどは、実地検証が終わってからになる予定だった。

＊

本格的な修理作業に入って、約一ヵ月。

早くも九月末になっていた。

「くにしお」乗組員たちは、昼間は造船所の技術者たちと一緒に点検作業を行い、夜はドックハウスと呼ばれる造船所の宿泊施設で過ごしている。

花巻朔太郎は夕食の後、ドックの事務所でその日にあった点検作業や膨大な数の予備品在庫の確認をし、記録していた。

「精が出るな」

振り向くと、新艦長の大宅《おおやす》進《すすむ》二佐だった。

「昼間、片付けられなかったものですから——、もうおしまいです」

と笑顔を返し、ワープロの電源を切った。

「そうか、この頃、少しは皆の気持ちが落ち着いて来たような気がするが、どうだ」

大宅新艦長は事故後の乗組員の心理状態を忖度《そんたく》し、上級司令部に、今後半年間の異動停止措置を願い出ていた。事故の記憶が生々しい時点で、ばらばらに配置換えされ、衝撃的な体験を自分だけで抱え込んで、孤立してしまわないように配慮してのことだった。

「艦長のお陰で、修理艦としては、異例の乗組員数となり、比較的余裕のある状態で、作業に従事しています」

「たまには外に出て、気晴らしもしたいだろうが、この間のように、『くにしお』出て行けとシュプレヒコールを上げて、押し寄せて来たデモもあるから、当分、夜間外出禁止令には、従ってくれ」

「皆、十分、分かっています、デモ如何《いかん》に拘らず、夜、外に出たい気持ちはないと思います」

花巻が答えると、

「今から、県警のお偉方と付き合いの宴席で気が重いが、公安関係のことで、聞いておきたい話があるのでね、金曜の夜なんだから、せいぜいリラックスして飲むんだな」

今回が二度目の艦長勤務というだけあって、いかにもベテランらしい気遣いの出来る人物だった。

事務所を出て、自転車で近くの宿舎へ戻り、三階の部屋に上がった。二人一部屋で、花巻は長門《ながと》機関士と相部屋だったが、不在だった。

通常の半年程度の定期検査なら、洒落《しゃれ》た神戸の街を観光するために家族を呼び寄せ、この時とばかりに家庭サービスに努めたり、独り身ならネオン街を徘徊《はいかい》し、馴染みの酒場で飲み明かしたりするのが、パターンだった。

ドアが開き、長門が顔を覗かせた。ポロシャツ姿で、両手に缶ビールやおつまみで膨らんだコンビニの袋を提げている。

「奥の部屋で、副長以下、皆で一杯、無礼講でやろうということになったんです、出て来られませんか」

「もちろん行くとも、他になにか買って行くものとかあるかい？」

「艦長からの差し入れもありますし、もう何も」

「よし、一つ持ってやろう」

花巻は、袋を受け取ると、会議などで使う奥の部屋へ向かった。

部屋では、副長の佐川をはじめ五島船務長、小野田機関長たちが思い思いの椅子に腰を下ろし、ビールや日本酒で雑談していた。こういう席では、いつもなら水雷長の中筋が大きな体軀《たいく》をまめまめしく動かし、盛り上げ役を一手に引き受けていたことが思い出され、複雑な気がした。

「おお、花巻、ちょうどいいところに来た」

五島船務長が、声をかけた。

「何でしょう」

向い側の席に座った。

「地検が航泊日誌に改竄《かいざん》の疑いがあると云っているようだが、お前も防衛庁からそんなことを云われたんだよな」

「防衛庁と云っても、ご報告したように、私の高校時代の同級生がたまたま教育訓練局の課長付で、公式の事故報告以外の本当のことを教えろと電話して来たのです、事実は一つだと突っぱねたら、衝突時刻の改竄を知っているぞ、と脅すような口ぶりでしたがね、そもそも衝突時刻の改竄って、どこから出て来た情報なんですか、保安庁の調べでは、特に聞かれませんでしたが」

「それは分からん、衝突の日の夜、溺者《できしや》救助活動が一段落した午後八時過ぎ、筧艦長がわれわれを士官室に集め、司令部へ提出する報告書を整理するように命じた、その時、衝突時刻に関して、発令所周辺では航海科員が十五時三十八分と記入しており、運転室の速力通信受信簿には十五時四十分と記録されていたんだよな」

花巻と機関士の長門の両方の顔を見比べた。

「私は、五島船務長に記録を取れと命じられた時、近くで衝突時間一五三八《ヒトゴーサンハチ》という声を聞いたので、直ぐその時刻を航海科員に伝えました」

「こっちは、速力通信受信簿を士官室に提出するよう命令があったので、その時は特に確かめることもなく、そのまま渡しました、後で聞くと、こちらの記録は四十分となっていたようです」

長門機関士が返答した。

「ところが、地検では、その二通りの記録がありながら、艦長は四十分と決めつけ、その時刻に従って衝突後の艦位も書き換えさせた、それが改竄だと突いて来ているらしい、航海科員の橋本が地検の聴取でがんがんやられ、精神状態がおかしくなっているみたいだ」

あの混乱の中で、花巻は衝突時刻の相違がそれほど重要なことだと思わず、そのまま夜の艦内での会議に臨んだが、筧艦長はかなりこだわっていた。一つ書き直せば、それに関連して衝突直後の三十九分の艦位も辻褄《つじつま》が合わなくなる。すべて艦長命令により二分ずつ、遅らせた数字に書き改めたが、そのままでも事故の本質はさして変わらないはずだった。

花巻が率直に、当時の状況を話すと、

「艦長とわれわれの立場は違うんだ、確かに事故の本質は、三十八分でも、四十分でも、はっきり云って変わらない、だが、四十分にすることによって、その時刻なら、『くにしお』の行き脚は、後進原速、後進一杯の必死の動作で停止しており、そこに避けたはずの遊漁船が突っ込んで来たという『くにしお』側の正当性が明快に成り立つ――」

佐川副長が、重い口調で呟《つぶや》いた。

「分かりますが、さほど重大なことではないのではありませんか？　一番の論点は最初に遊漁船を視認した後、なぜ面舵《おもかじ》を切らなかったか、です」

花巻が云うと、

「それは花巻、俺が一番、反省している」

佐川は、苦しげに、遮った。

「俺も、中筋が、右に向けますと云った段階で却下した筧艦長をあれっと思ったよ、だけど、ああいう態勢から漁船が突然Uターンするのはよくあることだし、こっちが避航船だからと、その都度、舵を切っていると、別の船と見合い関係になったりする、だから筧艦長が、水雷長のいちいち規則通りの操艦に、いらっとしたのも分かる、だけど、現実に衝突し、三十名もの犠牲者を出してしまったこの事態に直面した時、俺には副長の資格がないことを痛感したよ、艦長を補佐する副長たるものは、進言する勇気を持たねばならない――」

そこまで云うと、佐川は潮風に揺れるレースのカーテン越しにぼんやり瞬《またた》いている港の灯りを見詰め、ふーっと吐息をついた。

「筧艦長は俺を信頼してくれていたから、近い将来、艦長に推薦してくれるんじゃないかと期待していた……、しかし、俺はもうなれない、……所詮《しょせん》、俺はその器じゃなかった」

震え声で云い、嗚咽《おえつ》をこらえるように俯《うつむ》いた。

潜水艦乗りの夢とは、誰もが一国一城の主たる艦長になることだった。単なる出世欲ではない。海を知り、乗組員を一つに束ねてあらゆる訓練を積み、外国からの脅威に対する抑止力として、潜水艦を自在に操艦する夢が、艦長になればこそ果たせるのだ。

「俺も、『くにしお』と別れなければならんだろうな」

五島船務長が、ぽつりと呟いた。

「どうして船務長が……」

花巻は、衝撃を受けた。

「船務長というのは機関長ともども、艦長、副長につぐ地位だぞ、それに事故当時、俺は本来、艦橋に上がっているはずだったんだから、責任がある」

潔《いさぎよ》く云うと、傍らの小野田機関長も頷《うなず》いた。

「そういうことなら、私だって発令所の哨戒長付として、責任があります」

花巻が、正直な気持ちを、口にした。

「何度も云うけど、俺とお前じゃ、責任の取り方が全然違う、お前や長門は『くにしお』に残って、俺たちの後を守るのだ、俺にはもう覚悟が出来ている」

ビールからウイスキーの水割りに替えた五島は、とっくに肚《はら》を決めていたようだった。

「同情なんかするなよ、俺はもともと潜水艦乗りになりたくて、海自に入ったわけじゃないのだから」

豪胆に笑った。

「えっ、船務長はハンモック・ナンバー（卒業席次）一番で幹部候補生学校を卒業されたのにですか？」

長門が、云った。

「お前ら防大組のエリートと違って、俺は海曹から幹部になったいわゆるB幹のハンモック・ナンバー一番だ」

五島はグラスに氷を足し、窓辺にたって行った。

「俺は小さい頃から飛行機や船が大好きで、自衛隊へ入りたかったが、親が絶対反対でね、しかたなく私立の大学に入ったんだ、根がやんちゃな質《たち》だったから、ある喧嘩が元で勘当になり、大学を辞めることにして、一般隊員の採用試験を受けたんだ、面接では、もったいないから大学を卒業して、兵隊ではなく幹部候補生学校から入れとアドバイスされたが、何が何でも今、雇って下さい、と拝み倒して入隊したんだよ、だから、一兵卒からのスタートで、国防のことなど考えていなかった、入隊後は舞鶴教育隊で学び、水上艦の大砲を発射する射管員を志願したのに、結果は潜水艦要員に区分されて、がっかりだった」

「ですが、五島船務長は三十四歳で潜訓（潜水艦教育訓練隊）の教官に抜擢《ばってき》された後、副長から、改めて幹部候補生学校に入学するよう勧められたんですよね」

小野田機関長が、口を挟んだ。

「そう、三十五歳が入学出来るぎりぎりの年齢だったのでね」

防大や一般大学から幹部候補生として入隊した者はA幹、一般隊員として入隊し、海曹まで昇進した後に、幹部昇進試験に合格して幹部になった者はB幹と呼ばれている。幹部としてのスタートに十年前後の差があることから、B幹出身者がA幹に追いつくことは、不可能に近いが、ごく一握りの優秀なB幹出身者には、潜水艦の艦長の道が開かれていた。

「B幹でも、ハンモック・ナンバー一番で卒業して、艦長になった前例があるから、船務長まで昇進した時には、これでいけると自信を持ったけど、甘かったな」

さすがに悔しそうに云い、グラスの中の氷をつまんだ。艦長にまで上り詰めるには、単に技量が優れていたり、理論家だったりするだけでは足りない何かが必要なのだ。

「筧艦長は上級司令部まで行く人だと信じていたけど、操艦に関して云えば、結構、危険なことをするタイプだと思うよ、浦賀水道を横切る時は、船と船の間のどこを狙《ねら》って入るかがポイントなんだけど、石油タンカーのような大型船はどうせ遅いだろうと、筧艦長はその直前を横切ろうとする癖があった、この春先にも艦橋で俺が哨戒長をやっている時、前に二〇万トンクラスのタンカーがいてね、筧艦長は遅いな、と先を横切ろうとしたが、先導船がブーブー警笛を鳴らしていた、それで『艦長、よした方がいいですよ』と制したら、『いいから行け』と意地になってしまうんだ」

操艦には一家言ある五島が云うと、佐川が頷いた。

「確かに、筧艦長は意地っ張りなところがある、だけど、副長たる者、『艦長、それはいけません』という度量が、あの時の俺には欠けていた……」

「今頃、筧艦長はどうされているのでしょうね」

長門が、身の上を案じた。

「そうだな、一人、隔離され、海難審判廷に備えておられるのだろうが、辛《つら》いだろう、むろん、中筋然《しか》りだ」

佐川副長は、遥《はる》か遠くからボーッと響いてくる汽笛に、苦しげな表情で耳を傾けた。

その夜、花巻は部屋に戻った後も、なかなか寝付けなかった。

水雷長の中筋も今は司令部付となり、隔離状態と聞いている。

同室の長門とベッドに横になりながら、中筋水雷長のことを暫《しば》らく話していたが、先に寝入ってしまったのか、答えがなくなった。三ヵ月ほど前に結納が整ったばかりの長門は、事故のせいで、婚約が破棄されることも覚悟したというが、会って話をするまでもなく、婚約者はよき理解者だったとのことだった。

頼子を婚約者と想像するには、あまりにも遠い存在だった。ましてこのところ、潜水艦乗りでいることに、否定的な気持ちがますます強くなって来ている。

穏便に済ませようとする組織の目に見えないプレッシャー、あれほど敬愛の念を抱き、自分もいつかはと目標にしていた筧艦長の事故後の保身とも思える行動。何よりも自分も無関係ではないという後ろめたさ——。そんな状態で、この先、潜水艦乗りとして生きていけるとは思えない。

頼子とは「くにしお」の修理後、会う約束をしたが、その時、どういう状況で向き合うことになるのだろうか……。答えが出ぬまま、悶々《もんもん》として、寝返りをうった。

第四章　海難審判

十月三日、午前八時前――。JR桜木町駅からほど近い五階建ての横浜港運輸総合庁舎前に、二台のタクシーが止まった。

中から降りてきたのは、「くにしお」前艦長、第二潜水隊群司令、他三名。七月二十二日に起った「くにしお」と遊漁船「第一大和丸」との衝突事故の海難審判が、今日から開始されるのだ。

開廷の九時半より一時間半も早い到着は、報道陣を避けてのようだったが、張り込みの方が一枚上手だった。前庭の木陰で待ち構えていたテレビ局の報道クルーが、走り出て来た。

「筧《かけひ》さんですね、今のお気持ちは？」

記者がマイクを差し出し、テレビカメラが回り始めた。突然の取材に、筧は一瞬、驚いたようだが、すぐ無表情を装《よそお》い、通り過ぎかけた。テレビ局以外にも、新聞記者たちが駆け寄って来、

「今まで事故について沈黙を守って来られましたが、開廷前に一言」

庁舎の出入り口にたちはだかって、メモ用紙を広げ、フラッシュを浴びせかけた。筧は終始、無言でその間を群司令らと通り過ぎ、エレベーターに乗り込んだ。ひとまず五階の控室に入る予定なのだろう。

筧は八月十六日付けで艦長の職を解かれ、潜水艦隊司令部付となって以来、横須賀の基地内で寝泊りを続け、海難審判庁の事情聴取と事故処理に当たっていた。この間、自宅に帰ったのは二日に過ぎず、日焼けしていた海の男の顔はすっかり色白になり、グレーのスーツ姿と相まって、どこか侘《わ》びしげな風情《ふぜい》だった。

事故以来、公《おおやけ》の場に姿を現わしたのは、遺族廻りと合同慰霊式の時だけで、マスコミの前では固く沈黙していたから、記者たちの間では「お詫《わ》びの一言もないのか」と評判が悪く、審判廷で何を語るのかが、注目されていた。

それから三十分後、「第一大和丸」の安藤茂元船長が姿を現わした。三人の補佐人に付き添われ、歩いて来たらしい。

安藤元船長はそれまで時折、記者会見やテレビのインタビューに応じていたから、サングラスをかけ、がっちりした体軀《たいく》にラフな服装はおなじみになっていたが、今日は薄茶の眼鏡に紺のスーツ、ウェーブのある髪は短く整髪されていた。そのせいか三十歳という実年齢より、かえって老《ふ》けて見えた。

「安藤さん、いよいよですね」

馴染《なじ》みの記者たちの問いかけに、

「昨日は、ここから近い知人の家に泊らせて貰《もら》いました、交通渋滞などで、遅れてはいけませんからね」

睡眠不足らしい青黒い顔で、弱々しく答えた。遺族廻りでは、仏壇を前にしばしば泣き崩れ、付き添いの大和商事社員に「お前は泣いているだけで済むから、いいよな、頭を下げるのは、こっちだもの」と皮肉られているところから、マスコミの間で〝泣きの茂〟と渾名《あだな》が付けられていた。

「田坂先生、戦闘準備は万全というところですか」

親しい司法記者が、安藤の横にぴたりと付いている田坂了一《りょういち》弁護士に、意気込みの程を聞いた。

「半年以上の長い審理になりそうだからね、腰痛で審判廷の床にダウンせんよう、鍛えて来たよ」

大きな双眸《そうぼう》に、茶目っ気を交えて自信を覗《のぞ》かせたが、それ以上の会話は躱《かわ》し、海技士の補佐人二人に目配せしてエレベーターに消えた。


遺族の一番乗りは、父親を喪《うしな》った二十六歳の女性だった。

記者たちが取り囲むと、

「母と弟の、残された家族を代表して来ました」

はっきりした口調で答えた。

「潜水艦の艦長と、遊漁船の船長に望むことは？」

「真実がどうだったのか、報道だけではよく分かりません、双方とも本当のことを話して、なぜこんな事故が起きたのか、明らかにして欲しいです、それを確かめたくて来ました」

わっと取り囲み始めた報道陣に、やや怯《おび》えるように身を固くしながらも、気丈に答えた。少し後に到着し、近くで別の取材に応じていた遺族の夏目利之助《なつめりのすけ》は、その気配を察して、女性をそっと自分の傍に引き寄せた。二十八歳の息子をなくした保険代理店主の夏目は、面倒見の良さから遺族のリーダー的存在となりつつあった。

五十名近くに膨れあがった報道陣の中には、総合庁舎をバックに、早くもテレビカメラに向かって、まくしたてているレポーターもいた。

「海難審判とは、海難審判法に基づき、海難事故の原因を特定し、再発を防ぐために行う〝海の裁判〟とも云うべきもので、二審制です、司法裁判のように犯罪を裁く法廷ではありません、審判官の裁定により、海技免状取り消しなどの行政処分を行う権限をもち——」

用意したボードで、一般には馴染みの薄い海難審判の説明を始めていた。

開廷したのは予定より二十分以上過ぎた午前九時五十五分だった。廷内では広い部屋の正面中央一段高い所に、裁判長に相当する「審判長」、その左右に陪席の「審判官」二名。検察官に相当する「理事官」は、左手壁面を背にして三名。弁護人は「補佐人」と呼ばれ、右手に「くにしお」側が三名、「第一大和丸」側も同じく三名で、前後二列に並んでいる。

審判官と理事官は、ともに一級海技士の免状を持ち、二年以上、一〇〇〇トン以上の船舶などの船長、もしくは機関長の経験のある者なら、その任に就くことが出来る。多くは業界最大手の船舶会社出身者で占められ、地方審判庁から高等審判庁へ、また理事官と審判官とを行き来しながら、キャリアを積んで行く。年齢は審判長の四十七歳、以下それぞれ四十歳代だった。

一方、補佐人は、弁護士、または一級海技士の資格を持つ機関、航海、通信などの船員経験者が登録すれば、認められる。

事故の当事者は、刑事裁判の弁護人にあたる補佐人を、その登録者の中から選ぶことが出来る。

被告に相当する「指定海難関係人」は、「くにしお」側が筧前艦長、泉谷《いずみや》海上自衛隊第二潜水隊群司令の二人。「第一大和丸」側は、同じく被告にあたる「受審人」として安藤元船長、「指定海難関係人」として、穴吹《あなぶき》大和商事有限会社代表取締役の二人。計四人が、海図を広げることも出来る大きな証言台を前に、ずらりと横並びになり、正面の審判官席と向かい合う形で座った。同じ船乗りである筧と安藤の審判廷における呼称が異なるのは、筧が自衛隊法で船舶職員法の適用を免除されており、海技資格がないことによる。

約百人の傍聴人、報道関係者は、椅子《いす》に座りきれず、後方の壁際《かべぎわ》にまでたち並んでいた。

「開廷宣言の前に、亡《な》くなられた方々のご冥福《めいふく》を祈るため、一分間の黙禱《もくとう》を捧《ささ》げます」

細身の審判長が、厳粛に告げると、全員が一斉に起立し、頭を垂れて数十秒……、遺族席から「うっ」と堪《こら》えきれないような嗚咽《おえつ》が漏れた。脳裏に、帰らぬ肉親の姿が去来したのだろうか……。

黙禱の後、まず指定海難関係人および受審人四人の人定尋問があった。最初は筧だった。背筋を真っ直ぐ伸ばし、

「筧勇次《ゆうじ》です、住所は横須賀市……、あ、いえ、横浜市磯子区――、自衛官です」

緊張しているのか、自宅住所を長期間、籠《こ》もっている司令部の所在地と云い間違えた。次いで泉谷群司令、三番目に安藤が起立した。

「安藤茂です、住所は名古屋市北区――、現在は無職、免許は三級海技士です」

大きな声でゆっくり、はっきり述べた。最後は船会社の穴吹代表取締役が答えた。本業は水道管修理の会社経営で、安藤同様、落ち着いた様子だった。

「これより審判開始申立書の読み上げに入ります」

十時二分――、理事官による読み上げが始まった。刑事裁判における検察側の起訴

状に当たるものである。

大柄で端正な面立ちが侍《さむらい》然とした理事官の声は、よく通った。報道陣には、あらかじめ中立ての要旨が配布されていたから、記者たちは頁《ページ》を繰りながら、多少の文言の変更に注意しつつ、ペンを走らせた。

一方、遺族たちは、せっかくの理事官の読み上げだが、専門的過ぎて理解しにくく、次第に集中力を失って、艦長や船長の後ろ姿を眺めたり、膝《ひざ》の上に目を落としたりしていた。

約二十分の陳述が、ようやく終わった。審判長が、

「只今の陳述について、意見がありますか」

真向いの指定海難関係人と受審人を見渡した。

すっくと即座にたちあがったのは、筧前艦長だった。

「私の見ている事実と、違うところがあります」

住所を云い間違えた時の様子とはうって変わって、冷静にきっぱりと主張した。一体、何が？　廷内の視線が集中した。

「まず衝突の角度です、その時の角度は右に一〇度ではなく、左に一五度だったと記憶しています、また、衝突時の速力は三ノット（時速約六キロ）ではなく、殆《ほとん》どゼロ

であったということです、その他については、大きな相違はありません」

筧前艦長は闘う姿勢を、冒頭から打ち出した。自艦は衝突前、しかるべき避航行動をとったのに、相手船が誤った操船によって、ぶつかって来たことを、はっきりさせておきたいという強い意思の表われだった。

展示訓練中、「くにしお」とは別の潜水艦に乗って、二隻《せき》の潜水艦の浮上や潜入を指揮していた泉谷群司令は、「意見はありません」と簡略に答え、海上自衛隊ぐるみでの闘争はしないことを暗にほのめかした。安藤、穴吹両人は「補佐人に任せてあります」と、口を揃《そろ》えた。

その後、審判長の指示で、理事官が提出した証拠の調べに入った。事故関係者の質問調書、救助模様の見取り図など、三百点以上の膨大なものだった。三人の審判官らは、それらを丁寧に確認していったが、全部を見きれず、午前十一時五十分過ぎ、一旦、昼の休憩が告げられた。

傍聴人たちは、折りたたみ椅子からたちあがり、部屋を出て、エレベーターに向かった。

その後方に、ベージュのスーツ姿の小沢頼子《おざわよりこ》もいた。これまでの報道で、ある程度の知識は得られたと思っていたが、理事官の申立てや審判官による証拠調べは、分かりづらかった。

頼子が一番、関心を持ったのは、やはり筧という艦長だった。いきなり「私の見ている事実と、違うところがあります」と反駁《はんばく》した艦長の表情は冷静で、自信に満ちていた。午後からは、その艦長への尋問が始まる。早く昼食を済ませ、なるべく前のほうの席で傍聴したいと思った。

「もしかして、小沢さん？」

満員になったエレベーターを見送り、次を待っていた背後から、声がした。振り返ると、若い男性が、にこやかにたっていた。馬面《うまづら》とまではいえないが、長い顔に見覚えがあった。思い出せないまま、ともかく会釈《えしやく》した。音楽関係者やファンであったりする場合がままあり、礼を失してはいけない。

エレベーターが上がって来、周囲の人々に押されるようにして乗り込むと、その男性も頼子のすぐ傍にたった。頭一つ分、頼子より背が高く、かすかに整髪料の匂《にお》いがする。誰だったかと、記憶をたぐっているのを、にやりと楽しんでいるようだった。

一階でエレベーターから降りると、

「残念だなあ、すっかり忘れられているなんて——、ベルリンで会ったことのある防衛庁の丹羽《にわ》、丹羽秀明《ひであき》ですよ」

そういえば……。

「ほら、日独青年交流会のイベントの準備を一緒にしたり、小沢さんにフルートを吹いて貰うために、楽曲を相談したり」

そうだった。丹羽は当時、防衛庁からイギリスのオックスフォード大学へ私費留学していると云っていた。その夏休みを利用してNATO諸国の軍事情勢を見聞するために、ブリュッセル、ベルリンを回っていると聞いた記憶が甦《よみがえ》った。たまたまベルリンの日本領事館主催の日独青年交流会が催されるにあたって、留学生たちがかり出され、手伝いをしている時に、ベルリンに滞在していた丹羽も、若い書記やアルバイトの専門職員たちと、あちこち走り回っていたのだ。

「丹羽さんは確か、修士号を取るために、オックスフォードに留学しておられたのでしたね」

「やっと思い出してくれましたか、お陰で予定通り取得して、めでたく帰国しましたよ、入庁したての頃は、これと云ってする仕事もなく、電話取りやコピー取りにこき使われて、女の事務官並だったんですからね、東都大学を出て、そんな雑用で貴重な時間を消耗したくなかったんでね」

ホールのど真ん中で、丹羽は話し出したら止らないといった勢いで、延々と喋《しゃべ》った。

「あの、私、食事を――」

頼子が時間を気にして云うと、

「外の通りにいくつかありますから、ご一緒しましょう」

丹羽は引き取り、

「上司に留学はわがままだとさんざん叱《しか》られたけど、身分だけ繫《つな》いでおいてもらって、学費は親を拝み倒してと、結構、苦労しましたよ」

まだ留学の話を続けた。

「どうしてオックスフォードを？」

「あの時は人事院の研修はアメリカしかなくて、ぺいぺいの僕にはお鉢が回って来なかったのですよ、ま、オックスフォードの修士号は箔《はく》が付き、正解でした」

丹羽は、得意げな表情を浮かべた。その長広舌のお陰で、何軒かの食堂を通り過ぎた。

「私、この辺で」

頼子がすぐ目の前の蕎麦屋《そばや》を指すと、

「ごめん、つい懐《なつ》かしさのあまり自分のことばかり話してしまって——、この蕎麦屋ね」

と頷《うなず》き、頼子の背をそっと押して、暖簾《のれん》をくぐった。幸い、そう混んでもおらず、テーブルにおしぼりとほうじ茶が運ばれた。

「あれから三年かな」

丹羽は、おしぼりを使いながら、頬笑むと唇がやや歪《ゆが》む顔を頼子に近づけた。整髪料の匂いが、再びした。

「それくらいになりますね」

「君は、学生という殻からまだ抜けきれてなかったけど、今じゃあ大人の雰囲気が出て来たというか、すっかりきれいになって……、今日、僕は防衛庁の仕事絡《がら》みで傍聴に来てたんだけど、音楽家の小沢さんが意外だな、まさかご家族とか、親戚《しんせき》とかが……」

心配げに、声を潜めた。

「いえ、『くにしお』の乗組員の中に、お世話になった方がいて……、事故当初、マスコミの影響で、私も自衛隊がそんな酷《ひど》いことをと、怒りを覚えていたのですが、本当のことが知りたくなったのです」

と話すと、丹羽は開いていたメニューをぱたりと伏せ、

「『くにしお』の乗組員って、誰のこと？」

追及するように聞いた。

「名刺に船務士と――」

ぼかした返事をした。

「それって、花巻朔太郎《はなまきさくたろう》のことですか？」

俄《にわ》かに一オクターブ、声が高くなった。

「花巻さんを、ご存じなんですか？」

「知るも知らないも、彼とは同じ高校の同窓生で、部活も同じボート部ですよ」

「高校って、どちらですの」

「愛知県の豊田第一高校、そこから僕は、国立の東都大学、彼は防衛大学校」

またしても自分が東都大出であることを強調し、天ぷら蕎麦を勝手に二人分注文すると、

「それにしても気になるなあ、どういうことで花巻と知り合いに？」

頼子は四ヵ月ほど前、恩師危篤《きとく》の報を聞いて病院へ急ぐ際、たまたま居合わせた花巻とその先輩の親切な計らいによって、その最期《さいご》に間に合った経緯をかいつまんで話

した。

「へえぇ、あいつも隅に置けないな、高校時代はバンカラもいいところで、ガールフレンド一人いないくそ真面目《まじめ》な奴だったんですよ」

口元に、にっと笑みを見せた。不思議な縁に頼子はますます驚いたが、これ以上、花巻の話題は続けないほうがよさそうな気配を感じ、

「午前中の検事……、いえ、理事官の陳述では、『くにしお』の艦長の判断ミスというように聞こえましたが、告発する立場としてはそういう論調になるのは当然としても、事実はどうなんですか」

「艦長は冒頭から、いきりたっていたでしょう？　徹底反論するでしょうが、身内の防衛庁の見解からしても、『くにしお』側は分が悪いでしょうね」

突き放し気味に云い、運ばれて来た天ぷら蕎麦に箸《はし》をつけた。

「いつでしたか新聞に、防衛庁長官の国会答弁として、犠牲者の多さを考えれば、艦長は身柄拘束されるべきだと書いてありました、今後、乗組員の方々も含め、そういうことが起り得るのでしょうか」

「それは、花巻のことも含めての質問？」

頼子は、頷いた。

「彼は事故当時、当直士官の一員だったから、何のお咎《とが》めもないとは云えないけど、そこまで責任ある立場でもないし——、実は彼が『くにしお』艦内に留め置かれていた時、心配して、電話したことがあるのですよ、たまたま何度目かの海上保安庁の事情聴取を受けて帰って来たところらしくて、しょげかえって哀れだったので、頑張れと励ましてやりましたがね」

上からみた物言いをした。

「そんなに何度も事情聴取を……」

そこまでの事情は知らずに、父のブランデーを飲んで勢いを付け、花巻に電話したことを恥ずかしく思い返した。そんな頼子を、丹羽はちらりと見やり、

「海難事故の審理というのは、陸上の列車や自動車の事故と違って、証拠となるものが殆どないので、判断が難しいのですよ、例えば、船が沈んでしまえば正確な衝突海域さえ判定困難だし、船長ら乗員が死亡して経緯が摑《つか》めなくなることもある、その点、今度の事故は、たくさんの証拠がありましてね」

「証拠と云いますと」

「まず両方とも、船長、乗組員が生きている、それに沈没した遊漁船が、海底から引き揚げられた——、これは割に珍しいケースです、もっともその引き揚げ費用に一億

円かかりました、これはわが防衛庁から捻出《ねんしゅつ》したんですが、その時の苦労といったら――」

思わせぶりに、そこで言葉を切ってから、

「各部局に少しずつ割り当てて出させるのですが、どこも既得権益を削られることを嫌がり、出し渋る、そこへ上から僕にご下命が来たものだから、根回しに各部局を走り回り、計一億を捻出したのです」

頼子はそんなに費用がかかるものかと驚くと同時に、丹羽の言葉の端々に、若手ながら防衛庁での力量の程が顕示されているように感じた。

「それと『くにしお』を現場で動かして、実況検分したことも大きかったですね、制服組は平素、潜水艦は防衛機密の塊だということを盾にして、僕ら内局にすら何でも隠しだてする、妙にエリート意識の強い偏屈者集団ですから」

皮肉るように、云った。頼子は早く食事を済ませなければと思いつつも、次第に食欲を失い、箸を置いた。

「おや、お口に合いませんか？　ごもっとも――、せっかくこうして再会出来たのだから、近々、美味《おい》しい所に案内しますよ、東洋フィルでしたよね、超一流じゃないですか、是非、一度、聴きに行きます」

と云い、腕時計を見ると、

「あいにく、今日の午後は傍聴出来なくて——、傍聴席には一日中、職員をもぐり込ませていますし、そろそろ午後から引き継ぎの後任も来ます、残念ですが、今日はこれで」

心残りを隠すことなく、頼子をじっと見詰め、名刺を差し出した。

「職業柄、二十四時間対応の独身生活ですから、審判廷の成り行きであれ、花巻についての心配事であれ、何なりと連絡して下さい、力になりますよ、花巻とは無二の親友でもあるのですから」

さりげなく名刺に自宅の電話番号を書き添えた。肩書きには、

防衛庁　教育訓練局訓練課　部員

と記されている。

「部員ってダサいでしょ、防衛庁はスタートが警察予備隊本部だったから、国民に気兼ねして、未《いま》だに部員、その上が書記官云々《うんぬん》——、いやになりますよ」

苦笑しながら、その割には自信たっぷりの姿勢でたち去った。

頼子は、午後からの「くにしお」前艦長の意見陳述を聴くために、早々に海難審判庁の建物へ戻った。少し足取りが軽くなったのは、花巻とは対照的だが、親友だという丹羽に出遭えたからかも知れなかった。

審判廷に戻ると、傍聴席はすでに八割方、埋まっていた。なるべく前で聴きたい頼子は、中央通路から左五番目あたりにぽつんと一つ空いている席を見つけ、周囲を気遣いながら座った。

隣席の六十歳前後の二人は、夫婦らしい。額を寄せ、小声で話しているのだが、自然に耳に入って来る。

「……電話では、来ると云っていたけど、いないようだよ……、トモヤの遺体が見つかった時は、自分も一緒に死にたいと錯乱状態だったのに……」

「ほんと……、子供を置いて後追いでもしたらどうしようって……心配のし通しだったのに、補償金が入ると決まると、ああも現金に変わるものかしらねぇ、あんな嫁に、トモヤのお骨は渡しませんよ」

その後、老婦人は口元にハンカチを当てて、嗚咽を堪えているようだった。

補償金のことは、頼子も報道で多少、聞き知っていた。自衛隊は、三十人の犠牲者の内、「第一大和丸」の乗務員二人を除く二十八人に対して、総額二十一億円を提示し、四分の一の遺族が既に了承したらしい。慰謝料として一律二千万円、それに生存していればという想定で、得《う》べかりし利益がホフマン方式で算出され、加算されるから、働き盛りの男性の場合、一億円近くの補償金が支払われることになる。

だが、その補償金を巡って、家族内に新たなトラブルが生じ、憎しみ合うという二重の悲劇がもたらされているのも、辛《つら》い話だった。

頼子まで何故《なぜ》か、涙がこみ上げそうになった。隣の老夫婦は知的な外見だが、こんな話を人中《ひとなか》でするというのは、理性を失ってしまっているからか。それほど深い悲しみにうちひしがれているのだろう。

やがて午後の審理の開始が告げられた。

すぐに筧前艦長の尋問が始まると思っていたが、午前中に終わらなかった理事官側提出の証拠調べが、なおも続けられた。

理事官が、証拠を一点ずつ示し、審判長が読みあげて行く。刑事裁判の法廷なら、裁判官に予断をもたれないよう、その都度、提出される証拠書類が、海難審判ではまとめて先に出されるのである。

退屈した傍聴席に、次第に私語が囁《ささや》かれ、欠伸《あくび》を慌《あわ》ててかみ殺す気配すら漏れた。

三百十九点もの証拠が採用され、午後二時近くになってようやく筧前艦長の尋問が開始されることになった。

その途端、弛緩《しかん》していた廷内の空気がぴりっと引き締まった。

「審判長！　その前に」

突然、補佐人の後列席から声が上がった。前列が「くにしお」側、後列が「第一大和丸」側の補佐人席である。たち上がったのは、田坂了一だった。大手船舶会社の元船員であり、弁護士である田坂は、海難審判の補佐人として、最強の人と評されていた。細身の審判長は不審そうな視線を向け、

「何か？」

と問い返した。

「筧指定海難関係人の質問調書72、75によりますと、この二回の尋問は、横浜の海難審判庁ではなく、自衛隊の横須賀第二潜水隊事務室で行われています、これは何故《なにゆえ》か、理事官に説明を求めます」

大きな双眸に、怒りが滲《にじ》んでいた。

審判長は、それなら証拠調べの前に申し出て欲しかったと、苦い顔をした。審理がこれ以上、遅れるのを気にしてのことだった。

「何をおっしゃるのですか、調書が審判廷に提出された後だからこそ、取り調べの方法が公平でないことが、明らかになったのです、これは異議です」

田坂は、声を張り上げた。三人の理事官たちは、

「場所がどうこうで、不都合なことでもあるのですか」

撥《は》ねつけるように、口々に云い返したが、田坂の横に座っている若い補佐人も、不公平を強く唱えた。

「理事官、説明を」

審判長が、溜息《ためいき》交じりに促すと、理事官の一人がたち上がった。

「当時の取り調べ理事官には、潜水艦という特殊な艦を自身の目で確かめておきたいという判断がありました、もう一つ、筧艦長は横須賀での海上保安庁の調べが連日、続いていて、なかなか横浜まで来られないという事情もありましたので、七月二十八日、二十九日の調べはこちらから出向いたものと思われます、以後は、本人がこちらへ出頭して、質問を受けています」

素っ気なく答えた。

「しかし国民が注目している事故で、自衛官の所には理事官が赴き、一方の民間人の船長には出頭を命じるのでは、変ですよ、自衛隊の方こそ、日本国民を守ることを大

義としている組織なんですからね」

田坂は、一歩も引かぬ構えで詰め寄った。

安藤元船長の補佐人側の狙《ねら》いは、海上保安庁や海難審判庁が自衛隊に気兼ねし、捜査の手を緩めているのではないかという点を世論に強くアピールすることだった。死者三十人、重軽傷者十七人も出した業務上過失致死傷事件が起れば、強制捜査が行われて当然であるのに、誰も逮捕されることもなければ、家宅捜査もないのは、普通ではない。

「当海難審判庁において、ご指摘のような意図は全くありませんでした、以後、そちらに疑問点があれば、その都度、明らかにするつもりですので、然《しか》るべく」

田坂の戦術を読み取って、理事官側はこれ以上のやり取りを控えた。

「では、次に証拠の追加申請を求めます」

なおも、田坂は続けた。

「㈠、八月十三日に海上保安部が行った現場検証の調書取り寄せ――、理由は『くにしお』の運動性能立証のため、
㈡、事故当時のレーダー映像写真――、理由は両艦船の接近模様を見るため、です、なお人的証拠として、防衛庁長官・宮田《みやた》義郎《よしお》、海上幕僚長・東《ひがし》俊一《しゅんいち》、第三管区海上保

安本部警備救難部長……」

防衛庁長官の名前が挙がると、記者席はどよめいたが、田坂は一向、手綱を緩めず、続いて「くにしお」の副長以下、事故当時、操艦操舵《そうだ》に関係していた乗組員九人の名前を挙げつらねた。

傍聴席の頼子は、ぴくりと体を動かした。「くにしお」乗組員の証人申請の中で、「一直哨戒長《しょうかいちょう》付・二尉・花巻朔太郎」と名前が読み上げられたからだった。申請された防衛庁長官以下、全員がこの審判廷にたつわけではないと思うが、花巻はどうなるのだろうか？

補佐人と理事官との間に繰り広げられた緊張感のあるやり取りがひとまず終わり、ようやく、

「筧指定海難関係人、前へ――」

審判長の声が響き、筧が証言台の前でたち上がった。

「審判長、その前に一言、申しあげたいことがあります」

筧はそう申し出ると、傍聴席の遺族たちに向き直り、

「今回、三十名もの多くの方々が亡くなられるという事故を起こし、衷心よりお詫び申しあげます、日が経《た》つにつれ、申し訳なさが募り、自責の念に駆られております」

深々と頭を下げた。

――白々しい。

頼子の隣の老夫婦が、苦々しげに呟《つぶや》きあった。謝罪する気持ちがあれば、世田谷の我が家など、事故後、直ぐに来られる距離なのに……、一ヵ月も経ってから……と、妻が指先で涙を拭《ぬぐ》った。

筧のお詫びの言葉が済むと、審判長の尋問が、ようやく開始された。

事故当日の展示訓練の模様に始まり、問題の「第一大和丸」視認の時点へと、次第に核心に迫って行った。

頼子は証人として名前を読み上げられた花巻のことに、なお気がかりな思いを抱きながら、十五分ほどの質疑に耳を傾けていた。

やがて尋問は審判長から老練な右陪席審判官に変わった。

「最初に『第一大和丸』を見た時のことについて伺います、哨戒長をしていた水雷長が報告したので、あなたは気付いたのですか、それともそれ以前からあなたは分かっていたのですか」

水雷長は艦長、副長らと一緒に「くにしお」の艦橋に上がり、次に予想される船務長配置のための訓練として、哨戒長の任務についていたのだった。

「明確に認識致しましたのは、自身の目で見て、確認した時です」

筧は初認はどちらが先だったか、という質問には直接答えず、自身の判断を強調した。

「質問調書によれば、水雷長は針路二七〇度で横須賀港に向かい始めた頃、右舷《うげん》艦首約三〇度、二〇〇〇メートルに『第一大和丸』を初認し、あなたから『漁船の方位、知らせ』という命令を受けて、ジャイロ・コンパスで測ったところ、『僅《わず》かに落ちる(「くにしお」側から見て右艦尾方向に方位が変化する)』と報告したそうですね」

「その通りです」

横浜から大島方向へ向かう漁船の針路が、潜水艦の艦尾方向に変化すれば、洋上で交差することはなく、何の問題も起きない。

「漁船の方位がはっきり右に変わったら、その前を通過出来ますが、僅かに落ちるということなら、衝突の恐れは出てきますね、あなたは無難に航過出来ると判断したそうですが、無難とはどれくらいで替わる(すれ違う)と思っていたのですか」

「おおよそ四五〇メートル程度の水をあけて、先行出来ると思いました」

「水雷長はコンパスで方位を測っているのに対して、あなたは、陸上の固定物標によって、判断したとおっしゃっている、陸上の固定物標だけで、そんなにはっきり替わると云えますか」

「私は周辺海域と、山並やタワーなど陸上物標の全般を、継続して見ております、水雷長に方位知らせと下令したのは、補充確認のためです、それに水雷長がジャイロ・コンパスを見ている時間は、一回につき二十秒程度で、それを二回見たにすぎません、それ以前からずっと継続して見ていた私は、本艦の方位のままで十分、先行出来ると、自分の判断を優先しました」

　海上衝突予防法によれば、衝突の恐れがある場合、相手船を右舷側に見る方が、出来るだけ早めに大幅に右転するか、停止して、相手進路を避けなければならない。水雷長が「落ちる」ではなく、「僅かに落ちる」と微妙な報告をした時、何故、避航行動をとらなかったのか、艦長の責任が問われるところだった。

　傍聴席の頼子は、筧前艦長の答弁に耳を傾けていた。いかにも頭がきれそうで、自信に満ちている。しかし、頼子にはそもそも広い東京湾で、二〇〇〇メートルも離れていながら、まるで磁石が引かれ合うように衝突すること自体、不思議だった。

思わず脚を組み替えると、パンプスの先が右隣りの中年男性のズボンに触れた。済みませんと頭を下げて、足を真っ直ぐ揃え、正面へ向き直った時には、審判官の尋問は既に次に移っていた。海上の状況というのも、このようにわずかの間で変化するのかも知れない。

「次にヨットの存在ですが、副長が云っている内容と報告が、あなたの調書の内容とちょっと違うので、確かめます、副長が左舷艦首六〇度方向、距離約六〇〇メートルにヨット近づく、と云ったところ、あなたの調書では、左を見たら、左舷正横《せいおう》（真横）六〇〇メートルに、本艦の前路に向けて、斜めに進んでいるヨットを認めたと、述べています、副長が報告した時は左前方におって、それからすぐ正横になるはずはありません、あなたの勘違いでしょうか」

「そういえば、正横に来たのは、あとの話です」

珍しく素直に認めた。

「ヨットの速力についても、副長とあなたの答え、ヨットの船長の答えがそれぞれ違っているので確認するのですが、副長は六ノット（時速約一一キロ）、ヨットの船長は四ノット（時速約七キロ）、あなたは自分の船よりも速かったということですが、これはどうでしょうか」

「私は本艦とほぼ同程度か、またはそれ以上、速力があっただろうと思いました」

「それで、あなたは機関停止、続いて超長一声《ちようちよういつせい》の警告を鳴らしたのですね、その時、ヨットは、あなたから見て、方位と距離はどのくらいでしたか」

「本艦のほぼ正横二〇〇〜三〇〇メートルくらいまで近づいておりました」

「左正横におったのなら、衝突の危険はなく、機関停止をしたりする必要までなかったのではありませんか」

「いえ、左正横におりまして、本艦を見学するように、並んで航行する形でしたので、この態勢を早く解消したいと考えたのです」

補佐人席の田坂弁護士が、隣の補佐人の耳元に、何事か囁いた。かねてより田坂は、ヨットの出現で、筧はその対応に気を取られ、「第一大和丸」との見合い関係（衝突の恐れが発生すること）の判断に遅れが生じたと推測していた。その推測が今、筧の陳述で確信に変わったのかも知れない。報道陣は、田坂の動きに敏感に反応し、ざわめいた。

審判官は傍聴席を鎮《しず》めるように、咳払《せきばら》いをした。

「他船が、潜水艦を見物しに寄って来るというのは、よく経験することですか」

「しばしばございます」

「それに対して、停止するというのは、危険じゃないのですか」

「いつまでも本艦と近距離で並んだまま走りますと、ヨットのことですから、いつ何《なん》時《どき》風に煽《あお》られでもして、思わぬ方位に傾きかねません、一方、右のほうに『第一大和丸』が存在しておりますので、不安定な状態で両方から挟まれるという形を避けるために、停止しました」

筧は、当然の操艦とばかりに、答えた。

「ヨットとの関係がなくなってから、『大和丸』に対しては、どういう判断でしたか」

「相変わらず方位は落ちておりました、ですから十分、先行出来ると判断し、前進強速を下令しました」

「ところがその後、『大和丸』との間が七〇〇メートルになった時、面舵《おもかじ》を取って回避した方がいいと判断したのですね、この場合の七〇〇メートルというのは、目測ですか」

「その通りです」

「次の一連の号令ですね、面舵の後、機関停止してから後進原速、後進一杯、というふうに続きますが、その間、間隔があったのですか」

「……いえ、連続してかけたように思います」

「普通、面舵を取って避《よ》ければ、安全ですね、でもその後に機関停止すれば、逆に舵効が落ちますよね、それから更に後進原速とか後進一杯の措置をかけたということに対して、機関長とか、水雷科操舵員は調書で、通常の機関の使用状態ではない、と述べています、機関長は自衛隊在籍十余年のうちでも初めての経験だったと——、また運転室員も、後進を使う場合、普通は半速までで、非常に異常を感じたと、そんな緊急に使わにゃならんほど、切迫していた訳ですか」

理事官の調べに対して、「くにしお」乗組員たちはそんなふうに答えていたのかと、筧は一瞬、たじろいだ様子だったが、すぐ平静な表情を取り戻した。

「切迫はしていませんでした、これは相手の進路を避けると共に、最も少ない進出距離で艦を停める最善の動作であるというふうに、常々、考えておりましたから、躊躇《ちゅうちょ》なしに後進をかけたのです」

「いつも緊急に後進一杯までかけ、操縦、操艦されているのですか」

審判官は、皮肉を込めて聞いた。

頼子の隣の老夫婦が、……どうなんだと、筧の答えを迫るように呟いたのが、頼子に聞こえて来、思わず苦笑した。

「それは場合によりけりです」

筧は、冷静に答えた。

「先程の七〇〇メートルですが、副長や水雷長は調書では五〇〇〜六〇〇メートルと云っています、今でもあなたは七〇〇メートルと思ってますか」

本当は五〇〇〜六〇〇メートルにまで迫っていたからこそ、慌てて異例とも云える命令を次々に発したのでは、という疑問を呈した。

「私が判断しました時が、概《おおむ》ねその距離であって、彼らが見たのは、私が号令を発した直後に、おそらく観測したものと思います」

筧前艦長は、ああ云えばこうと、徹頭徹尾、自身の正当性を強調した。審判官は、筧の陳述に強い疑念を抱いているようだが、時間に制約があるのか、次に進んだ。

「その後、短一声《たんいっせい》（右に曲がる合図）の避航措置をし、艦首が相手船に向いて、距離が四〇〇〜五〇〇メートルになったことから、これで大丈夫と判断したと述べられていますが、相手船はどういう針路をとったのですか」

「それほど変化したようには、覚えていません」

「あなたの船はどうだったのですか」

「僅かに右に回頭するのを、目で感じました」

筧は、さらに面舵一杯を下令し、これで衝突は避けられたと感じたその直後、「第

一大和丸」がいきなり左に回頭して「くにしお」に向かって来たことを、驚きの様子で語り、

「私並びに艦橋にいた人間は、『大和丸』に向かって、手を振って、右に回せという動作を致しました」

「くにしお」は大きく右転して、「第一大和丸」を回避したにも拘《かかわ》らず、「大和丸」が左に舵を切り、向かって来る感じで衝突してきたと、力説した。

「衝突時の角度のことについて伺います、あなたは午前の冒頭で、角度は左前方からだと訂正を要求されましたね」

審判官は、廷吏に合図し、証言台の上に、筧の質問調書に添付された海図を広げさせた。

「くにしお」と「第一大和丸」が衝突した時点での双方の位置、角度が描かれていた。その図の、左一五度という点こそが筧前艦長が一番、主張したいところだった。

「この図は、いつの時点のものですか」

「艦橋にたっておりましたので、衝突時のものです」

「艦橋におられた他の乗組員のお話は、それぞれ多少、違うのですがね、正面から当たったという人もいれば、右に一〇度という方もおられる、それで確認するのですが、

衝突直前の距離はせいぜい一五、六メートルですね」

「はい」

「そんな近距離で、相手船がワーッとぶつかって来る時に、目を見開いて、ちゃんと角度なり見えるものですかね」

「見えておりました、当たってから『大和丸』はさらに左に回り込むような形になったのを、覚えています」

自信満々に答えた。

「しかし、両方とも速力が多少ありますからね、瞬間的にどんと当たっても、次の瞬間にはもう体勢が変わると、その時の見方、記憶によって、人それぞれ衝突角度の感じ方が違うものですよ、この図はあなたが間違いなく衝突時に見とった状況ですか」

「その通りです、私は艦橋の一番高いところにたっておりました、水雷長並びに副長の位置からは、セールの一番前が若干、邪魔になって、艦首付近は見えにくかったと思います」

筧前艦長の答えは、どこまで行っても、自分が一番、正しいという主張だった。

「相手船が横転する、あるいは大傾斜する場合に、乗っていた人が海中に落ちる模様は見えましたか」

「左舷側に倒れましたので、その模様は見えませんでした」

筧はそう云い、顔を曇らせた。

「あなたは質問調書中、遭難信号を発しなかった理由として、潜水艦『まつしお』と護衛艦『くしろ』に救助の要請をしたので、同艦が駆けつけてくれるのを期待したということですが、海上衝突予防法からすれば、遠い所から呼ぶより、近くにいる船に、何か信号を発するべきだったと思いませんか」

元船員の審判官の声には、それでは常識を欠くのではないかという厳しい非難が込められていた。

「僚艦への通報と、それから本艦のスクリューを溺者《できしゃ》の方に向けないように操艦しつつ、溺者救出をすることに精一杯で、遭難信号の実施については考えが及びませんでした」

初めて申し訳なさそうに、顔を俯《うつむ》けた。

午後五時を過ぎ、尋問はまだ途中だったが、時間切れとなり、続きは二日後の次回に持ち越されることになった。

筧前艦長の談話を取ろうと、報道陣が追いかけたが、筧は関係者に周りをがっちり守られ、一言も発することなく、玄関前に横付けされたマイクロバスへと早々に乗り込んだ。

一方、安藤元船長は田坂補佐人らと三階の記者室で会見した。田坂補佐人は、

「筧艦長の証言にはいろいろ矛盾がある、具体的には、今後の審判廷で指摘しましょう」

と含みを持たせた云い方で、早々に切り上げた。

頼子が庁舎の外に出ると、既に秋の陽は西に傾いていた。港の方向からは、この春から始まった「未来博」の賑《にぎ》わいが、音楽と共に流れて来る。

桜木町駅に向かって歩きながら、隣り合った老夫婦は、どんな気持ちで家路についたのだろうかと、心を痛めた。息子の死、家族の崩壊、行方の見えない審判廷――。

それにしても、筧前艦長の強靱《きょうじん》な精神には、驚かされた。素人《しろうと》の頼子には、艦長としての操艦に間違いがあったのかどうか、専門的なことは分からないが、納得しかねる気持ちが残った。その反面、衆人環視の中で、あれだけ責めたてられて、崩れる様子がないのは、ある意味、凄《すご》い。

花巻は、能弁なタイプには思えないが、あの艦長の下で鍛えられていたのだから、

相当、タフな人間なのかも知れない。今までは、謙虚で、視野の広い好ましい男性《ひと》として見ていたが、防衛庁の丹羽、そして今日の筧艦長とそれぞれ一筋縄では行きそうにない人間関係の中で、どう生きているのか、想像してみたが、思い描けなかった。

＊

朝から澄み切った高い空に、鱗雲《うろこぐも》が淡い模様を描いていた。

十月二十日——、横浜の地方海難審判庁の審理は早くも、第三回を迎えた。「第一大和丸」の安藤茂元船長の陳述とあって、早くから傍聴券を求める列が出来ていた。その中に、横須賀の潜水艦乗りたちが贔屓《ひいき》にしている食堂「桔梗《ききょう》や」の看板娘・池乃《いけの》サキの姿もあった。ソバージュにした髪と、シャネル風のニットのアンサンブル、細いヒールのパンプスがよく似合い、列の中では目立っていた。さっきから少し前の男性を、観察するように眺めていたが、

「あなた、確か北《きた》さんでしょう」

咎めるように声をかけた。トレーナーにジーンズの男性は、不審そうに振り返った。

「やっぱりだわ、衝突事故の後にうちの食堂に来て、酔った勢いで、花巻さんの悪口

を一杯、云ってたでしょう、覚えてる？」

周囲の視線が集まった。右の頰と、首筋に小さなほくろがある北健吾《けんご》はきまり悪げに、ぷいと顔を背けた。


証言台の前に、安藤元船長が進み出た。十月三日の第一回審判の時、短く整髪していた髪は伸び、癖毛の緩いウェーブが出かけていた。薄い茶色の入った眼鏡をかけた顔には、その方が似合っていたが、窶《やつ》れた様子は相変わらずだった。

同じ席に並んでいる筧前艦長は、一、二回の審判廷で大方の思いを陳述していたせいか、泉谷群司令の横で落ち着き払って座っていた。

尋問は、裁判長に当たる審判長から始まった。まず安藤が「第一大和丸」に乗船した経緯から質問された。

「この六月に久々に日本へ帰って来ましたので、三重商船高等専門学校の先輩の佐々木さんに挨拶《あいさつ》の電話をしました、たまたま大和商事の業務部長だった佐々木さんから、今、船長がいないので、見つかるまでの間、ちょっとでいいからアルバイトとして手伝ってくれないかと、依頼されました、当初、お断りしていたのですが、どうしてもということで、六月二十四日だったか二十五日に、本船に乗船しました」

「前任の船長とは、お会いになりましたか」

「もう既に、いらっしゃいませんでした」

安藤は、眼鏡を指で押しあげながら、答えた。やや緊張している様子だった。

「本船は元々、鮭鱒《さけます》漁船を改造して、遊漁船になったわけですが、船体の安定度はどうでしたか」

「船自体は、腰が強いなという感じを受けていました」

審判長はなお船の構造について種々、質問し、応答が続いた。

次いで、右陪席の審判官が体を乗り出した。前二回に亘《わた》る筧前艦長への尋問は鋭く、三人の審判官の中の実質的なエースだった。

「航海の経験について伺います、伊豆大島方面には事故以前、何航海ほどされていましたか」

「六往復です」

「乗客数は毎回、本件時と同じくらい乗っていたのでしょうか」

「いいえ、これだけ乗ったのは、私の知る限りでは、初めてでした」

「それまでの航海で、平均しますと、大体どのくらいでしたか」

「一航海五人の時もあれば、十二人ということもございます、一度だけ三十人ぐらい乗られたことがあります、平均して二十名前後でしょうか」

以後、乗船名簿について質問がいくつかあり、安藤は、事故当時の航海では前もって渡されていなかったこと、乗客三十九名、乗員九名、計四十八名で、定員を四名オーバーしていることが分かったのは、横浜出港後だったと、述べた。

「それは具合が悪いですね、定員をちゃんと守らねばならないということについて、会社側から指導はありましたか」

「それに関しては特別……、定員はそれまで一度も超過することはございませんでしたので、指導は受けておりません」

「では、安全航行について伺います、見張りはどういう体制になっていましたか」

「その時の状況によります、観音埼《かんのんざき》を過ぎるぐらいまでは、視界が特に悪い時とか、お客さんがデッキに出ているような時には、甲板員ないし事務長に、船首やサロン上甲板で見張りをして貰《もら》っていました」

次いで操舵のことが質問された。

「調書では、横浜港第一号灯ブイを過ぎて二、三分後に、全速力での自動操舵にしたということですね」

「はい」

「東京湾内では、自動操舵の使用を避けるようにという、海上保安庁三管本部からの行政指導が出ているんですが、ご存じでしたか」

「うすうす知ってはおりました、ですから必要に応じて、手動に切り替え、また自動でやるというようなことを繰り返しておりました」

「次に、先程、審判長からも質問があったのですが、この船は上甲板の出入り口が、左舷側には四つあるのに、右舷側には一ヵ所しかありませんね、船は左右対称に出来ているのが普通ですのに、奇異な感じを持ちませんでしたか」

「やはり変だとは感じました、どうしてこちらにドアが一つなのかと、聞いたことがあります、理由はよく分かりませんが、検査に通るためという説明でした」

「もう一つ、構造について伺います、魚倉を改造した船客室、ことか、上の食堂、サロンにおられて、脱出できずに亡《な》くなられた方が随分多いのですが、傾斜がきつい時などに動いて出口を塞《ふさ》ぐような何か、たとえばロッカーがあったのでしょうか」

「殆《ほとん》どなかったと思います」

船内に閉じ込められて、死亡した乗客が多かったことを踏まえての質問が続いた。

「座椅子《ざいす》用のテーブルは長いですが、時化《しけ》ても移動することはなかったし、冷蔵庫などはきちんと固縛《こばく》されておりました」

安藤が答えると、

「安定性について、心配とか危惧《きぐ》の念を抱いたことはありませんか」

「先程申しあげましたように、船そのものは腰が強いので、そういった感じは受けませんでした」

ちらっと、補佐人席の田坂弁護士の方を見てから、答えた。


昼の休憩を挟んで、再びエース格の審判官が、尋問を続行した。

「くにしお」の存在を、初めて認めてからの経過について、いよいよ核心に迫る尋問内容となった。

「『くにしお』を初認したのは、距離にしてどのくらいの時でしたか」

「最初は二マイル（約三七〇〇メートル）ぐらいでした」

「そのうち問題になるぞと、注意を向け始めたのは、どれくらい接近してからですか」

「初認してから、窓枠で方位を少し測ったという記憶はございます、それから本当に注意を向けたのは、もっと接近してからです」

「どれくらい接近してからですか」

「一マイルを切ったぐらいだと」

「レピーター・コンパスはありますね、コンパスを使って方位を測るとか、しましたか」

「いえ、していません」

「あなたのおっしゃる方位の変化を見るというのは、ほとんど窓枠だけなのですか」

「はい」

「理事官がお尋ねしていましたね、たまたま潜水艦を見つけたので、お客さんに見学させてあげようというサービス精神で、あなたの方から近寄って行ったんじゃないかと――、それに関しては、絶対ないと」

「以前、一、二度潜水艦と出遭ったことがありますが、その時、強引というような格好で前を突っ切って行った記憶がございますので、近寄るなんて馬鹿なことはしませんと云ったのです」

安藤元船長は緩い癖毛の頭を振り、露骨に顔をしかめた。

「では、次に――、衝突三分前くらいの時、これ以上接近しないように、エンジンの回転数を二六〇に下げたと、これはどうしてですか、最初、『くにしお』は右に替わる(すれ違う)と思っていたけれど、危ないと思われたからですかね」

「そうです」

「相手が針路を変えるかも知れないと思ったのは、自分の方は権利船で、『くにしお』が避航船であるという認識だったからですか」

「それも、もちろんありました」

「ところが、三分前になって、それ以上接近しないように、減速したということですね、その時の相手船との距離は如何《いかが》ですか」

「当時は千何百という気持ちだったのですが、今、考えると一〇〇〇メートルぐらいじゃないかと思っております」

「あなたはレーダーを全く見ていませんね」

審判官が、ぴしりと云った。緩んでいた安藤の表情に、動揺が浮かんだが、

「その時点でレーダーを見なくても、自分の視界内に入っているから、いちいちホイール（舵輪）の前を外れて見るより、いいんじゃないかと思っていました」

開き直るように、答えた。自分の勘で操船するのが、安藤流のようだった。

傍聴席で、サキは、呆《あき》れ顔で安藤元船長を眺めていた。昔から「桔梗や」には、陸《おか》に上がったばかりの潜水艦乗りや護衛艦乗りたちが押しかけ、乱痴気騒ぎを繰り広げ

ることがしばしばある。だが、艦に乗れば、皆、よく訓練されたりっぱな船乗りであることを小さい時から知っているサキは、お嫁に行くなら店に来るうちの誰か……と決めていた。

友達の中でも、機転が利《き》くきれいな娘《こ》ほど、普通の会社などには就職しない。横須賀周辺のスナック、飲み屋でアルバイトをしながら、虎視《こし》眈々《たんたん》とエリート自衛隊員を狙《ねら》い、玉の輿《こし》に乗る人生計画をたてている。戦争がない日本では、自衛隊員の生活は保証されているからだ。それに女性にあまりすれていない自衛隊員は、意外と簡単に振り向いてくれる。

二年前、はじめて「くにしお」の仲間と店に来た花巻朔太郎を見て、サキの心はときめいた。玉の輿狙いなどということでなく、純粋な気持ちからだった。両親も密《ひそ》かに応援してくれている。

だが、肝心の花巻は、いつまでも自分を子供扱いして、映画の誘い一つ乗って来ない。特に最近は、事故でよほど大きなショックを受けたのか、人が変わり、自分に対して以前のように、開けっぴろげに話したり、優しくしてくれない。みんなあのお粗末な船長と、おんぼろ船会社のせいだ。衝突事件さえ起らなければ、花巻二尉といつかデートし、自分の気持ちを告白できたのに……。

それに、あんな安全管理が杜撰《ずさん》な船に乗り合わせたばかりに、海に投げ出されただけならまだしも、船内に閉じ込められたまま死んでしまった人たちが可哀想《かわいそう》でならない。両方の思いを胸に、サキは審理に聴き入った。

北健吾は、傍聴しながら、斜め前の席に座っている小生意気な定食屋の娘のことが、目障《めざわ》りでならなかった。

小娘のくせに、物知り顔で海難審判を傍聴に来たのは、店に来る海自の連中の影響だろうが、場にそぐわぬ派手な出でたち《い》は、笑止千万だ。事故の後、横須賀に行ったのは、花巻と会うためだったが、当分、アパートには帰らないことが分かり、ふらりと飲みにたち寄ったのがあの「桔梗や」だった。

「くにしお」が、海上衝突予防法を無視して民間の釣り船の前を強引に突っ切ろうとしたことが原因で起った衝突事故であるにも拘らず、事故の翌日には、もう海幕長が「くにしお」の操艦に間違いはなかったと、声明を出した。三十人もの民間人が行方不明なのに、なんという傲慢《ごうまん》さだと腹がたった。あの店で「恥を知れ」と本当のことを云ったつもりなのに、海自贔屓の店の親爺《おやじ》に襟首を摑《つか》まれて追い出され、おまけにこの小娘から、やかんの水までかけられた。癪《しゃく》だったが、真剣な娘の顔が、敵ながらおかしくもあった。

北が本当に傍聴したかったのは、筧前艦長の時だったが、大学の授業の合間に二つのアルバイトを掛け持ちして学費を稼いでいるため、都合がつかなかったのだ。特に出版社の週刊誌の方は滅法忙しく、あの日は横浜にいながら、政治家のスキャンダル追跡のために、張り込みの手伝いをさせられ、時間のやりくりがつかなかった。

防大で道草を喰ったおかげで、二橋《ふたつばし》大を卒業したとしても、一部上場企業には就職出来ないだろう。二十八歳にして、北は人生の蹉跌《さてつ》を舐《な》め、鬱々《うつうつ》としていたから、今日は何が何でもという思いで傍聴に来たのだった。

筧前艦長は、自分の席からは後ろ姿しか見えないが、三十人もの犠牲者を出した張本人であるのに、妙に落ち着き払い、エリート然としている物腰が、気に喰わなかった。自衛隊という巨大な組織は、根無し草のように外国で船員生活を送っていた安藤元船長など、たとえどんな云い分があっても、ひとたまりもなく捻《ひね》り潰《つぶ》してしまうだろう。そう思うと、安藤も自分も、いかにも負け犬のようで、悔しい。

防大での勉学はレベルが高く、身が入った。だが、国民や国土を護《まも》る使命を課せられた学校であるのだから、戦史や旧態依然とした体力錬成、基本教練に明け暮れていないで、専守防衛なる国是をなぜもっと明快に教えないのか？　一年生に重い銃を担《かつ》がせ、原っぱを匍匐《ほふく》前進させるようなちゃちな訓練の連続は、あまりに馬鹿馬鹿しく、情熱が一度に冷めた。部屋長の原田正《はらだただし》が親身に相談に乗ってくれ、何度も議論を交したが、今一つ納得出来ず、中途退学してしまった。現在の崖《がけ》っぷちの日常は屈辱だが、自衛隊には未練がない。

安藤船長、頑張れ！　応援している国民は沢山いるぞ！　北は胸の中で声を嗄《か》らさんばかりに叫び続けた。

審理は、初認から距離一〇〇〇メートルに至っても、針路を変えない「くにしお」の様子から、ヨット出現時に移っていた。安藤元船長は「くにしお」が、ヨットの前を強引に横切って行ったことを見て、

「これは当然、こっちの方に対しても、前を横切って行くんじゃないかと思ったのです」

と、訴えた。

「そうすると、あなたが警告信号、疑問信号を鳴らしていないのはどうしてですか、やらないといかんでしょう」

「しかし、双眼鏡で相手の艦の状態を見て、艦橋にたくさんの人がいましたので、当

然、向うもこちらには気付いているだろうし、知った上でこっちに来、そのまま強引に行くつもりなんだなと」

「なぜ、警告信号を発しなかったのですか」

「……」

「そのうち曲がってくれるだろうと、思ったのですか」

「何らかの措置をしてくれると」

安藤の答えは、自主性に乏しかった。審判官は、次いで、相手船との距離三〇〇メートルに迫った時のことを聞いた。

暫《しばら》く押し黙っていた安藤は、

「質問調書を取られた後に、現場検証がありました、その時の距離感覚では、三〇〇というのは間違いで、実際には一〇〇か二〇〇メートルぐらい、かなり接近していたんじゃないかと思い直しました」

補佐人席の方を窺《うかが》い、答えた。

「そんなになるまで、ずるずると行ってしまったということですか、ストップするとか、エンジン回転数を更に落とすとか、していないのですね、翼角《よつかく》（スクリューのプロペラの角度）をゼロにすれば、直ちに推力がなくなるでしょう」

「ですが、そこでエンジンを止めて裸の状態で出るよりも、ともかく相手の艦尾を替わろうという意識のほうが強かったのです」

「衝突の三十秒足らず前、あなたは相手船が直進すると思い、左転して艦尾につけようとしたわけですね」

「はい」

「左舵一杯を取ると、あなたの船の旋回圏からして、衝突するわけがないのですがね、あなたは艦尾に曲げるために、当初、左舵一杯じゃなしに、左一〇度か一五度取って、ある程度、じわっと回っている段階で、相手船の右転に気付いたのではないですか」

「いや、違います、その時はもう距離が接近していて、そんな余裕はありませんでした、左一杯に取りました」

安藤は、ここが勝負どころとばかり、踏ん張った。

「質問を変えます、あなたの理事官質問調書の『信号または汽笛の吹鳴《すいめい》および聴取状況』という箇所です、〝自船が左舵一杯、減速、汽笛吹鳴の一連の動作をやっている頃、その前か後に『くにしお』の汽笛が吹鳴された記憶がある、汽笛の種類不明〟とありますす、この頃までは、相手は間違いなく前を突っ切ると思っているわけですよね」

はい、と安藤は頷《うなず》いた。

「そうすると、この汽笛が種類不明とは？」

「もうその時点では、相手艦の避航動作は期待しておりません」

「あなたの期待ではなく、汽笛のことを伺っているのです、相手が右転して来るかという場合に信号を聞いたら、それは操船信号に決まっていますね、意味もなく汽笛を鳴らすわけではないんで、それが短音一回（右に曲がる）かどうかを、確認しなければならないんじゃないですか」

「はい」

「汽笛の種類不明と云われるが、どうしてはっきりしないのですか、あなたが左舵一杯を取る前でしょう」

「だと思います」

「それを確かめて、相手船の動作を確認してから、今度は自分の方が右に取るとか、後進一杯にするとか、そういう感じが浮かばなかったのですか」

「汽笛そのものというより、汽笛らしきものが鳴ったという記憶があります、その時はもう距離が接近していたので、相手艦の艦首をすっと見たと思うのです、それで、原針路とそんなに変わっていない（直進している）と判断して、左転の措置をとったということです」

「だけど、二隻《せき》の船が接近して、それぞれ操船信号を発しないといけない時に、何か鳴ったという程度の認識ですか」

「いや、どんどん接近している状況であると、その上で、これは左転しかないというふうになったと思います」

「要は相手艦の汽笛を聞いた件については、接近していたので、確認する余裕がなかったというわけですか」

「はい、多分、余裕はなかったと思います」

「そんなに余裕がない時には、後進一杯にしようと思えば、わけないんですがね、可変ピッチをスローにするだけで、停止、後進は短時間でかかるのに、どうしてやらなかったのですかね」

「やはり、舵効きが悪くなるということも一瞬、頭をよぎったと思うのですが、それよりも、とっさに艦尾をかわそうという気持ちの方が強かったんです」

必死になって釈明したが、「くにしお」を初認してから間近に接近するまでの操船の判断が、後手後手になった感は否《いな》めない。

「それでは、そこに船型で示して、図を描いて下さい、最初は三〇〇メートルとおっしゃいましたね、相手艦が三〇〇メートルに近づいて、あなたが相手の艦尾の方に向けようとした時以降、両艦船の距離および相対関係の図を描いて下さい」

審判官は、静かに命じた。

大きな証言台に「第一大和丸」の模型と、白い紙が広げられた。

双方の主張は真っ向から対立したままで、衝突事故の真相が解き明かされるまでには、まだまだ長い審理が必要とされそうだった。

土曜日の朝、花巻朔太郎は、がらんとした事務所で、やり残していた書類の整理をさっと片付けると、外の風景に目を遣《や》った。港湾沿いの大きな建屋と建屋の間に、活気を帯びた神戸港が広がり、目の先を巨大なクレーンが、青空を切り裂くように移動して行く。八月末に「くにしお」修理のために神戸に来てから、もう二ヵ月が経《た》っていた。

横浜で開かれている審判廷の模様は、その時々、伝えられていた。「第一大和丸」側からの証人申請に自分の名前も挙がっていると、云われている。

昨日の第三回審判廷で安藤元船長は、衝突間際《まぎわ》に左に舵を切ったことを正当化するのに必死の様子が窺えたが、基礎知識の欠如、操船の未熟さを感じさせることばかりだった。

だが、それを批判する資格は自分にはない。月日が経つにしたがい、衝突事故の責任を重く感じるばかりだった。そういう心の葛藤《かつとう》を語り合える仲間も、最近、櫛《くし》の歯が抜けるように、一人去り、二人去って行った。

佐川副長、五島船務長は再々度の取り調べのために陸上配置となって、司令部に呼び戻され、ドックハウスの部屋で一緒だった機関士の長門も他の艦に異動となった。

花巻は財布を開け、一枚のチケットを取り出した。今日の午後、三宮《さんのみや》の国際会館で催される東洋フィルのコンサートのチケットだった。秋用の身の回り品を買い足しに、自転車で繁華街に出かけた折、偶然、ポスターを見つけ、衝動的に買い求めてしまったのだ。

潜水艦乗りを辞めるしかないかとまで思い悩んでいる自分が、どの面《つら》下げて音楽会に行けるか、躊躇《ちゆうちよ》した。だが、最後にせめて頼子のフルートを聴きたい、遠くの席からでも、今一度、姿を見たいという欲求を抑え難かった。

第五章　去るべきか

神戸・三宮《さんのみや》国際会館のロビーを、花巻朔太郎《はなまきさくたろう》は足早に横切り、ホール横の分厚い扉をそっと押した。午後一時半の開演には、僅《わず》かに間に合わなかったのだ。

照明を落としたホールの中では、バイオリンの静かなざわめきに続いて、ホルン、そしてチェロが奏《かな》でる朗々としたメロディーが流れていた。ヨハン・シュトラウスの「美しき青きドナウ」だった。

朔太郎は腰を屈《かが》め、息を止めるようにして着席している人々の前を通り、自分の席に着いた。急いで駆けつけたため、胸の動悸《どうき》がなかなかおさまらず、暫《しばら》く下を向いていた。

演奏会は「ファミリー・コンサート」と銘打たれているせいか、家族連れらしい姿があり、隣席の少女が朔太郎を咎《とが》めるように、ちらりと上目遣いに見た。

ポスターを見て、チケットを買い求めたものの、これ以上、頼子《よりこ》の傍に近づくべきでないと云うもう一人の冷静な自分もいた。

ドックを出る直前、「くにしお」航海科員の橋本が、自律神経失調症で自衛隊の横須賀病院に入院したという知らせが届いた。その善後処置の電話等で時間を取られ、出かけるのが遅れてしまったのだ。

海上保安庁、地検の厳しい事情聴取にノイローゼ気味になった乗組員はそれ以前にも、数人出ていた。海難審判が始まって、小野田機関長らが筧《かけひ》前艦長の主張とくい違う証言を理事官の質問調書に取られていたことが、明らかにされ、「そんなつもりで云ったのではない」と、気に病むあまり、激しく落ち込んでいるとも聞いている。

筧前艦長の海難審判での証言が、必ずしも真実のみを語っているとは思わない。偽証とまでは云わないが、海上自衛隊を守りたいという組織人としての立場から、自己弁護に徹する局面もあるのだろう。

やりきれない悲劇の連鎖に、気分が滅入った。コンサートを聴きに行っている場合ではないと思う反面、このまま頼子の姿さえ見られないのは耐えられない。せめて客席の隅からでも、そっと頼子の姿を瞼《まぶた》に刻みたいと、間際《まぎわ》になって矢も盾もたまらず、造船所の親しい技術者の車を借り、駆けつけたのだった。

ようやく息も整い、朔太郎は舞台をまっすぐ見詰めた。弦楽器の後方の列で、オーボエ、クラリネット奏者にまじって、フルートを優雅に構え、指揮者のタクトに合わせ、左右に体を揺らしながら吹いている小沢頼子の姿に、吸い寄せられた。

ワルツのリズムに合わせ、頼子のフルートが銀色にきらきら光った。ホール中が、舞踏会の華麗な雰囲気に包まれ、一千人の聴衆はすっかり魅了されている。

三曲のウインナ・ワルツの後、一度、落とされた舞台の照明が再び灯《とも》ると、ふいにフルートの澄んだメロディーが流れ始めた。朔太郎は目を凝らした。頼子のソロ演奏だった。

うっとりしているうちに、曲はディズニーの「星に願いを」をアレンジしたものと分かった。意外な選曲は、新鮮でもあった。息継ぎのたびに、肩先まで豊かに伸びた黒髪が揺れ、一筋、ふっくらした頬にかかった。朔太郎はその音色の美しさ、頼子の匂《にお》いたつような美貌《びぼう》に息を吞《の》んだ。聴衆も、透明感のある高音からまろやかな低音までが見事に溶けあった響きに、夢見心地で聴き入っている。

朔太郎は小さい時に慣れ親しんだメロディーを耳にしながら、これを最後に頼子との別れを覚悟しなければならないと思った。胸が締め付けられ、震えさえ覚えた。頼子は自分にとって、遠い夢の女性《ひと》だったのだと、改めて自らに云い聞かせた。

曲が終わると、由緒《ゆいしよ》あるホールを埋め尽くした聴衆から、万雷の拍手が沸き起こった。隣の席の少女も傍らの家族に頻《しき》りに話しかけながら、ちぎれんばかりに拍手喝采《かつさい》している。

休憩を挟んで、チャイコフスキーのバレエ組曲「くるみ割り人形」が演奏された。

それから一時間後、コンサートは華やかな余韻を残して終了した。

朔太郎はたち去りがたい思いのまま、熱気に包まれた聴衆の中に暫《しば》し身を置いていた。東洋フィルの演奏会で、初めて頼子のフルートを聴き、陶然としたのは、三ヵ月半ほど前――。薔薇《ばら》の花束を持って、楽屋口を訪れた時の胸の動悸。その後、ラウンジでカクテルを共にして、天にも昇る思いを募らせ、この人こそと、恋心を抱いて帰ったあの夜の昂奮《こうふん》。横須賀のアパートに帰った直後にかかって来た電話で、神戸から帰ったら会う約束をしながら、何も告げず黙って去らなければならない残酷な現実……。

周囲の座席から聴衆の姿が消えつつあり、朔太郎は後ろ髪をひかれる思いで腰を上げると、人々の列に続いてホールの階段を一歩、一歩、ロビーに向かって上った。さんざめく人混みの中で、寂寥感《せきりようかん》が一層深まった。

ロビーに出ると、

「失礼ですが、一階席で遅れて来られた方ですか」

胸に、係員のリボンを付けた若い男が、朔太郎の濃紺のブルゾンを見確かめるように声をかけて来た。

「そうですが……」

朔太郎はやや警戒気味に、頷《うなず》いた。

「フルートの小沢からメッセージを言付《ことづ》かっています」

と、男は云い、三宮国際会館のロゴ入りのメモ用紙を手渡すなり、慌《あわ》ただしく取って返した。頼子には何も連絡していないのにと、不審な思いで二つ折りの用紙を開いた。

ようこそ——、楽屋においで下さいませんか。

走り書きだが、きれいな文字だった。

気持ちの整理がつかぬまま、混んだ通路を人とぶつかりながら、楽屋まで辿《たど》り着き、入口で来意を告げると、黒いブラウスとロングスカート姿の頼子が、すぐ姿を現わした。

「聴きに来て下さって、有難うございます、この後、お時間はありますか？」

演奏後の高揚したきらきらした表情だった。眩《まぶ》しい思いで、

「でも、どうして僕が来ていることを……」

「遅れて入って来られたでしょう、だから舞台からよく見えたのです」

そういうものかと、朔太郎は頷いた。

「せっかく来て下さったのだから、少しお話ししたいです」

朔太郎は耳を疑った。たった今、俺の恋は終わったと、絶望感にうちひしがれていたばかりである。返事も出来ず、ただ突ったっている朔太郎に、

「では、四十分ほど後に——、この会館の並びに『西野珈琲《コーヒー》店』があります、そこで如何《いかが》ですか」

と聞いた。急いでドックを飛び出して来た朔太郎は、チェックのシャツにブルゾンを引っかけただけの自分の普段着姿が、急に恥ずかしくなった。だが、迷ってなどいられない。

「その店なら知ってます、僕はこの後の予定はないので、急がなくていいですよ」

朔太郎はそう云うと、地に足がつかないような心地で、楽屋口を出た。

外壁に蔦《つた》が絡《から》まった趣きある赤煉瓦《れんが》の「西野珈琲店」の二階で、朔太郎と頼子は、シンプルなフランス料理の後のデザートを前にしていた。階下で待ち合わせたが、二階がレストランだと聞き、夕食には早い時間だったが、静かなほうへと上がったのだった。

デミタス・コーヒーの濃厚な香りを楽しんでいると、テーブルの上のキャンドルに火が灯された。

「美味《おい》しかったです、早い夕食なのに、随分、戴《いただ》くでしょ、私たちの仕事って体力勝負のところがあるのです」

楽しげに頬笑んだ。色白の頬子にワインレッドのワンピースが品よく似合い、体力勝負という言葉がちぐはぐのようだが、率直な性格が、好ましかった。

「いやいや、僕も久々に美味しく食べました」

食事を楽しむなどという日は、遠い過去になっていただけに、頼子と一緒に取れたことが、幸せだった。

「私、舞台の上で花巻さんが入って来られるのを見て、本当に驚きました、東京でお電話した時、出張先では忙しいと勝手に想像して、神戸での日程をお伝えしていなかったですものね」

「潜水艦の修理期間中は、造船所の技術者と一緒に油にまみれて、艦の中に張り巡らされている何千本もの配管やバルブを、懐中電灯を手にして調べ回るのですけど、ピークは過ぎましたのでね、アパートに帰ってもいつ何時《なんどき》、呼び出されるか知れない横須賀とは違います、だから、演奏会のポスターを見て、駆けつけて来られたのです」

胸の内とは異なったが、つとめて明るく語った。頼子は、黒目がちの目でじっと朔太郎を見詰め、

「潜水艦って、難しいのですね、私、横浜の海難審判の第一回を傍聴して来ました」

えっ、と朔太郎は手にしていたカップをソーサーに置いた。

「リハーサルだけの日だったから、休んで、傍聴券を取り逃がさないよう朝早くから出かけました、難しい専門用語や船の進入角度など、分からないことが多すぎたのですが、花巻さんたちの潜水艦と遊漁船とが衝突した直接の原因が知りたくて……」

朔太郎は頼子の行動力に、改めて驚いた。

「素人《しろうと》の私には、艦長の方《かた》が自分には過失がなかったと、雄弁に語れば語るほど、あまりいい印象を持てませんでした、誤解ですか」

「それは小沢さんの率直な見方で、間違っているとは云いきれません、ただ、艦長の

立場としては、自分の判断をきちんと主張したいのでしょうね、僕ら七十四人の乗組員の全幅の信頼を集め、自身も信念を持って、指揮に当たっているのだから、それなりの云い分もあると思います」

「そういうものですか、もし相手の船会社の安全管理がきちんとしていたり、船長さんに高度な技術があったりすれば、三十名もの犠牲者は出なかったかも知れないことは、分からないでもありませんけど……、実は、思いがけなくお姿を見た途端、気になっていたことを、お聞きしたいと思って、ホールの職員に急いでメモを渡したのです——、その、海難審判廷で、大和丸の補佐人側から証人申請の一人として花巻さんの名前が出ました、それが気になって……、衝突時、哨戒長《しょうかいちょう》付だったということでしたが、どこで、何をしていらしたのですか」

「発令所の潜望鏡に張り付いて、レンズ越しに周辺海域を見張っていました、だから漁船も二〇〇〇メートルほど先にいることを、確認していたのです、しかし途中から傍に寄って来たヨットに気を取られ、衝突の危険を予知出来なかった——」

朔太郎はぐっと、唇を嚙《か》みしめた。

「そうだったんですか……」

「あの時、万全の注意を払っていればと悔やみ、反省しています……、しかし、証人として呼ばれれば、いつでもという心構えは出来ています」

朔太郎はそこで、一旦《いったん》、言葉を呑み込み、

「それにしても、海難審判を傍聴しに行くとは、びっくりです、ベルリン留学と云い、行動力があるんですね」

と感心するように云った。

「花巻さんが『くにしお』の乗組員だからです、そうだ、防衛庁の丹羽《にわ》さん、花巻さんの親友ですってね」

いきなりの問いに、また驚いた。

「丹羽と、お知り合いなんですか」

「と云うか、ベルリンでお会いしたことがあるのです、傍聴にいらしていて――、声を掛けられるまで思い出せませんでしたけど」

頼子はくすりと笑い、留学時代に日本領事館の青年向けの催し物の手伝いで、一緒に駆り出された時のことを話した。

「そうだったんですか、海外に出ると、いろいろなことを経験されるのですね」

「丹羽さんとは高校も同じ、部活まで一緒のボート部だったと聞きました、こんな偶然があるなんて」

デミタス・コーヒーのカップ越しに、朔太郎を見詰めた。

内心、丹羽が自分と親友だなど、どの面《つら》さげて云えるのだと、毒づいた。ボート部であんな卑劣なことをしておきながら……。今度の『くにしお』の航泊日誌の清書にしても、改竄《かいざん》だと騒ぎたて、そのために乗組員たちがどんな辛《つら》い思いをしているか知れないのだ。

朔太郎は、腸《はらわた》が煮えくりかえって来た。あんな男を頼子に近づけることは出来ない!

「……ちょっとドライブでもしませんか、神戸の街は以前も修理で長く滞在したことがあって、少しは詳しいのですよ」

丹羽への憤怒から、朔太郎は自分でも思いがけない誘いをしてしまったことに、一瞬、たじろいだ。

「是非――、車でいらしたのですか」

「ええ、コンサートに遅れそうになったので、造船所の友人に借りて来たのです」

話が決まると、朔太郎は頼子を残し、駐車場から車を出しに、席をたった。

表六甲ドライブウェイの急カーブを上りながら、朔太郎はフォルクスワーゲンの足回りが、想像していた以上にいいことに、安堵《あんど》した。

秋の日は暮れかけ、山道を行き交う車はごくまれにしかなかった。

「運転、お上手ですのね」

助手席に座っている頼子は、スカーフを膝《ひざ》の上に掛け、朔太郎を見上げた。

「借り物ですからそうでもないです、一応、シートベルトはしっかり締めていて下さいよ」

急カーブの多い六甲山のドライブウェイを細心の注意を払い、サイドミラーにも気を配りながら、スピードを上げた。陽が傾いたと云っても、山中から見る空にはまだ残光があり、茜色《あかねいろ》の濃淡の雲の層が、溶け合うようにたなびいていた。だが、一旦、陽が沈めば、九〇〇メートルの山頂まで上る頃には真っ暗になってしまうはずで、さすがにまずい。

四〇〇メートルほど上ると、峰々の間から垣間見えた空がさらに大きく広がり、薄暮の中に臨海工業地帯の工場群や、埠頭《ふとう》から突き出した煙突や巨大なクレーンのシルエットが迫力のある光景を作り出している。

中腹のヘアピン・カーブで思い切り大きくハンドルを切り、曲がりきると、その先にはもう数えるほどしか急カーブはない。

「もっと時間が早ければ、そろそろ紅葉が見られるんですけど、夕暮れ時になると、同じ色に染まってしまうのは、残念」

ちらりと窓外へ視線を走らせたが、深くV字に切れ込んだ稜線《りょうせん》には、赤松の木々が薄黒い影となって、静かに連なっているばかりだった。

標高を増すごとに、空の色が次第に茜色から薄紫に染められ、眼下に神戸の街の灯りがあちこちに輝きはじめた。

「きれい」

窓外をずっと見続けていた頼子が、呟《つぶや》いた。もっと美しい光景を見せたい一心で、朔太郎は最後の急カーブを曲がった。頂上に至る途中に、夜景を一望のもとに見渡せる展望台があるのだった。

ドライブウェイを走る車は、凄《すさ》まじいスピードで、通り過ぎて行く。朔太郎は展望台に到着すると、車が乗り入れられるところまで進め、停車した。眼下に赤、黄、青、緑――、競い合うように瞬《またた》く光の帯が、パノラマのように広がっていた。

「ほんとにきれい、三宮からまだ三十分くらいしか走っていないでしょう?」

「そう、この夜景は東西に伸びている神戸の街に間近な六甲山ならではの景色です、左に大きく湾曲して帯が続いているでしょう？　あちらは大阪、和歌山方面です」

朔太郎が説明すると、頼子は頷き、車の窓を開けて、見惚《みと》れた。

「星もあんなにたくさん……、この真上に輝いている二つの星の名前、ご存じ？」

天空にひときわ明るく瞬いている星を、仰ぎながら聞いた。潜水艦乗りとはいえ、むろん、花巻は天文にも詳しい。

「こと座のベガと、わし座のアルタイル、つまり織姫と彦星じゃないかな」

「この時期でも織姫と彦星が見えるんですか、一年に一回しか出遭えない星の話は悲し過ぎるけど……」

頼子はそう云うと、

「『星に願いを』じゃないけど、今、何かを願えば、叶《かな》えられそう」

じっと星空を仰いでいた。その様子を見ながら、朔太郎はドライブに誘ってよかったと、思った。秋の澄んだ空気だからこそ、星も地上の光の帯も一層大きく、ダイナミックに眩《まばゆ》く見えるのだ。

「ちょっと外に出てみたい」

と云うなり、頼子は膝にかけていたスカーフを手に、車から降りると、展望台の柵《さく》まで歩いて行った。朔太郎もその後に続き、傍にたって、宝石をちりばめたように燦《きら》めく神戸の街を見下ろした。

「『星に願いを』が、まさかフルート曲になるとは——、しみじみと心に響く演奏でした」

朔太郎が、少しメロディーを口ずさむと、

「よかった、以前、ハヤマ楽器の音楽会で披露したら、意外に好評だったんです、今日の演奏会はファミリー・コンサートということだったので、コンサート・マスターから、中プロ（前半の後の曲）にちょうどいいと、勧められて——、織姫と彦星、そして街並みの光の一粒一粒に、花巻さんの心が晴れますようにと、お願いしたところよ」

「有難う」

そんな風に頼子に祈って貰《もら》えるとは——。熱い気持ちが溢《あふ》れてきたが、頼子はさすがに寒くなったのか、スカーフを肩に巻いた。

「ディーゼル・スメルがするかも知れないけど……」

朔太郎は、自分が羽織っていたブルゾンを頼子の肩にかけた。その瞬間、ふと、「くにしお」が衝突事故を起こした後で甲板に上がった時の光景が、脳裏を掠《かす》めた。発令所から半袖《はんそで》の夏服のままで上甲板に出ると、予想外に冷たい風が吹いており、肩をすぼめていると、ベテランの海曹が、自分が着ていたジャンパーを脱いで、貸してくれたのだった。

やや身丈が短かったが、そのジャンパーを羽織って、既に漂流物も見えない油で汚れた海を、放心状態で眺めていたばかりに、報道のヘリコプターから身を乗り出していたカメラマンにしつこくフラッシュを浴びせられた。その無防備な姿が、翌日の新聞に「救助をせず、海を眺めるばかりの乗組員」という不名誉な見出しで掲載され、挙げ句の果てに、系列のテレビ局のニュースで何度も繰り返し流され続けた……。

「どうかして？」

ブルゾンで身を包みながら、頼子は押し黙ったままの朔太郎を気遣った。

「寒いでしょう、もう車に戻りましょう」

と促すと、頼子は心を残しながらも、朔太郎が開けたドアに、体を滑り込ませ、ブルゾンを返した。朔太郎は、運転席に戻ると、

「小沢さん、今日、黙ってコンサートに来たのは、もう会わないつもりだったのです」

意を決して告げた。

頼子は突然の言葉に、戸惑うように大きな瞳《ひとみ》を見開き、

「何故《なぜ》？　私たちはまだよく知らない者同士なのに」

納得しかねるように、問い返した。

「この先、僕はもう潜水艦に乗れないような気がするのです、僕と同い年で亡《な》くなった人の家に弔問に行って、そのお父さんから話を聞いて、申し訳なさにいたたまれなかった……」

と云うと、仔細に遺族から聞いた話をした。頼子は黙って聞いていた。

「そんなあやふやな気持ちでは、潜水艦どころか海自にだってもう居られそうにない、小沢さんには今度の事故のことで、いろいろ話したいこともありましたが、潜水艦乗りを辞めるかも知れない今の身で、あれこれ話すことは出来ない……、海難審判を傍聴しに行った小沢さんは強い、並の女性じゃないと感じ入りました」

心を込めて、云った。

「艦長さんを庇《かば》いながら、ご自分は辞めるかも知れないなんて……、もっとよく分かるように話して下さい、素人が一回、傍聴に行ったからと云って、真相が分かるはずはないでしょう」

迫るように、質《ただ》した。

「胸のうちを全部、話せたら、少しは楽になるかも知れないが、それは出来ない」

朔太郎はきっぱり云った。頼子は何も答えず、押し黙っていた。

「遅くなってしまいましたね、ホテルは三宮ですか？　送って行きます」

沈黙に耐えかね、朔太郎は車のキイを廻し、ハンドブレーキに手をかけた。その動きを阻《はば》むように、頼子のほっそりした手が伸び、朔太郎の手に重なった。

「私は花巻さんが答えを出すのを、待っています」

思いがけない言葉に、堪《こら》えていたものがぐっと来、冷えきっていた頼子の指先を思わず両手に包み込んだ。頼子の手が絡みついた。その瞬間、朔太郎は激しい衝動に抗しきれず、しなやかな頼子の体を強く引き寄せた。

＊

新神戸から乗車した新幹線の窓辺に体を寄せ、花巻朔太郎は「くにしお」の後任艦長である大宅進《おおやすすむ》二佐から云われた言葉を、何度も嚙みしめていた。

「自衛隊を辞めたい？　君からそんな言葉を聞くとは意外だな」と云った後、大宅艦長は絶句した。潜水艦隊司令部で海難審判関連の緊急会議があり、君にも招集がかかっているから出席するようにと命じられた時、辞意を申し出たのだった。

だが、直ぐに翻意を促された。

「君がよく出来る潜水艦乗りであることは、これが二度目の艦長配置である私には、分かっている、衝突事故に責任を感じて、二度と乗るまいという気持ちは、真摯《しんし》で潔《いさぎよ》い、しかし、未来のことを考えないという点で、失望した」

筧前艦長とは対照的に親分肌の新艦長は、ずばりと云った。

失望したと云われて、花巻は返す言葉がなかった。

半月前、思いがけなく小沢頼子を六甲山へドライブに誘い、苦悩を語った時、「答えを出すのを、待っています」と云ってくれた。だが、海自を辞めた後は、今度こそ本当に会わないつもりだ。あの後、頼子から食事の礼状が来たが、そこには六甲でのことは何も触れられておらず、音楽仲間数名と、晩秋のヨーロッパを旅して来ますとだけ記されていた。なんとなく物足りない気がしないでもなかったが、これでいいのだと、自らに云い聞かせた。

新横浜まで後一時間、少し眠っておこうと瞼を閉じた。フルートのメロディーとともに、抱擁した時の頼子の香《かぐわ》しい髪の匂いと柔らかい唇の感触が甦《よみがえ》った。忘れてしまいたいが、もう忘れられない頼子――。またかと自身の優柔不断さを嘆きながらも、ようやく束《つか》の間《ま》の眠りに落ちた。

翌朝八時前に、横須賀の潜水艦隊司令部へ出勤し、正面玄関先で顔馴染《なじ》みの潜水艦乗りに出遭うと、相手はぎょっとしてたち止まり、花巻を不気味そうに見詰めた。「なにか?」と問いかけると、「いや、どうも……」と口ごもり、そそくさと脇道《わきみち》へ曲がって行った。不審に思い、玄関の大きな姿見に自分を映してみた。整髪したての五分刈りの頭、髭《ひげ》もきちんと剃《そ》っており、普段と変わりないと思う。

だが、あの同僚の反応は、明らかに不自然だった。そうか——、機関士の長門が他の潜水艦に異動になった後、悲しげな声で電話して来たことがあった。「事故を起こした艦の乗組員だったせいか、まるで幽霊みたいに思われて、皆、スーッと避けて行きます」と云い、暫く電話口でおし黙っていたが、「多分、……いえ、間違いなくみんな、私に来て欲しくなかったのだろうと感じます、すべてを忘れて仕事に打ち込むほかありません」と、寂しそうに切った。

衝突事故直後、長門は艦の機械室に括《くく》り付けられていた脱出用ボートを上甲板にあげる指揮を取り、懸命の救助活動に当たった。非番だった長門でさえ、事故を起こした縁起の悪い艦の乗組員として、避けられているということか。

まして自分は発令所で当直の哨戒長付に当たっていた。皆に疎《うと》まれても、当然なのかもしれない。

廊下の向こうから、原田正一《はらだただし》尉が黒いダブルの制服姿で大股《おおまた》に歩いて来た。同僚と一緒だった。三ヵ月ぶりに顔を合わせる嬉《うれ》しさを抑えて、敬礼すると、

「おう、帰ったか」

といつもの大きな声をかけて来たが、つかつかと傍に来ると、

「お前、大宅艦長にとんでもないことを申し出たそうだな」

耳元で、詰《なじ》った。花巻はびくりとした。辞職願の話が原田にもう伝わっているとは、さすが情報の早い潜水艦部隊だと思う反面、恩義のある先輩には、誰よりも先に報告すべきことだったのに、と悔いた。だが、神戸から電話で話すような事柄ではなかった上、翻意を強く促された場合、抗しきれる自信もなかった。花巻はただ、詫《わ》びを込めて、深々と頭を下げるほかなかった。

「話にならん、大馬鹿者め」

原田は心底、怒っているらしく、鼓膜が破れんばかりの強い口調で叱責《しっせき》し、先へ行っている同僚に続いた。

会議室には「くにしお」の元乗組員たちが、密《ひそ》かに招集されていた。海難審判で、

「第一大和丸」側の補佐人から証人申請されたメンバーばかりで、来《きた》るべき審判廷においていて、それぞれの証言が食い違わないよう、合議するのが目的だった。

「みんな元気そうで、なにより」

前副長の佐川三佐が、機関長の小野田三佐、前船務長の五島一尉、前水雷長の中筋《なかすじ》一尉、操舵員の山本二曹ら、机を隔てて向かい合った乗組員たちに、声をかけた。

佐川は神戸の造船所から呼び返されて暫くは、潜水艦隊司令部付となって、海難審判庁、横浜地検からの事情聴取に時間を費やしつつ、訓練幕僚の補佐として米軍との共同訓練の窓口的な仕事を与えられていた。今は運用開発隊に異動となり、次世代の長魚雷（潜水艦用魚雷）の研究開発に携わっている。五島前船務長も同じ部隊だった。二人はもう、潜水艦の配置となることはないだろう。

中筋は一同の中で、一番早い証人として予定されているが、事故からずっと司令部に留め置かれていたせいか、三ヵ月半にして、どっと白髪が増えて、痛ましかった。

司令部の後方幕僚が入室して来た。

「皆さん、お揃《そろ》いですね、では早速——」

一同を見渡し、これまで四回に亘《わた》る筧前艦長、安藤元船長の審判廷での証言記録を開いた。

「第一大和丸」を回避するための操舵《そうだ》に関する証言で、筧艦長と乗組員との間に齟齬《そご》を来さないような自覚が、改めて強く求められた。一通り、話が済むと、

「五島一尉、何か意見はありませんか」

幕僚が聞いた。五島はぶすっとした表情で、

「自分の見たまま、聞いたままを証言すればいいのでしょう？　わざわざ意見調整しなくても、われわれ乗組員の気持ちは一緒ですよ」

しらけた口調で返答した。

「しかし記憶違いということもある、相手船の補佐人は、嘗《かつ》て海運業界で、労働争議の指導もした手強《てごわ》い左翼だ、こちらもしっかり意思統一をして、相手に艦長対乗組員という敵対構図を作らせないことだ」

厳しく窘《たしな》めた。極度の精神的ストレスから胃潰瘍《いかいよう》で入院していた操舵員の山本二曹が、

「しかし、私の場合、事故後の海保、審判庁の調べに、間違った記憶を話してしまいました、その理事官調書が審判廷に持ち出され、あたかも艦長批判をしているかのように使われて、面喰らっています、今後の審判廷ではそういうことがないように、ここで正確に摺《す》り合わせをしておきたいと思います」

退院したてとは思えないしっかりした口調で、提案した。

「そうですよね、私も艦長がヨットをやり過ごしてから、後進原速、後進一杯を下令されたことを、何気なく、自衛隊在籍十余年のうちでも初めての経験だと呟いたことが理事官調書に取られ、艦長を批判するような結果となって、心外に思っております、審判廷には、必ず呼び出しがあると思いますので、どう対処したものかと」

機関長の小野田三佐も、さすがに不安そうに云った。

花巻は黙って聞いていた。理事官に調書を取られた時、主な尋問は発令所の哨戒長付としての行動についてだったから、操艦に関して筧艦長の発言に異を唱えるような点はなかっただろう。だが海難審判が、二度と事故を起こさないための原因究明の場である以上、「第一大和丸」の安全管理、船長の未熟さをも指摘し、物申すべきところは、しっかり主張していかなければならない。そういう意味で負けないようなある程度の作戦は必要だと思った。

「云い忘れていた、花巻二尉、せっかく来て貰ったが、昨日になって相手補佐人の申請した一審の証人リストから、君は外されていたよ」

幕僚に云われて、花巻は拍子抜けした。一同の視線が集まった。誰もが口にこそ出さないが、「運のいい奴だな」という顔をしている。今になって何故だろうと複雑な思いで、頷くほかなかった。

その日の夕刻、花巻は、防衛庁教育訓練局の柳《やなぎ》課長のお伴で横須賀に来ていた丹羽秀明《ひであき》の訪問を受けた。

「ちょうど、君がこっちへ帰って来ていると聞いたので、用件もあることだし、寄ったんだ、一杯、どうだい」

長い顔に笑みをうかべて、ずかずかと机の傍に寄って来た。整髪料がかすかに匂った。先日、神戸・三宮で頼子から丹羽のことを聞き、嫌悪《けんお》の情を新たにしたばかりだったが、当の本人が姿を現わすとは——。

「二ヵ月ぶりにこちらへ出勤して、溜《た》まっている仕事があるのだ、用件ならここで聞こう」

「相変わらず、無愛想だな、東洋フィルの小沢頼子のことで、折り入って頼み事があるのだよ」

小声で囁《ささや》かれ、花巻は、はっとした。早くも丹羽の手が、頼子に伸びて来たことに、警戒したのだった。

「それで？」

強いて無表情に促すと、

「この先をオフィスで聞き出そうとするほど野暮じゃないだろう、横須賀中央のいい飲み屋を知っているんだ、僕の奢《おご》りでどう？」

「あいにくそんな気分じゃない、正面ゲート前のドブ板通りくらいなら付き合ってもいいけどな」

書類を片付けながら、突慳貪《つっけんどん》に云うと、

「おっ、そこ、行ってみたかったんだが、危険だとかで、二の足を踏んでいたのだ、君と一緒なら安心だろう」

好奇心一杯で、相好を崩した。


夜になると、横須賀ドブ板通りは、どぎつい電飾の広告看板が点滅し、横文字の店名のバーやスナックが五、六十軒、軒を並べている。通りを往来している男たちの七割方は、すぐ前の米海軍基地から繰り出して来た若い水兵たちだった。

朝鮮戦争、ベトナム戦争当時と比べれば、米兵相手のバーは五分の一程度に激減しているということだが、今日は米軍の月二回の給料日の十五日に当たる上、四〇〇〇トン級のフリゲート艦数隻《せき》とロサンゼルス級原潜が入港したばかりで、人種の異なる米兵たちが私服、水兵服入り交じって、国籍不明の地と化している。

花巻と丹羽は「TOMMY'S」と青いネオンサインの看板を出しているバーのカウンター席で、まずビールを注文し、マスターに前払いした。それが〝キャッシュ・オン・デリバリー〟と呼ばれるアメリカ式の店のルールなのだ。メニューには、日本円とともに、ドルの表示もある。

八人ほど座れるカウンター席と五つのボックス席、狭いながらも中央にダンスフロアが設けられ、ジュークボックスやピンボールのゲーム機も置いてある。薄暗い店内にはビートの効いたロックが、臓腑《ぞうふ》に響くボリュームで鳴り響き、陸《おか》にあがったばかりの水兵たちのはしゃぎようは半端ではない。

丹羽はスーツの上着を脱いで、代わりに、バーに入る前、米軍放出品のショップで買った迷彩色のジャンパーを引っかけて、すっかり店の中に溶け込んでいた。

注文したバドワイザーの小瓶を受け取ると、丹羽は周囲の兵隊たちをまねて、ラッパ飲みし、

「いやぁ、連れてきて貰ってよかったよ」

と浮かれた。調子に乗り、隣の席の大柄な黒人兵にまとわりついている若い日本人

女性たちにちょっかいを出したが、無視された。彼女たちは黒人兵とのアバンチュールがお目当ての追っかけで、見向きもしない。

花巻もビールをラッパ飲みした。ここ数ヵ月の苦悶《くもん》の日々――、体の中に、次第に凶暴な荒波が猛《たけ》り狂って来るのを抑えかね、丹羽をこのドブ板通りに誘ったのかもしれない。

「彼らは中東帰りが多いのかい？」

「そうとも限らないだろう、イ・イ（イラン・イラク）戦争が終わったばかりなのに、今度はクウェートとイラク周辺で石油盗掘を巡って、キナ臭い動きがあるようだ」

花巻が答えると、

「サダム・フセインがクウェートに侵攻する可能性がなきにしもあらずという訳か」

丹羽も店内を見渡しながら、したり顔で頷いた。このドブ板通りでは、政治家、官僚が声高に論じるのを聞かなくても、かなりの確率で、世界の情勢が読み取れる。

花巻は、ビールの小瓶を空にすると、バーボンのソーダ割りに切り換えた。五〇〇円硬貨を渡すと、氷の入ったグラスにジャック・ダニエルとソーダが注がれた。丹羽も同じように頼んだ。

「酔っ払う前に聞いておこう、僕に用というのは何なんだい？」

「そうそう、実は小沢頼子に例の審判廷で三年ぶりに会ったんだ、オックスフォードへ留学中、西ベルリンへ旅して、領事館で会ったことはあるが、海難審判庁で再会して一目惚《ひとめぼ》れしてさ、君は彼女の窮地を救った恩人とからしい、一度、三人で飯でも喰いがてら、きちんと僕を紹介して欲しいのだけど」

臆面《おくめん》もなく、頼んで来た。

「断る」

花巻は即座に、拒んだ。

「やけに冷たいな、真剣に頼んでいるのだぞ」

「お前のような卑劣な男に、小沢さんは紹介出来ない」

バーボンをぐいと呷《あお》るように飲み、丹羽を睨《にら》みつけた。

「ご挨拶《あいさつ》だな、喧嘩《けんか》でも売る積もりか」

丹羽も、長い顔を気色ばませ、かっと目を剝《む》いた。二人とも、声は大きかったが、周囲の酔った米兵たちのざわめきと、ロックに合わせて踊り狂う男女の喧噪《けんそう》に紛れて、目立たなかった。

「いつ、お前がボート部での卑怯《ひきょう》な行いを反省するか、あの木村君の墓に詫びに行くのか、待っていた、それが済まないうちはお前を人間として信用しない」

「あんなことを今でも根に持っているのか、執念深い奴だな」

丹羽はせせら笑った。

「ちょっとでも思い返すことはないのか、下級生が死んだんだぞ」

厳しく諫《いさ》めた。その声をかき消すかのように、水兵たちの間で喧嘩が起こり、スラングの応酬となった。エスカレートして行くのか、薄暗い店内に男たちの影が動き、ビール瓶を叩《たた》き割る音がした。店が米軍に通報すれば、直ぐ憲兵隊が駆けつけて来るから、刃傷沙汰《にんじょうざた》にまでは発展しないだろう。花巻はカウンターに体を寄せ、喧嘩の行方を見詰めながら、怯《おび》え顔で身を寄せて来る丹羽に、今なお許せぬ出来事を思い返した。


それは高校三年の夏も近い頃のことだった。

花巻と丹羽が学んだ愛知県立豊田第一高校は、ボート部の活動に熱心な学校だった。西三河《にしみかわ》地方を南北に流れる一級河川の矢作川《やはぎがわ》が近くにあり、治水のために途中、いくつかのダムが設けられ、常に満々と水を湛《たた》えている。豊田第一高校のみならず、周辺のいくつかの高校にもボート部があって、競技が盛んな土地柄だった。

花巻がボート部に入ったのは、愛知池漕艇場《そうていじょう》で行われた中日本レガッタ高校の部で、豊田一高が二位に入った時の影響が多分にあった。中学生として応援に行き、その競技に魅了された。スマートな細身のボート、コックスの号令の下、進行方向に背を向け、四人の漕《こ》ぎ手が一糸乱れぬオール捌《さば》きで水をかき、ゴールを目指す爆発的なエネルギー――。

一高に入学すると、野球部やサッカー部の勧誘など目もくれず、ボート部に入った。その中に丹羽秀明もいた。当時の花巻は背丈がひょろ高い痩身《そうしん》の部類だったが、丹羽はがっしりしたプロレスラーまがいの体軀《たいく》で、力が強く、勝る者はいなかった。

高校生のボート競技は、作戦以上に体力勝負であるから、丹羽はたちまち頼りにされる漕ぎ手に成長した。

練習場は、主に矢作川の上流にある勘八《かんぱち》峡のダム湖である。学校から五、六キロ上流で、自転車での往復が勧められていた。片道約三十分、自転車のペダルを漕ぐのは、上り下りがある道程ではきつかったが、足腰を鍛えるには、好都合であった。

勘八峡のクラブハウスで、一年生たちは練習前の用意から、艇の整備まで仕込まれた。やっと半人前になると、最初はバランスのいい四人乗りの練習用ボートでオールを漕ぐ基本を叩き込まれた。履いている靴はマジック・テープで固定され、レールの上を前後に可動するシートを脚の屈伸で動かし、オールで水を切って前進する。

四人乗り用の競技ボートに乗れるようになるのは、二年生になってからだった。笑った顔を誰も見たことがないという鬼先輩のコックスから「競馬に例えるなら、漕ぎ手のお前らは出走馬、俺は騎手だ、指示をしっかり聞いて力一杯漕ぐんだ」と発破を掛けられ、丹羽は「俺たちは馬かよ」と不平を鳴らしながらも、持ち前の馬鹿力を発揮し、オール捌きも抜群だった。

その頃になると、あまりの練習のきつさに、同期生で残ったのは十名中僅《わず》かに三名に激減してしまっていた。そのため、丹羽は先輩たちにより一層頼りにされてつけあがり、笑わぬ鬼コックスが卒業して、他県に去った頃には、「俺は練習しなくても大丈夫」と嘯《うそぶ》くようになっていた。

そんな丹羽をいつも批判的に見ていたのが、正義感の強い一期下の木村だった。

事件は、インターハイ出場を目指して、猛練習がさらに厳しさを増した六月のある日、起った。日曜日だったが、予選に向けて特訓が続いていた。

午前中の湖面は穏やかだったが、正午過ぎになって俄《にわ》かに波がたち、花巻は回復を待とうと提案したが、「夕方は塾のテストがあるので帰る」という丹羽に急《せ》かされ、練習を再開した。だが、案の定、高波に華奢《きゃしゃ》なボートが襲われて転覆した。泳ぎのうまい者ばかりだから、湖に放り出されて、一度沈んでも、皆すぐに浮かび上がり、船底を上にしてひっくり返ったボートにしがみついたが、二年生の木村の姿がなかった。

丹羽は探そうともせず、「あいつはドジだから」とボートの縁に摑《つか》まったまま、薄笑いを浮かべていた。直ぐ花巻は潜った。水中で発見した木村は大量に水を飲んでしまったらしく、ぐったりして失神寸前だった。湖岸で練習を見物していた地元の人に頼み、近くの医院に緊急搬送して貰ったおかげで事なきを得たが、そこで木村は「靴を留めるマジック・テープが、全然、はずれんかったんです」と訴えた。足がいつまでも引っかかった状態で、水中から顔が出せなかったというのだ。

顧問の教師が駆けつけ、原因を調べた結果、その時の四人の漕ぎ手のうちのもう一人の二年生が「丹羽先輩から木村を懲らしめるから、手伝え」と云われ、マジック・テープに細工をしたことを、泣きながら告白した。

いくら何でも悪質にすぎる。花巻は「木村に詫びろ」と何度も詰め寄ったが、丹羽はシラを切り通し、挙げ句の果てに「濡《ぬ》れ衣《ぎぬ》をかぶせようと云うのか、こんな部なんか辞めてもいいのだぞ」と、卑怯な脅しをかけて来た。

「それならとっとと辞めろ」と花巻は、コーチに相談することなく、云い放った。

丹羽を欠いた一高はその年のインターハイに進むことが出来ず、伝統を誇った部の面目は丸潰《つぶ》れ、OBたちは一斉に部員を非難した。だが、花巻は弁解せず、ボート部の立て直しのために、引退を秋まで延ばし、以前にもまして率先して練習に打ち込んだ。木村は、当初、花巻の励ましに応《こた》えるように練習に身を入れたが、突然、部の名誉を傷つけたのは忍びないと、退部届を出した。そして……休学を続け、一月のある日、凍りそうなダムの湖面に、水死体となって浮いているのが発見された。

あの時のやりきれない悲しみ、丹羽への憤《いきどお》りはずっと忘れることが出来ない……。

いつの間にか、バーの喧嘩騒ぎは、収まっていた。

「おい、花巻、さっきの小沢の件だけど」

酔いで赤ら顔になった丹羽は、また執拗《しつよう》に、小沢頼子のことを持ち出した。

「そんなに執心しているんなら、自分でアプローチすればいいだろう」

「友達甲斐《がい》のない奴だな、もし彼女との仲をうまく取り持ってくれたら、例の航泊日誌の改竄には、目をつぶってやってもいいんだけどな、野党の諸先生が、たいそう関心を持っていて、解説して欲しいとうるさくてねえ」

米兵相手のバーであることで粋がって、丹羽は急ピッチで飲み過ぎたせいか、絡《から》んで来た。その忌《い》まわしい馬面に、バーボンをぶっかけてやりたい衝動にかられたが、それは潜水艦乗りとしての矜持《きょうじ》が許さなかった。

「いくら改竄と脅されても、われわれは決して後ろめたいことはしていない、勝手にしろ、俺は帰る」

花巻はバーテンダーに出るよと目で合図すると、スツールからたち上がった。

「俺をここに一人、置いて行く気か」

丹羽は、うろたえて追いすがったが、振り返らなかった。こんな卑劣な人間が、国防に関わっていくのかと思うと許し難く、海自を辞めることが逃避のようにも思えて来る……。

国道に出ると、夜の闇《やみ》が広がり、やがて遠くに巨大な船影が見えた。俺はこれからどうすればいいのか――、当てもなく歩きながら、花巻は、重い溜息《ためいき》を漏らした。


花巻朔太郎がアパートに帰って来たのは、十時過ぎだった。神戸へ行って以来、三ヵ月近くも閉めきっていた部屋には、湿気とカビ臭さが籠《こ》もっている。

部屋の電気のスイッチを押すと、天井の蛍光灯がぱっとついたが、すぐに消えてしまった。以前からリングの端が黒ずんでいたのに気付いていたが、そのままにしていたから、遂《つい》に切れてしまったのだろう。直ぐに取り替えるのも億劫《おっくう》で、暗いまま窓を開け、風を通しているうちに、先程の丹羽との会話を思い出した。

高校時代からのエゴイストぶりはちっとも変わっていないどころか、世渡り上手になり、ますます嫌みな人間になっていた。自分は潜水艦乗りを辞めるのだから、もう会うこともなく、云うべきことは云ったので、長年の胸のつかえはおり、すっとした。だが、あんな品性のかけらもない人間がこれから防衛庁にのさばるのかと想像すると、自身の将来がどうであれ、やはり許せない気持ちだ……。

暗い部屋の中で、掛け時計の蛍光塗料を塗られた秒針だけが音もなく動いている。「くにしお」の発令所にかかっている時計と似ている。その途端、ここが「くにしお」そのもののように思え、まぶたが熱くなった。

これまでの十年近くに亘る勉学、忍耐の限界寸前までの血の滲《にじ》む訓練は一体、何のためだったのか。晴れてドルフィン・マークを授与された時の、生涯忘れられないだろうと心躍った感激と、使命感を新たにした高揚は幻だったのか――、このまますべてが無と消え去ってしまうのか……。

防大を中退し、未《いま》だに情熱を注げる場所を求めて彷徨《ほうこう》している北健吾《きたけんご》より、俺はもっと優柔不断で情けない男だ。

だが、北と違って、自分は防大以来ずっと、潜水艦が好きだ。もし三十名もの犠牲者を出すような事故さえなかったら……、いや、罪悪感から怖《お》じ気づいてしまった自分は、いくら潜水艦が好きでも、もう乗ってはならないのだ。

そう思った瞬間、事故以来堪《こら》えていた様々な感情がどっと溢れ出し、喉元《のどもと》から迫《せ》り上って来る嗚咽《おえつ》を抑えようとしても抑えきれず、やがて全身を激しく震わせ、慟哭《どうこく》した。

こんな結末が、人生のまだ半ばにも達していない自分に襲いかかり、心も体もばらばらに切断されてしまうとは――。

暗い部屋に、電話のベルが鳴った。嗚咽が収まらず、そのままにしておいた。一旦《いったん》、ベルは鳴り止《や》んだが、再び暗がりの中に響いた。ティッシュ・ペーパーで思い切り強く鼻をかみ、受話器を取り上げた。

「朔太郎かね」

受話器の向こうから、実家の母の声が伝わって来た。

「……ああ、僕――」

「神戸へかけたら、当分、横須賀に帰っていると聞いたんで、何度もしとったんだけど……、風邪でもひいたの」

敏感に朔太郎の声の異変に気付き、心配した。

「ちょっとね……、今、帰ったとこだけど、何かあったの」

目尻《めじり》を伝う涙を、手の甲で拭《ぬぐ》いながら、聞いた。母との会話になると、朔太郎の話し方にも、三河弁のニュアンスが出る。

「急なんだけど、お父さんが明日、サンパウロから一時帰国されるの、朔太郎、帰って来れん？」

父が帰る？　本当に久しぶりのことだ！

「もちろん、帰りたいけど、隊の許可を取らんと――、明日直ぐにという訳には行かんだろうけど、出来れば帰るよ」

朔太郎は、目と鼻を真っ赤にしながら、切実に父に会いたいと思った。

＊

新幹線の名古屋駅から私鉄の名鉄名古屋本線特急に乗り換え、知立《ちりゅう》駅で下車した。実家まで電車を使うと、この先、三河線、そしてバスとさらに小一時間かかるため、特急停車駅の知立まで、いつも誰かに迎えに来て貰うことにしていた。両親の出《で》が徳島であるから、近くに親戚《しんせき》は一切いない。迎えの世話になるのは、中学、高校時代の親友が多かったが、今回は頼む気になれなかった。

ちょうど、茨城の酪農家に嫁いでいる姉が、女の子の後にやっと授かった長男を父に見せに帰って来ており、迎えに出てくれることになっていた。人気《ひとけ》の少ない駅の正面改札口を出ると、広いロータリーは、閑散とし、姉の車も見当たらない。来てくれるのを待ちながら、駅前の「知立名物　大あんまき」でも買って行こうかと品定めをし、財布を出しかけると、

「朔ちゃん、こっち」

辺り憚《はばか》らぬ姉の大声が聞こえて来た。振り向くと、白いセダンがロータリーをぐるりと回って、目の前に停まった。二児の母であり、夫と共に乳牛七十頭の世話に明け暮れているだけあって、相変わらず威勢のいい姉である。

車の助手席に乗り込むと、

「痩《や》せたね、ちゃんとご飯食べとるの」

衝突事故のことには触れず、心配した。

「何とかね」

朔太郎が答えた途端、姉は勢いよく車を発進させた。

「姉さん、スピード違反は止めてくれよ、中年のおばさんが警察に違反切符をきられるなんて、みっともないからね」

ややのけぞりそうになりながら、抗議すると、

「私、まだ三十六なんだけど」

姉はけろりと、云い返した。この神経だから、名古屋で職場の同僚に、茨城の実家の酪農を継ぐから一緒について来てくれとプロポーズされた時、さして躊躇《ちゅうちょ》することなく、嫁いで行ったのかもしれない。姉が自分の悶々とした胸中を知ったら、笑うだろうか？　いつまでも末っ子の甘ったれ精神が抜けないことを、半ば恥じた。

「少し遠廻りになるけど、私の好きな松並木を通っていくよ」

知立の松並木は、広重の東海道五十三次の浮世絵にも描かれている由緒《ゆいしょ》ある通りだった。七メートルの道幅に四百年余の年輪を刻んだ並木の道が五〇〇メートルにわたって、濃い緑のトンネルを作っている。

「ここは姉さんが、若かりし頃の自分の美貌《びぼう》を確認する大事なところだものな、心行くまでどうぞ」

朔太郎はからかった。姉は二十歳の時、この松並木近くの寺で催される「かきつばたまつり」で、「ミスかきつばた」に選ばれたことがある清楚《せいそ》な美人だったのだ。逞《たくま》しい今の容貌、性格からは、そんな時代があったことなど、想像し難い。

弟の憎まれ口など聞こえなかったかのように、姉は在原業平《ありわらのなりひら》がこの地で詠《よ》み、『伊

勢物語』に収められている、

からころも
きつつなれにし
つましあれば……

という歌を諳《そら》んじながら、松並木を徐行したが、通り抜けるや、ハンドル捌きも巧みにたちまち元のスピードで走った。

実家のある豊田市は、年々、様変わりしている。アイチ自動車の企業規模が大きくなるにつれて、周辺にドーナッ状に建っていた社宅はなくなり、跡地には別世界のような近代的な研究所のビルが何棟も建ちならんで、その間、芝生の庭が広がっている。

朔太郎の実家も、アイチ自動車の広大な研究所建設のために、生家のあった場所より二キロほど南に移っている。周りの家々は、殆《ほと》んどがアイチ自動車とその関連企業の社員の持ち家であった。

引越したのは、朔太郎が生まれた翌年で、以前の平屋の社宅と違って、市の分譲地百五十坪に建てた和洋折衷の二階家だった。三人の子供たちのために父は多少、無理をして購入したのかもしれないが、今では本人はブラジル・サンパウロ、子供たちはそろって他県住いで、母の独り暮らしになっている。近隣には二世帯住宅も多く、植木ごしに自動車が二台、停まっている様子も窺《うかが》えるが、花巻家だけが、がらんとした寂しさを漂わせていた。

姉がガレージに車を入れると、朔太郎は先に降りた。

「只今――」

玄関の引き戸を開けると、

「お帰り」

式台にたっていたのは、思いがけず父だった。

年に一度、本社の会議、休暇などで帰国することはあったが、朔太郎が呉で訓練中だったり、潜水艦に乗っていたりで、直接、会うことは滅多になかった。

父は今年、七十一歳になったはずだ。白髪は増えていたが、南国の太陽に焼かれた顔に、赤いセーターがよく似合い、日本人離れしたセンスのせいで、年齢より遥《はる》かに若く見える。

「帰郷が遅れて、済みません」

父の帰国日に間に合わなかったことを詫びると、母がいそいそと出迎えた。

「よう帰ったね、お腹、すいてない？」

「車中で、駅弁を食べたから大丈夫、これ、いつものお土産」

横浜名物のシウマイと駅前で買った「大あんまき」の箱をさし出した。

「有難う、朔ちゃんがあんまきを買ってくるなんて、珍しいねえ」

母は喜んだが、土産より、久しぶりに家族が集まり、家の中が一度に明るくなったことの方が、何よりも嬉しそうだった。

「衝突事故では、ご心配をおかけしました」

朔太郎はまず父に詫びた。

「概略は、日本の新聞の国際版やテレビニュースで聞き知っている、しかしまさかお前が乗っている艦だったとはな」

父はまじまじと朔太郎を見た。眼光は相変わらず鋭い。

キッチンの方で、姉の赤ん坊がむずかる気配がしたせいか、それ以上何も云わず、みんなでお茶にしましょうという母の声で足を向けた。新しい甥《おい》っ子の顔を見たくて、朔太郎も後から続きかけると、母が、

「先に着替えて来なさい」

二階を目でさした。

自分の部屋に上がると、ベッドカバーの上に、着替え用の肌着一式からセーター、ジーンズまで、きちんと整えられていた。母にとって自分は幾つになっても、何も出来ない末っ子なのだ。防大でも、幹部候補生学校でも、〝総員起こし〟の起床ラッパ放送から直ちに着替え、毛布を皺《しわ》一つなく折り畳んで、数分で校庭に集合しなければならなかったことを何度話しても、なかなか信じてくれない。

着替えた後、使い古した勉強机の前に何気なく座った。本立てには、防衛大学校、東都工業大学の入試問題集も並んでいる。

さっき玄関の戸を開けた時、そこに父がいたのは驚きだったが、父はこの先もブラジル駐在を続けるつもりなのだろうか？　サンパウロのブラジル・アイチ自動車の社長歴が五年、会長歴が二年、そして名誉会長として二年半――。サンパウロでは、日本車の市場が大きく、父の人脈は今も余人をもって代え難いのかもしれないが、本当にそのためにだけ、父は日本に帰って来ないのか、それとも……。

先の戦争が始まってすぐに、アメリカ軍の捕虜となり、四年以上の歳月を送った後、昭和二十一年正月、日本に帰還した。その一年後、遠縁に当たる母と見合い結婚して、四国・徳島から遠く離れた愛知県のアイチ自動車に就職した父――。

以来、自動車会社としては後発だったアイチ自動車の売り込みに営業担当として国内外を走り回り、会社の知名度が上がると、次は社員教育のために、独自のカリキュラム作りに精を出し、研修会に引っ張りだこの身となった。

その後がブラジル勤務で、今や十年の長きに亘る年月が経《た》っていた。まさしく企業戦士ではあるが、朔太郎の脳裏には、米軍の捕虜となった時に詠んだと覚しき辞世の歌が、焼き付いている。

櫻花　散るべき時に　散らしめよ
枝葉に濡るる　今日の悲しみ

戦場で生死を共にした父の戦友は、この世にいないのか？　生き残った海軍の仲間は戦後、しばしば「戦友会」を開いて、ありし日の過酷な体験を語り合い、戦史編纂《へんさん》などにも関わっていると聞いているが、そういう場に誘われても、父は多忙を理由に欠席しているようだった。もしや戦友や、海軍兵学校の同窓生と会うことを躊躇《ためら》う理由でもあるのだろうか。あの辞世の歌を思うにつけ、疑問を持つことがある。

むろん、それを尋ねたことはなかったし、第一、父は家庭では寡黙《かもく》で、戦争体験を子供たちに話すことは、一切、なかった。

「朔ちゃん、はよ降りといでん」

階段の下の方から、姉の呼ぶ声がし、朔太郎はわれに返り、急いでたち上がった。


十一月中旬の早朝は、かなり寒い。

朝食前、散歩に出たという父の後を追って、朔太郎は近くを流れる矢作川の川岸を走った。遠くに父の後ろ姿が見えた。川面を横目に厚手のカーディガンを羽織り、葉巻をくゆらせながら、ゆっくり歩いている。

堤防には通りかかる車も人影もない。父さんと声をかけ、追いつくと、

「なんだ、息を切らして」

父は、ゆっくり朔太郎を振り返った。

「父さん、時差ぼけはないの」

葉巻をゆったりくゆらせている父の顔に疲れが見えないのを不思議に思い、聞いた。サンパウロから成田まで、そして知立の自宅までの距離、時間は並大抵ではない。

「昨日、お前たちと酒を飲んだ後、熟睡したからな、あれで時差ぼけは吹っ飛んだよ」

と笑った。こういうところに朔太郎は驚かされる。自分も防大以来、厳しい訓練を受け、体力には自信を持っているが、父と比べると、今でもどうだろうと覚束ない気がする。自分がまだ幼かった頃、凄《すさ》まじい大型台風が愛知県を直撃した際、玄関扉が吹っ飛ばされないように、四、五時間にわたって、父は一人で押さえ続けていたと、兄たちから聞いていた。人間業とは思えない仁王のようなその姿が、子供たちの瞼《まぶた》に強烈に焼き付き、後年になってもずっと語り継がれている。父の並はずれた体力の源は、すべて江田島の海軍兵学校時代の訓練によるものらしかった。

「日本の川はいいな……」

朔太郎の内心の驚きなど意に介することなく、葉巻を手に、父はしみじみ呟《つぶや》いた。

眼前の矢作川は、川面が澄み、滔々《とうとう》と流れ、その先は三河湾へと注いで行く。

水辺には葦《あし》や竹藪《たけやぶ》が茂り、その傍を鴨《かも》が一列になって泳ぎながら水草や水中の昆虫をついばんでいた。

春には両岸に植えられた桜が爛漫《らんまん》と咲き、初夏からは鮎《あゆ》釣《つ》り客で賑《にぎ》わい、夏には子供たちの水遊びで活発な声が飛び交った。朔太郎もこの川でよく泳ぎ、魚釣りをして遊んだものだ。高校のボート部の部活で励んだ練習場は、もう少し上流にある。

「昨日、潜水艦乗りを辞めると話していたな、そのことで、私を追って来たのか」

昨夜、じっくり話したかったが、深夜までの酒の後はそれぞれすぐに床についてしまったため、きちんとした話が出来なかったのだ。

「それしか、とる道がない気がして……」

堤防に生い茂っている半ば枯れかけた雑草の葉先をむしり、朔太郎は唇を噛《か》んだ。

「その口ぶりでは、迷いがあるようだな」

父の視線は、依然として川面の方にあったが、息子の心中は読み取っているようだった。

「いえ、覚悟は決めています」

朔太郎は、むきになって言葉を返した。そして遺族廻りをした時の話をした。

「お参りした犠牲者の一人は、僕と同い歳《どし》でした、仏壇に手を合わせた時、ただただ申し訳なくて……、そのお父さんは遺体が見つかったという点だけでもよかったと、悲しみを抑えて応対して下さったんですが、罵倒《ばとう》されるより辛《つら》かった」

町田市の郊外の家を訪ねた時の話をした。あの時の申し訳なさが胸に来、朔太郎はつい、また涙ぐんでしまった。

父の表情が、心なしか、動いた気がしたが、ずっと無言のままだった。上空で白鷺《しらさぎ》が数羽、大きく羽ばたき、岸辺に舞いおりた。

「父さん――」

何かを云って欲しくて、呼びかけた。

「お前が防大へ進むと云った時、私は止めるべきだったのだろうか……」

はっと、朔太郎は父の顔を凝視した。東都工大の受験に失敗し、防大へ進みますと報告した時、父はそうかと一言、頷《うなず》いただけだった。それは、自分の進むべき道は自分で決めろという父なりの答えだと思っていた。だが、違っていたのだろうか？ そう云えば、いつだったか、原田先輩も「お父上が、内心、どう思っておられたか、それは分からんぞ」と、朔太郎の言葉に疑問を呈したことがあった。

長い沈黙の後、父は、葉巻の火を消すと、

「今のお前の話を聞いて、衝撃を受けた、実は私も真珠湾攻撃の際、二人乗りの特殊潜航艇で隠密裡《おんみつり》にオアフ島をめざし、二十八歳だった部下の稲尾《いなお》清司《きよし》二等兵曹を、喪《うしな》ってしまった」

初めて聞く話だった。

「戦後、日本に帰還して真っ先にその稲尾兵曹のご自宅に伺い、仏壇に手を合わせながら、自分だけが生きて帰ったことに、いたたまれない気持ちだった」

ごくりと喉を鳴らした。

「……父さん……」

　どんな事情があるのか分からないままに、朔太郎は、父の前に回り込んだ。それに「キヨシ」とは、兄の名前と音が同じではないか……。まさか父は、喪ったという二等兵曹への贖罪《しょくざい》の意を込めて、兄に同じ音の名前を付けたのだろうか？

「お前が、私に意見を求めようとしているなら、見当違いだ、帝国海軍少尉・花巻和《かず》成《なり》はとうに死んでいる」

　軍人としての命をもぎ取られたような声だった。朔太郎に対して自身のことを〝帝国海軍少尉〟と口にしたのは、初めてのことだった。朔太郎はたじろいだ。

　頭の青い一羽の白鷺がすぐ傍に飛来して来たと思うと、ほっそりした長い足で水辺に佇《たたず》んだ。その姿に、朔太郎は動揺を鎮《しず》めるように視線を向けた。だが父はもう平静さを取り戻し、

「どうした？　三十名もの犠牲者を出して、自信を失い、また事故を起こすのではないかと、恐れているのか、それなら辞める方がいいだろう、死を賭《と》してとまでは云わないが、身命は国民に捧《ささ》げるぐらいの覚悟がなければ、軍人、いや、自衛官だったな、それぐらいの覚悟をもっていなくては、国を護《まも》る仕事には不適だ」

　一言一言が、身に滲《し》みた。

「だからこそ、お前たちの時代になっても、遺書を書いて、任務に就いているのだろう？」

　朔太郎は戸惑いながらも、頷いた。

「ええ、提出しています」

　潜水艦乗りは不測の事態に備え、全員、遺書を要求されている。朔太郎は現実味を感じないままに、父宛《あ》ての「自衛隊員として全力を尽しました、悔いはありません」という、拙《つたな》いが、それなりの想《おも》いを込めた遺書を書き、司令部に出していた。

「遺書を書いて任務に当たる職業は、今時《いまどき》の日本にそうないだろう、その分、誇りと覚悟をもって当たっていたはずだ」

「と云っても、世間では自衛隊を……いえ、世間がどうあろうと、ようやく誇りを自覚し始めた時に事故が起り……」

「確かに自信のないままに続けてよい仕事ではないからな、但《ただ》し、責任を取るなら、それが何に対する責任か、自分自身ではっきりさせろ、明確でない責任感は単なる感傷かも知れん、それに、辞めたからと云って、罪の意識が軽くなるわけではないはずだ――」

　帝国海軍少尉である自分はもう死んだときっぱり云い切りながら、嘗《かつ》ての軍人としての覚悟のあり方を示されたような気がした。

「悩みは深いようだが、それでいいんだ、お前も少しは成長したということかも知れん、花巻朔太郎二尉の決断をきっちり示すのだな」

皺の深い顔に清々《すがすが》しい微笑を浮かべ、家の方向に引き返した。背筋がきりっとのびた後ろ姿だった。

一人、堤防に取り残された朔太郎は、矢作川の流れを見やり、なお行く末を考えた。

＊

その翌日、朔太郎は横須賀の第二潜水隊群司令部へ戻った。父に求めようとした答えは、逆に新しい問いを課せられた重い帰隊だった。

ロッカーで、私服から制服に着替えた。黒のダブルの制服の袖口《そでぐち》には、太い金色一本とその半分の幅の帯が縫い付けられている。二等海尉の階級章であった。

隊司令部に顔を出し、「くにしお」からの連絡の有無を確認すると、

「大宅艦長から花巻二尉に話があるから待たせておくようにと申しつかっている、ここで待機するように」

一尉の隊付は、自分のすぐ近くの折り畳み椅子《いす》を示した。海難審判関連の緊急会議出席のため、神戸のドックを出発する時、大宅艦長に辞意を申し出、苦言を呈された後だけに、その人が今、どうして横須賀に帰っているのか、不審だったが、すぐ艦長が入って来た。

「昨日、郷里から帰ったところらしいな、私は修理状況などの群司令報告や人事調整のために、昨夜こちらへ来たところだ」

と云い、

「あまり良くない話だが、君が他所《よそ》から耳にする前に伝えておこうと思ってね」

艦長は少し躊躇するように間を置いてから、切り出した。

「来年一月一日付けの昇任人事だが、私が受け取った昇任予定者名簿には花巻二尉の名前がなかった。昇任は見送られたようだ」

二尉から一尉への昇任見送りは、通常、あり得ない人事だった。

激しく顔色が変わったのを読みとったのか、大宅艦長は黙って昇任予定者名簿を、花巻の方に差し出した。

名簿にはタイトルの下に、同期の名前が序列（ハンモック・ナンバー）順に印刷されていた。

花巻の序列は、同期百九十八名の中で十三番目だったから、名前は本来、十三番目に記されているはずである。だが、大宅艦長に告げられたように、自分の名前は十三番目にも、その前後にも、なかった。最後まで目を通したが、やはりどこにもなかった。

「分かりました」

絞り出すような声で頷き、名簿を艦長に返した。

「私も残念だが、けじめはきちんと付けねばならんということなのだろう」

気落ちしている花巻の心中を推し測るように云い、

「衝突事故で当時の哨戒長付として受けた訓戒処分は、懲戒には至らない処分なんだよ、だから今まで通り頑張れば、いずれ訓戒処分は履歴から消され、昇任も遅かれ早かれ実現して、自衛官としての将来に影響は出ないはずだ、今は辛いだろうが、その時期を待つのだ」

神戸で申し出た辞職のことなどなかったかのように、温かい声で励ました。

「有難うございます」

花巻は深く一礼して、部屋を出た。

放心状態で、一階に降りるべき階段を三階へふらふらと上って行った。季節柄、閉まっているはずの踊り場の窓が開け放たれ、横須賀港がパノラマのように見渡された。初冬の朝の光を受けて、米軍の駆逐艦、フリゲート艦などの他、遠くに海自艦船の輪郭も見通せた。

駆逐艦などのマストの間から見える第五バースには、「なみしお」と覚しき艦がいる。自衛艦旗がはためき、朝陽に映えて眩《まぶ》しい。出航に備えて、上甲板、艦橋にも乗組員たちが頻《しき》りに行き来している様子が窺えた。出航間近の時刻のはずだ。

これで見納めか……。感慨ひとしおで瞬《まばた》きもせず、「なみしお」を見詰めた。海自を辞める決意は固めていたものの、昇任見送りという人事を突きつけられた衝撃は、やはり大きい。一方、だから潜水艦乗りを辞めるのかと、かんぐられるのも、悔しい。

「あれっ、花巻二尉、どうしてそんなところに――、お探ししていたのですよ」

階段の下から、息急《いきせ》き切った声がした。我に返って振り向くと、先刻、顔を合わせていた隊庶務の海曹長だった。

「先任幕僚からの命令を言付かっております、群司令部のオペレーション会報（定例会合）に参加して下さい、もう間もなくですので、お急ぎ下さい」

気が気でない様子で、急かされた。先任幕僚の今川《いまがわ》は泉谷《いずみや》群司令の片腕ともっぱら評判の二佐だが、いきなりどういうことか、戸惑った。第一、群司令部のオペレーション会報など、自分のような尉官クラスが出席出来るレベルではないはずだ。

何かの間違いではないかとも思いながら、隊庶務に急かされるままに、二階のオペレーション・ルームの前まで駆けつけたものの、たち止まった。部屋の扉は暗証番号を入力する仕組みになっているからだ。

「おっ、花巻、間に合ったか、部屋の隅で見学しておけ」

自分に参加を命じたという今川先任幕僚が足早に来、暗証番号を入力した。

分厚い扉が開いた。先任幕僚の後から頭《ず》を低くして入室すると、遮光カーテンを引いた一〇〇平米ほどの会議室には、明るい照明がついていた。前面に大きなスクリーンが下がり、それと向かい合うように最前列に椅子が数脚、やや間を置いて後ろにも十数脚並んでいた。花巻は、末席に浅く腰を下ろした。

会議室では三名の幕僚が忙しげに、オーバーヘッドプロジェクター用の報告資料を並べ直したり、何事かを小声で確認し合ったりしている。

「その後、新たな動きは入っているか？」

「只今のところは特に――」

「写真だけじゃなく、関連資料も準備しているな」

「はい、集められるだけのものは、揃《そろ》えました」

花巻はそのやり取りを隅で聞きながら、通常の朝の会報とは違うのではないかという緊張感を感じ取った。

やがて、在泊艦の艦長、各潜水隊司令、最後に銀髪の泉谷群司令が入室すると、今川先任幕僚の司会でオペレーション会報が始まった。

最初は気象概況の報告が行われ、続いてこの先の主要予定、訓練等の状況、周辺海域の状況へと報告が進んで行った。

「次に昨日、発見されました、火災を起こしていると思われるソ連ノベンバー級潜水艦の事故についてご報告します」

何だって！　花巻は思わず、身を乗り出した。

情報幕僚がたちあがった。

「ノベンバー級潜水艦は竹島と隠岐《おき》諸島との間を引き続き浮上状態のまま北に進んでいます、昨日一四〇〇《ヒトヨンマルマル》の発見位置から本朝〇六〇〇《マルロクマルマル》までに一二〇マイル（約一九三キロ）弱しか進んでいませんので、速力は七ノット（時速約一三キロ）程度と思われます」

自転車を漕《こ》ぐような遅い速度と云っていい。

「で、写真は入手出来たのか」

群司令が聞いた。

「はい、厚木から送って来ました」

情報幕僚が答えると、照明が落とされ、スクリーンに浮上航走中のノベンバー級の写真が映し出された。どよめきが起った。

開いた中部ハッチから黒煙が上がり、慌《あわ》てて上甲板へ逃れて来たらしい二、三十人の乗組員たちがうずくまっている。遠距離からの撮影だが、拡大された白黒写真からは、着のみ着のまま、靴さえ履いていない乗組員たちの姿もあり、緊急避難だったことが窺えた。

艦の最後部付近はほとんど水没しかねない程の喫水で、艦はややアップトリム（艦首が上った状態）となり、全体の喫水も深いようだ。

群司令は眼鏡をかけ、スクリーンに見入った。同席者全員も、目を凝らした。白い蒸気らしいものが見えるのは船体の後部が、相当、熱を持っているためだと推察された。

ソ連原潜、ＮＡＴＯコードネーム・ノベンバー級を最初に発見したのは、第四航空群（厚木基地）のＰ－３Ｃ（対潜水艦哨戒機）だった。

定例の日本海監視飛行中に、島根県沖約一〇〇キロを、浮上して北東に向かっているところを発見したのだった。その形状からソ連原潜であることは直ぐ解析出来たが、浮上状態に尋常ではない様子を感じ、赤外線画像を確認すると、船体後部がかなり熱を持っていることが判明した。どうやら火災が発生して浮上しているらしい。そのため十分な速度も出せないものと推測された。

航空部隊はこのＰ－３Ｃの報告に基づき、その後も適宜の間隔でソ連原潜の動静を把握し、情報は潜水艦隊へも、刻々ともたらされていたのだった。

「気象幕僚、日本海の好天はあとどれぐらい持つのか」

スクリーンを見詰めたまま、群司令が気遣わしげに聞いた。深夜から明け方にかけて、気温は多分、一〇度以下に下がったはずだ。その上、荒天になると、上甲板は波に洗われ、とても避難してはいられない。群司令はソ連潜水艦乗組員の安全を案じているのだった。

日常の行動では、日本の海で不審な行動をしている他国の艦船を発見すれば、厳しく警戒する日本の潜水艦乗りだが、同じ潜水艦仲間として、命の危険に晒《さら》されていることを思いやる気持ちに西も東もない。

気象幕僚は手元の灯りの下で、天気図を確認しながら、

「日本海中部はすでに、移動性高気圧の後面であり、西から近づいて来る前線が、明日の昼頃には通過すると思われますので、海上は少しずつ波とうねりが高くなるものと思われます」

花巻は、冷たい高波に洗われる上甲板を想像し、体を強《こわ》ばらせた。

「救援の船らしい目標は、周辺海域に見当たらないか」

二潜隊司令が、質問した。

情報幕僚は、写真の表示を止めて、日本海のソビエト艦艇の位置を示した図を表示し、

「この位置の目標が、単艦で二〇ノット（時速約三七キロ）の速力で南下していますので、ノベンバーの救援に向かっている艦艇ではないかと思われます」

指示棒で指し示した。

「会合予定はいつ頃だ」

「明日の〇一〇〇《マルヒトマルマル》前後と思われます」

「当然、航洋曳船《えいせん》（自力で航行できない艦船を引いて行く船）も出しているだろうな」

「そうだと思いますが、今のところ、それらしい目標は識別出来ておりません」

情報幕僚が答えると、群司令は暫《しば》し、言葉を途切らせ、腕組みをして何事か思い巡らせているようだった。

「上甲板も地獄なら、艦内も相当、苦しい戦いだろうな」

と呟き、

「火災場所が後部ということなら、原子炉や関連設備にも影響が及ぶ、速力が遅いのは、動力関係に被害が出たと見るべきだろう、上甲板に避難した乗組員たちは、原子炉から漏れる放射線の被害を受けている可能性もある、火災の熱や煙に加え放射線もあるような環境の中で、艦内に留まって必死に被害を食い止め、何とか動力を確保して、母港に戻ろうとしている乗組員の苦闘が思いやられる」

呻《うめ》くように云った。その一語一語が花巻にも、強く伝わった。

先任幕僚は、群司令の指示を受け、

「本日のオペは終了、ノベンバーの救助が一刻も早いことを祈ろう」

と会議を締めくくった。

花巻は一番最後に会議室を出た。

あまりにも衝撃的で、潜水艦乗りとして、多くのことを考えさせられる出来事だった。自分がオペに呼ばれたのは、あのソ連原潜の事故の様子を見せるためだったのか。そうなら何故《なぜ》自分に？

からからに渇いた喉《のど》を潤《うるお》すために、洗面所へ行き、両手に水を受けて一気に飲み、ほてった頬に冷水を浴びせていると、背中を叩《たた》かれた。振り返ると、原田正が角張った顔に優しい笑みを浮かべてたっていた。慌てて頬を拭《ぬぐ》うと、

「群司令部のオペに初参加出来たそうだな」

と云った。

「はい、私のような一介の船務士にどうしてお声がかかったのか――」

「そりゃ見込まれたからだろう、日本海で火災を起こしているソ連原潜が浮上中との事故については、小耳に挟んでいる、自力ではウラジオストックまで航行不能なのか」

「救援のためと思われる艦が南下して来ているらしいです……」

「そうか――、ウラジオストックの母港へ向かっているなら、航空部隊もそれ以上、深追いしないだろうが、またとない勉強の機会を戴《いただ》いて、お前は結構、強運の持ち主だな、俺なんか未《いま》だに群司令部のオペなど、出たことがないのだぞ」

半ば本気で羨《うらや》み、

「それにしても今回の事故は、ソ連軍の士気が緩み始めたことの現れかもしれんな」

廊下を歩きながら、云った。

確かに、ゴルバチョフ共産党書記長によってペレストロイカが打ち出されたものの、ポーランドの「連帯」の運動やチェコスロバキア、ハンガリーでも民主化運動が高まり、軍の士気が緩み始めても不思議ではない状況になっている。

「ソビエトの力が弱くなり、西側の冷戦での勝利が明確になれば、歓迎すべき平和な時代になるのでしょうか」

「そう簡単な問題ではないだろう、冷戦構造の中で抑え込まれて来た民族や宗教の違いに基づく争い、国境紛争などが、表面化する可能性だってあるしな」

原田はそう云うと、足を止め、

「俺は十二月の人事で潜訓教官になるらしい、先程、内々示を受けた、家族共々、呉へ赴任する」

改まった口調で告げた。自衛隊に転勤はつきものだが、突然すぎる別れだった。胸にこみ上げてくるものを抑え、

「おめでとうございます、私はオペの前に大宅艦長から、一月一日付け一尉昇任の見

送りを通知されました」

　動揺を見られまいと、花巻は目を伏せた。

「そうだったのか、負けん気の強いお前のことだから、同期でただ一人昇任が遅れることは耐えられないかも知れんが、そんなに気を落とすことじゃない、訓戒処分にしたって半年もすれば履歴から消されるはずだ」

　大宅艦長と同じようなことを云い、励ましてくれた。

「今晩、官舎へ伺ってはいけませんか」

　せめて最後の夜、原田と酒を酌《く》み交わしたかった。

「駄目だ、お前が辞める決心を変えない限り、これまでのように愉快な酒は飲めないだろう、そんな思い出は残したくない」

　そう云われ、花巻は返す言葉がなかった。

「このことを小沢頼子さんは、知っているのか」

　突然の問いに、心の準備もなく、

「いえ、小沢さんはヨーロッパを旅行中のようです」

　今は、原田との別れの方が辛かった。

「まあ、冷静に考えるんだな、ほんとうに困ったことがあったら電話しろ、一度だけなら相談に乗ってやる」

　慈愛に満ちた笑顔を浮かべ、握手の手を差しのべた。分厚い大きな手だった。握り返すと、原田の温もりがじんと伝わって来た。

　手を離すと、原田は長い廊下をゆっくりと歩み去った。追いかけて行きたい気持ちを抑え、部屋に戻ると、今度は群司令からの呼び出しが入っているとの伝言だった。先任幕僚のオペへの誘いと云い、群司令直々の呼び出しと云い、普段、あり得ないことの連続だった。

　不安の入り交じった緊張感に包まれ、服装の乱れをチェックしてから、群司令の部屋の扉をおそるおそるノックした。

「『くにしお』船務士・花巻二尉、入ります」

　大声で申告して中に入ると、ちょうど、受話器を置いたばかりの群司令は、直立不動の姿勢の花巻を正面から見据えた。袖口に四本の金の筋が縫い付けられた一佐の制服の左胸には、金色のドルフィン・マークと、経歴を記念した色とりどりの防衛記念章が留められ、厳しく豊富な経歴を物語っていた。

　オペの件には触れず、

「大宅艦長から君の辞意は聞いている」

簡潔に、話しかけた。

泉谷群司令は、七月二十二日の展示訓練の際、「くにしお」の僚艦「まつしお」に乗って、潜水艦部隊の潜航や浮上のデモンストレーションの指揮を執り、その帰途、衝突事故発生に際して、「まつしお」から救助作業を指揮していた人でもあった。

「今度の事故では、私も三十年近くにわたる潜水艦乗りとしての経歴を否定されるような非難を浴び続け、複雑な思いで日々を過ごしている、しかし、私には、今回の衝突事故を深刻に反省し、再発防止策を完成する義務がある、それが終われば、世論がかまびすしく要求している辞職にも、応《こた》えられるだろう」

群司令の口から、辞職の意思を聞こうとは、思いもよらなかった。

「だが、君は私とは立場も違えば、背負っている責任も違う」

と云うと、回転椅子をくるりと廻してたちあがり、窓辺に歩み寄った。ちらりと窓外を見下ろしてから、視線を花巻に戻し、

「君は防大から今日まで、何年、勉強と訓練に励んで来たのかね」

「防衛大学校での四年間から始まりまして、以後、幹部候補生学校に一年、国内巡航三ヵ月、遠洋航海五ヵ月、水上勤務一年、潜水艦教育訓練隊半年、実習幹部半年、それから『くにしお』に乗艦し、もうすぐ二年になります」

「と云うことは、国は君に七年半、教育投資をして来たわけだ、一方、君の部隊での勤務はまだ二年にもならない」

そう云われれば、ぐうの音も出ない。

「今回の一斉昇任から外れたのは、事故絡《がら》みの責任にけじめをつけるためだ」

群司令ははっきり云った。

「君が優秀な潜水艦乗りであることは、よく聞いていた、初級幹部検定の成績のことも知っていたから、将来を頼もしく思っていた、さすがちち……」

何かを云おうとしたが、言葉を飲み込み、

「もちろん君の辞意を無理に引き留める権限はないが、将来ある身の君までが私と同じように辞職してしまうことは、同じ潜水艦乗りとして耐えられない」

身に余る言葉に、花巻はますます深く頭を垂れた。

泉谷群司令自身は、果たすべき責任をきちんと果たした上で、事故の責任を目に見える形で取るために、辞めようとしているのだ。その上で、花巻に対して愛情の籠《こ》もった言葉をかけてくれている。

「辞意を撤回せよとは云わないが、私にも君の辞職を承認して、上申書を作成する時間が欲しい、こうした手続きに時間がかかることは、君も海曹士たちの退職で経験していることと思う」

わざわざ断りを入れるまでもないことだった。

「もちろん、最後まで為《な》すべき義務は、果たす所存です」

「それを聞いて安心した、その間、頼みがある、君は長く神戸にいて、耳に入っていないかとも思うが、米太平洋艦隊潜水艦部隊から、ハワイでの新鋭原子力潜水艦への乗艦提案が出ている、わが潜水艦隊としてもしっかりした人間を乗せて、十分に最新戦術などを学ばせ、日本に持ち帰らせたい意向だ、ところが次期派米潜水艦からは、この要員を派出する余裕がない、よって、私としては君が適任だと推薦し、潜水艦隊の承認を得たところだ、上申書作成手続きの間、この派米訓練に参加し、国の今までの教育投資に報いる働きをして貰《もら》いたい」

真摯《しんし》な表情で迫った。

米新鋭原子力潜水艦――。花巻の脳裏に、火災を起こし、乗組員の放射線被曝《ひばく》も考えられるノベンバー級潜水艦が、異常を起こしている動力を必死で確保し、母港のウラジオストック方面に帰還しようとしている状況が、思い浮かんだ。

泉谷群司令から情理を尽して命を受けた限り、辞退することは出来なかった。深く一礼して部屋を出ると、今川先任幕僚に呼び止められた。

「群司令からお話があった通りだ、明後日あたりにでも、君は人電（人事電報）で群司令部付になる、急ぎ神戸の『くにしお』に戻り、中継書の作成や荷物整理をやってくれ、人電発令日に退艦行事が終わり次第、こっちで勤務だ、派米訓練の詳細については、着任してから打ち合わせる」

と命じた。否《いや》も応もなく、突然、事態が急展開し始めた。

花巻は取りあえず「くにしお」が所属する第二潜水隊司令部へ顔を出してから、神戸に戻ることにした。

隊庶務に、新任の隊司令に挨拶をしたいと声をかけに行くと、各艦宛《あ》ての郵便物を整理しているところだった。

「神戸へ帰るついでだから、急ぎのものがあれば、運ぶよ」

「くにしお」と艦名が記された箱を受け取り、開いた。各種の書類に混じってエア・メールが見え、ベルリンの消印がくっきり読み取れた。花巻は思わず、その絵はがきを手に取った。差出人はやはり小沢頼子だった。裏を返すと、教会らしき建物の写真が印刷されていた。

カイザー・ヴィルヘルム教会にて――

昨日、東西ベルリンを隔てていた壁の一部が、民衆によって、打ち砕かれました。渋谷でお話ししていたのは、まだ初夏でしたね。それが今、現実に起り始めたのです。

平和を心から祈ります。


カイザー・ヴィルヘルム教会は、第二次大戦中、ベルリン大空襲で爆撃されて外形だけを留めており、戦争廃絶のためのモニュメントとして、保存されている。花巻の胸にぐっと熱いものがこみ上げて来た。

戦争を二度と起こしてはならないとは、自衛官なら誰しも願っていることだ。一朝有事ともなれば、出動命令が出され、自分か仲間かが真っ先に死ぬかもしれないのだ。犠牲者は、先の戦争で十分だ。父は、帝国海軍少尉・花巻和成はとうに死んだと云ったが、その挫折感《ざせつかん》をなお引きずっている。

花巻は頼子からの絵はがきをそっと、撫《な》でた。

国を護る、戦争を起こさない努力をする仕事こそ、困難であろうとも、やはり自分が命を燃やす甲斐《かい》のあることではないのか？

自分にどれほどの力量があるかしれないが、派米訓練への参加、米新鋭原子力潜水艦での研修を命じられた以上、ともかく任務を全うしよう。

その結果、自分にどんな決断が出来るのか、今はまだ分からない。だが、西ドイツから届いた頼子からのはがきは、今後の自分の道しるべのように思えた。

その一歩が、ハワイでの訓練、研修なのかもしれない。この先、世界がどう動くのか、何が待ち受けているのか。

畏《おそ》れを抱きながらも、揺るがぬ決断がそこから生まれる気がした。

（第一部完結）

執筆にあたって

今度の小説のために、私は五年前から構想作りに取り掛かりました。三年前に取材を開始し、二年前からあらすじ作りを始め、そして執筆に入ったのは、一年ほど前からです。

いつかは書いてみたいという〝ある人物〟がいました。彼の数奇な運命に、惹《ひ》かれていたのです。

昭和十六年の真珠湾攻撃に特別な任務を背負って参戦しながら、捕虜となり生き延びて、戦後、波乱の人生を歩んだ人物。

実は、彼は「週刊新潮」に連載（一九八〇年六月〜一九八三年八月）した『二つの祖国』にすこしだけ登場しているのですが、それ以来三十年、ずっと気になっていたのです。

彼は日本とアメリカが武器を使って戦争をしている間、捕虜の身で、一人だけ武器を使わない戦争をしていました。そこにこれからの世の中で、戦争と平和を分けるものの糸口があるように感じました。


戦争という悲劇を二度と起こしてはいけないという気持ちのもと、この人物に行き着きましたが、彼だけの話では、昔話になりかねません。

二十一世紀の今、小説を書く限り、現代性、国際性をもったものでなくては、というのが、私の持論です。

テーマが〝戦争と平和〟で、なお現在の日本にも通じるものとなると……、はたと行き詰まり、長い間、悩み続けました。そんな時、真珠湾攻撃で、捕虜になった彼が乗っていた特殊潜航艇について、いつものように話をして下さっていた専門家が、ふと、余談ですが……と、現在の日本周辺海域を巡る状況について語られました。今でこそ、日本の周辺海域に関する報道は、しばしばなされていますが、僅《わず》か二年前は、誰もが知る状況ではなかったのです。その現在の日本の海に関するお話を聞いていて、私が探しているテーマはこれで成立する、と、心の底にどんと響くものがありました。

それから、特殊潜航艇の話はそこそこに、海上自衛隊の潜水艦について、調べ始めました。ところが、云うはやすし。作家生活の最後になって、なんという困難な取材が始まったのかと、天を仰ぎました。『白い巨塔』で医学を、『華麗なる一族』で金融を、『二つの祖国』で東京裁判を専門家について学んだ時の難しさなど、目下の潜水艦の比ではありません。メカに格別弱いことも大きな原因でしょう。一言一句を確かめながら、暗中模索の日々です。

戦争は絶対に反対ですが、だからといって、守るだけの力も持ってはいけない、という考えには同調できません。

いろいろ勉強していくうちに、「戦争をしないための軍隊」、という存在を追究してみたくなりました。

尖閣《せんかく》列島の話にせよ、すぐにこうだ、と一刀両断に出来る問題ではありません。自衛隊は反対だ、とかイエスかノーかで単純にわりきれなくなった時代です。

そこを読者の皆さんと一緒に考えていきたいのです。今はその意義を再び考え直すタイミングなのかもしれません。

戦争は私の中から消えることのないテーマです。戦争の時代に生きた私の、〝書かなければならない〟という使命感が、私を突き動かすのです。

作品を産み出す苦しみの一方、楽しみももちろんあります。

モデル的な人物のいる小説もあれば、全く白紙から創《つく》り出して行く場合もある。今回の小説では、彼の息子である海上自衛隊の潜水艦乗りは、モデル的人物は存在せず、その分、人物像を創造して行く楽しみがありました。主人公の二十八歳の潜水艦乗りが様々な試練にどう耐え、成長していくのか、考える喜びがあります。

また、強力なライバルがいてこそ、主人公も成長します。

私は潜水艦の使命や活動を知りませんでしたが、戦争は経験しています。潜水艦が、人知れず日本への脅威と対峙《たいじ》していると知り、もっと詳しく知りたい、と思ったわけです。

二〇一三年　七月

著　者

＊　＊　＊

『約束の海』は著者・山崎豊子先生の逝去《せいきょ》により、未完となりました。第一部「潜水艦くにしお編」全二十回（「週刊新潮」連載分）が終了していた事だけが、慰めだったかもしれませんが、これからが小説のテーマの核心に迫るはずだっただけに、どんなに心残りだったかと心中を推しはかり、涙を禁じ得ません。作家は作品を完結させてこそ、読者に応《こた》えられるのだ、というのが、持論だったからです。

それにしても、潜水艦の描写にはほとほと難儀していたのは事実です。多くの専門家のご協力をあおぎ、とりわけ、海上自衛隊元海将・潜水艦隊司令官だった小林正男氏には、具体的なご助言を多々戴《いただ》き、同氏の存在なくしては書けなかったかも知れないと、いつも申しておりました。

なお、従来のように自身で自由に取材に出向けなかった山崎先生のために、編集担当の矢代新一郎氏が社内にプロジェクトチームを立ち上げて、全面的な支援態勢をつくり、絶えず先生を励まし続けてくださいました。単行本刊行に当り、そのチームの皆様のお名前を明記させて戴きます。松田宏氏、田島一昌氏、矢代新一郎氏、加藤新氏、森休八郎氏、草生亜紀子氏、高橋裕介氏、大曽根幸太氏の諸氏です。

温かいお力添えについて、先生のお気持を忖度《そんたく》し、深謝致します。

二〇一三年　十二月

山崎豊子秘書・野上孝子

『約束の海』、その後——

《花巻朔太郎が、ハワイへ派遣され、父の足跡をたどるという、第二部以降について、全体の大まかな構想は出来あがっていた。山崎さん曰《いわ》く、「私の小説は高層建築のようなものなので、予《あらかじ》め設計図を作っておく必要があるのです」ということによる。

また、そのかなりの部分について、最初の取材・資料収集は相当、進んでいた。編集室では、第二部については畳二畳ほどの巨大年表を、第三部についても主要事件に関する二十頁《ページ》以上の日時表をそれぞれ作成し、大きな時間の流れは分かるようにしていた。

一方で、この第二部以降の内容については、第一部執筆終了後から、その最初の構想（シノプシス）の修正にかかるはずだったので、完全な原稿の形で最新のものが遺《のこ》っているというわけではない。事実関係の詰めも、まだ途中のところもある。

秘書の野上孝子氏および編集室は、第二部、第三部の案について、様々なお話を伺っていたこと、またその際のメモなどと編集室の取材原稿により、今後予定されていたであろう最終的な形を、ある程度は構成出来るのではないかと試みた。それが以下である。また文責は新潮社山崎プロジェクト編集室にある。

（山崎プロジェクト編集室）》

第二部「ハワイ編」（シノプシス）

一九八九年十二月二十日、花巻朔太郎は、群司令の命令により、米太平洋艦隊所属の最新鋭原潜「フィラデルフィア」にゲスト・ライダーとして同乗。パール・ハーバーを目前にしていた。原潜は横須賀基地から八日間の航海で一度も浮上することなく、速度も早い。米潜水艦乗りから新しい技術を学ぶ。

艦長からは衝突事故で自信を失っているのは理解するが、ご供養《くよう》をしっかりした上で、後は前向きな気持ちを持てと云われる。

「イッツ　ザ　パスト」（済んだことだ）

弱い気持ちでいれば、弱い存在になってしまう。一度、悔恨の情を抱いたなら、後は前に進むべきだ。胸に付けたドルフィン・マークは戦士の印だと。

「フィラデルフィア」は真珠湾口の狭い水路を、タグボートに先導される。艦橋には、歓迎の巨大なレイがかけられた。潜水艦バースには、潜水艦部隊司令官、サブマリナーたちの家族、恋人たちが大勢、出迎えている。事前のくじ引きで、当りを引いた夫人の夫が最初に艦から降りる権利を得て、妻にファースト・キスをして貰《もら》うことができる。

ホノルルの潜水艦宿舎で、朔太郎は、先に到着していた「**しお」の乗組員らと合流する。米潜水艦トレーニング・センターでは、万一、火災を起こした時の消火訓練、沈没した時の艦からの脱出訓練などが、インストラクターによって、日々、指導される。さすが、世界の最先端を行くハイレベルな技術。朔太郎は、次第に意欲と好奇心を持ち始めた自分に気づく。**《米原子力潜水艦とその艦長ほかの取材は既に終えていた。》**

＊

クリスマス休暇後、花巻たちは、米潜水艦乗りの自宅に招待された。パール・ハーバーから三・五キロほどのロバート機関長の自宅で、バーベキュー。夫人は高校時代からの恋人のフィリピン系アメリカ人と聞く。潜水艦乗りの妻たちは、「フィラデルフィア」の乗組員全員の「陸《おか》の守り」で結束していた。

ロバートは、皆が芝生で騒いでいる時、朔太郎を書斎に呼び入れる。天井まで埋め尽くされた本の中から、一冊の戦史を取り出した。オーストラリアの女性戦史家が書いた本だった。

「サクの父上は先の戦争で連合艦隊の奇襲より先に、パール・ハーバーに停泊中のわが艦船に特殊潜航艇で魚雷攻撃をしかけて来た五艇のうちの一つに乗り込んでおられたそうだね」

と云い、頁を開く。そこには確かに日本海軍少尉・花巻和成の名前が記されてあった。日本の戦史にも記述がある事は知っていたが、オーストラリア人の戦史家までもが、父の事を知って、記述していたとは。

「櫻花　散るべき時に……」

父の辞世の歌を知りながら、父の心の闇《やみ》を垣間見《かいまみ》てしまったのかと怖《おそ》れ、これまで目を背けて来た自分に気付く。**《「櫻花」の歌は、米国国立公文書館の機密資料から、入手したものである。》**

*

日米合同演習の模様、さまざま。

その後、訓練の合間を見て、朔太郎は「捕虜第一号」と呼ばれていた父の足跡を辿《たど》ることを決心する。前年、日本の潜水艦をバースに出迎えてくれた日系人の知り合いを訪ね、初めて父の事を聞くと、

「花巻少尉と最初に出遭った元飛行場警備兵だった二世がいるらしいと聞いていたので、探しておこう」

と約束してくれ、暫《しばら》くして宿舎に連絡が来た。

見つかった、「確かに自分は花巻少尉がビーチから上がって来るのを目撃し、尋問した」と云っている、と。

＊

次の日曜日、朔太郎はベローズ・ビーチに向かう。運転は、海自のホノルル連絡官が引き受けてくれた。そこは、ワイキキの海とは全く違う静かな紺碧《こんぺき》の海。一定の海岸線からは米軍の保養地となっていて、一般民間人は入れないところでもある。

このビーチこそ、日米開戦の第一陣として真珠湾攻撃に投じられた父が、捕らえられた海だった。海軍少尉・花巻和成は捕虜第一号として、戦史に名をとどめているが、

それを知る日本人は今、少ない。父も母もそのことを語ることはなく、朔太郎も十代までは無関心に近かった——。

海自ホノルル連絡官がIDを見せると、ゲートはあっさりパス。父を最初に尋問したというテリー・久保田とは、このベローズ・ビーチで会う事になっていた。テリーも元米海軍中尉で、米海軍終身IDを持っている。

「ユーが、サクタロー・ハナマキか、似てるな」

と、砂浜沿いの松林の間から、日本語で声がした。挨拶《あいさつ》を交わすと、テリーは、

「December eighth（十二月八日）の払暁《ふつぎょう》、あのリーフから白いふんどし姿の男がふらふらと上がって来た、私の姿にも気がついていないのか、アイム・コールドと震えながら——、ふんどしで日本人と分かった、私は戦争前、父の故郷に帰され、地元の学校から明治大学に留学していたことがあるので、日本の風習には詳しいのだ、彼の他にも大勢の日本兵が上がって来るのではないかと警戒して、海の方を見回してみたが、他には見受けられなかった」

朔太郎は、愕然《がくぜん》とする。ロバートの自宅で読ませて貰ったオーストラリア人の著書には、浜辺に打ち上げられ、気絶していた父に銃を向けたと記述されていたが。

「それから父はどうしたのですか」

「ミーと一緒に飛行場を警備していた他の兵士が尋問し、直ぐにトラックに乗せて、憲兵本部へ連行されたと聞いている、その後の消息は知らない」

《第二部の前半については、そろそろ第一稿の執筆にとりかかるところだったので、より具体的な、内容が遺っている（また編集室は、それに合わせて冒頭何回かのシーンについて、詰めの取材をするため、二〇一三年十月早々に三度目のハワイ行きの準備をしていた）。更に、一番最初の計画では、この「ハワイ編」から原稿が起こされる予定だったので、第二部は、いろいろな意味で先行して進んでいた。例えば、ベローズ・ビーチの取材も既に二度行い、戦争当時の関係者の取材にも成功している。

さて次回より、ついに、海軍少尉花巻和成のシーンが始まる。実在の「捕虜第一号」の方を主たるモデルとさせて頂いた（一方、朔太郎には、特定のモデルはいない）。一九四一年の十二月である。》

「殺してくれ、さもなくば、名誉ある死を！」

飛行場の哨戒所《しょうかいじょ》で熱いコーヒーと毛布を与えられた花巻和成少尉は憲兵本部へ連行

され、厳しく尋問される。しかし「大日本帝国海軍少尉」と名乗った以外、黙して語らず。全裸にさせられ営倉にぶち込まれる。

何回目かの尋問で「お前は日本軍の捕虜第一号だ」と告げられ、花巻は衝撃で、打ちのめされる。それでも何としても口を割らない花巻は、お前の顔写真を中立国経由で日本海軍へ送ると脅迫され、ショックのあまり、顔面にタバコの火をあちこちに狂ったように押し付け、容貌《ようぼう》を変えようとまでする。

カメラのフラッシュが光った時、花巻は笑顔を作った。「オー、ノー」「クレイジー」と声が上り、撮り直しをされたが、自分であることを攪乱《かくらん》するための咄嗟《とっさ》の笑顔に「グッド」という声もあった。

「騙《だま》し討ちした日本軍の不敵な笑いは、善良なアメリカ市民の憎悪《ぞうお》を買うだろう」と。

それを聞いた花巻は絶望のあまり、舌を嚙《か》んで自決しようと何度も試みるが制止され果たせない。絶食に対しても、二十四時間の監視態勢で叶《かな》わず、番兵らが無理に口をこじあけ、絶食死を阻止した。

そんなある日の尋問中、

「お前のミゼット・サブマリンが発見された、お前と一緒に乗っていた兵士も、溺死《できし》体《たい》となって、ベローズ・ビーチに打ち上げられた、海に投げ捨てた書類の一部も発見された、もう黙秘は無意味だ」

と宣告される。その話の内容が自分を落すための罠《わな》ではなく、事実だとわかると、花巻は慟哭《どうこく》した。その夜、捕虜となって以来、封じ込めていた特殊潜航艇での真珠湾攻撃の記憶がどっと溢《あふ》れ出た。《実際の写真の、撮影時の笑顔については、いったいどんな意味だろうと、何度もディスカッションが行われた。》

＊

あの日、ホノルル沖で母艦から五基の特潜艇が密《ひそ》かに一基ずつ、下ろされ、真珠湾内のフォード島をめざした。だが、花巻の特潜艇は母艦に積まれていた時からジャイロ・コンパスが壊れていた。「大丈夫か」と聞かれ、「行けません」とは云えるはずがない。着水した艇は方向が定まらず、リーフのあちこちに乗り上げてしまう。同乗の稲尾清司二曹は「ここは諦《あきら》め、オーストラリアの攻撃の機会を待ちましょう」と提案するが、花巻はそれを振り切り、なおも湾口への進入を果たそうと努力するものの、ついに魚雷も発射不能に。

かくなる上はと、花巻は稲尾艇付に艇の爆破を命じ、一緒に海へ飛び込む。想像以上に冷たい海に二人はすぐに離れればなれとなり、「艇長」「稲尾」と叫び交わしていた、その声も荒波に呑《の》み込まれて行った。

捕虜になって以来、稲尾二等兵曹の安否を思わぬ日はなかったが、溺死体で上がったことに、自分を思い止めようとした部下を殺してしまった呵責《かしやく》の念に押しつぶされる。


《以降は、父・花巻和成がハワイから米本土へ連れて行かれてからの捕虜第一号としての苦難の日々と、朔太郎がハワイから日本へ帰り「父の戦争」を追体験したことによって少しずつ眼が開かれ再生していく姿が、交互に重層的に展開されることになっている。まず、父のストーリーから。》

ハワイ・サンドアイランドの収容所を経て、船でサンフランシスコ・エンジェル島に送られた花巻は、そこで、抑留された多くの在米日本人に出遭う。彼らは、花巻の存在を知ると、

「君が特潜艇の花巻少尉か」

「そうです」

「やはり生きて捕虜となっていたのか、では、九軍神の国葬の事は知っているか？」と聞く。

九軍神とは？　開戦劈頭《へきとう》の大戦果として特殊潜航艇も米艦船を轟沈《ごうちん》したように戦果が公表された。しかし一艇に若い将校と下士官の二人一組で真珠湾に突撃した計五基の特潜艇は華々しい戦果をあげることもなく、五基の艇は帰らなかった。

花巻を除く九人が「軍神」として讃《たた》えられ、戦意高揚のために、盛大な国葬が行われたということを、はじめて知る。花巻少尉のことは一切、伏せられていたから、国民の中には、どうして十人でなく九人だという声も囁《ささや》かれたが、軍は無視した。

「軍は君が捕虜になったことを、国民には知らせなかったが、私たちはＶＯＡ（ヴォイス・オブ・アメリカ）で知っていた」

九軍神——。自分は生きていてはならない存在なのだと、思い知る。《こうして一度は歴史から消された男が、エンジェル島取材では、収容所内ホールに小さい写真で飾られていることに驚かされた。》

尋問書を取られた後、花巻はオークランド駅から大陸内部の収容所へ向かう列車に乗せられ、ソルトレーク、デンバーを経て、ウィスコンシン州マッコイ・キャンプ（シカゴの西北）に移送された。

以下、キャンプ・マッコイの日々を少し書く。《カナダ国境にも近い寒村だが、一度目の取材は終わり、二度目が二〇一三年暮れにと計画されていた。収容所記念館が遺る。》

＊

＊

数ヵ月後、花巻はキャンプ・マッコイから一人連れ出され、列車に乗せられる。やっと着いた名も知らぬ駅から、窓のない車でどこかへ送られる。

到着したところは何の変哲もない土漠だが、その中に周囲をヤシの木と雑木で囲まれた赤煉瓦《れんが》のスペイン風の建物が建っていた。そこは「トレイシー」と暗号で呼ばれている日本人捕虜秘密尋問所だった。瀟洒《しょうしゃ》な四階建て建物は元ホテルで、温泉が湧《わ》くところから、かつてはハリウッドの有名スターや、野球選手、資産家がお忍びで来る保養所だったが、温泉水が少なくなり、やがて、閉鎖。そのホテルを米軍情報部が接収し、尋問所へと変えたのだ。すべての部屋、ロビーには盗聴器が取り付けられ、私語も貴重な情報源とした。

「トレイシー」には、高い情報価値ありと見なされた捕虜だけが選別されて、集められていた。花巻は滞在中、ガダルカナル戦で捕虜になった海軍将兵がいるのに驚かされる。日本の戦況が捕虜たちの会話で理解出来た。ここで海兵同期の谷田と出会う――谷田は大木という偽名で通していた。尋問官から谷田の本名、経歴について聞かれた花巻は……。

トレイシーの存在を書くことによって、米軍の圧倒的情報戦の優位を描く。米軍は陸軍より海軍将兵の捕虜の値打ちをよく知っていた。

やがて花巻は、「トレイシー」から、汽車に乗せられ、また別のキャンプへ送られる。

《父・花巻和成の米本土の話は、トレイシー、マッコイなどの現地取材や、米国国立公文書館から入手した資料をもとに再現されることになっていた。特にこのトレイシーのシーンは、第二部のハイライトの予定で、機密資料である「尋問調書」から、日米の心理的対決を描写しようと考えていた。また、戦後も和成が背負い込むことになる「十字架」が創造される予定だった。

一方、こうした父のエピソードを通じて、朔太郎は父が捕虜になってからのたった一人での孤独な戦いを知る。捕虜生活の中の尋問と友情。戦後の身を律した生き方。その古武士然とした姿は、自分の知っていた父とは違う一面を見せるものであり、いずれも、今の朔太郎の気持ちを引き締め、心新たにさせる話ばかりであった。戦前の過《あやま》ち、父の苦しみを繰り返してはならない。そのために自分ができることは何か、もっと考えたい――と思うようになる。》

ルイジアナ州のリビングストン・キャンプ。送られて来る日本人捕虜は増え、次第に統率が乱れてくる。花巻は、ハワイ時代から〝インタニー（日系人収容者）〟と一緒の生活を送るうちに、彼らのアメリカ的な考え方と生活に影響を受け、秩序と自由を守るよう生まれ育ったアメリカ人たちを肯定するようになって行く。捕虜になっての再生――。自分の生の肯定が、次第に明確になって来た。

そして、再びマッコイ・キャンプへ移送。日本人捕虜は更に数を増し、秩序を守る従来からの捕虜と、新しく送り込まれて来た捕虜たちの間に、マッコイ内での現状認識の差と戦場での体験の違いから確執が生まれ、収容所側との間にも、不穏な空気が流れ始める。その間にたって花巻は「緩衝材」的存在となるよう行動するが、かえって懲罰房へ入れられてしまうこともあった。

そして、終戦。

＊

昭和二十年十二月十三日──。シアトルの港から日本に向けて、アメリカ船「モーマックレン」号が出航。花巻たちは異国の鉄柵《てつさく》の中で自分を見詰め直した捕虜生活を、じっと省みる。ここでも、捕虜同士の諍《いさか》いから海へ投げ込まれる者が出るなどの事件がある。年を越えた一月四日、正午前、浦賀沖に投錨《とうびょう》。戦友との別れ、故郷徳島への帰郷。しかし、そこも安住の地ではなかった。

《父の捕虜体験については、味方や悪役の行動も記入された巨大年表をもとに構成されつつあった。中には、戦後、横浜で行われたBC級戦犯裁判への出廷シーンが盛り込まれるという案も。一方、朔太郎のハワイでの訓練も終わる。日米での軍人の地位の違い、戦争への考え方の違いなどを知り、新しい世界が開ける。その後、帰国間近のある晩、米軍人に誘われホテルのジャズバーへ。たまたまフルートの演奏を聞き、涙が出てくる、というような設定案もあった。先延ばしにしていた、自身の将来について、行動し、結論を出そうと思うようになる。そして、帰国。》

朔太郎、愛知県豊田市の実家へ帰る。久しぶりに帰ってきた弟との再会を、兄・潔《きよ》志《し》は喜ぶ。父は、自分の最初の子に、ベローズ沖で死なせた艇付の稲尾清司と同じ音の名前をつけていたのだった。賑《にぎ》やかな食事の後、兄と酒を酌《く》み交しながら、

「親父は、捕虜になった時のことから、日本へ帰還するまでの間のことは、ほんとに一言も話さなかったのか？」

兄、頷《うなず》く。

「どうしてなんだと思う？」

「思い出したくないことを、息子に話す父親はいない、私はそのことを察していたか

ら、聞けなかった、むしろ関心を持つまいと自分なりに通して来た、だから、お前が受験で防大を受けると聞いた時、びっくりした」

　翌朝、母が見合い話を勧める。

「お断り。いつ何日間、どの海にいるかも秘密にしなけりゃならない潜水艦乗りに嫁さんの来手はないよ」

「だから、このお嬢さんは船乗りの家筋の方です」

「ご辞退して下さい」

「そんなこと云って、また艦に乗れば当分、チャンスはなくなるのよ」

　朔太郎、母を振り切り、帰隊する。瞼《まぶた》の端に頼子の美しい横顔がよぎった。もう一度逢《あ》いたいと、迸《ほとばし》る思いが沸きあがった。

《これ以降のシノプシスは、大きな骨組み中心となる。案がいくつかあり、どれを取るかまたは更に新しいものを考え出すかは、今後の執筆の進展によって決めようということだった。そのあたりは、実際の建築と同じように、一度現場に出てからは、いろいろな図面変更をしつつ進んでいくところだったと思って頂きたい。

一方で、この構成全体に言えることだが、これはまだ案に過ぎず、小説として花が咲くまでには、ここから実際の原稿執筆に合わせて、更に数回の取材が行われ、言葉一つ描写一つをより磨き上げ、少なくとも三回以上は書き直していくのが常であった。また、実態に即していない箇所もまだあるかもしれない。よって現状は、山崎文学としては、芽が出た程度の段階に過ぎないことも、同時にお断りしておく。以下も一つの案である。》

朔太郎は、見てもらいたいものがあると、頼子を横須賀軍港巡りのツアーに誘う。頼子にとって、見るもの、聞くものが、驚きの連続。

夕刻、横須賀基地内のオフィサーズ・クラブで食事。頼子は、

「日本って、ここまで軍備が必要なのかしら」

と素朴な疑問を口にする。

朔太郎、簡潔に日本の置かれた状況を説明するが、

「おっしゃることは解《わか》らないでもないですが、軍備増強がありもしない危機意識を作り出すことに繋《つな》がらないかしら、たとえば敵のミサイルが本当に東京に撃ち込まれるとは考えられないわ」

「いきなり東京には落ちません、だけど、日本周辺からじわじわと……」

朔太郎、どこまで話していいか迷いながらも必死である。そんな朔太郎に、

「花巻さんって、少し変わりましたね」

「そうかもしれません、父が先の戦争で捕虜となって、辛《つら》い思いをしたことを、今頃、気付き……。国家のために死を賭《と》して戦いに出たのに、捕虜という負い目を負って、戦後も生きなければならなかったその姿を知ってしまった、僕が戦後の自衛隊という組織で、父の挫折《ざせつ》した人生をやり直してみようと……」

《横須賀港の取材はたびたび行われた。以下、一案。ここで、朔太郎、積もり積もった思いの丈を話す。この横須賀の状況こそ、ある意味、本当の日本の姿です。この現実を直視しないと、この国は本当にダメになってしまう。何か問題が起きると、自衛官をスケープゴートにしバッシングしますが、問題解決の方向を見定めるのは自衛隊ではなく、国民一人一人なのです、など。頼子は、朔太郎の話を静かに聞く。》

その少し後、くにしお・第一大和丸衝突事件海難審判の裁決がついに出た。双方に

過失があったとの判示。その傍聴席には、頼子の姿があった。

《朔太郎は、ハワイで父の追体験をするうちに、戦争のもう一つの本質を知る。それは、武器を使用しない戦争、文化の衝突。そこに実は、戦争の原因が潜んでいるのではないか。では「戦争をしないための軍隊」は、そのために何が出来るのか、考えるようになる。大国の狭間《はざま》で、過去、現在、未来と、生きていかなければならない、日本人の日本人としての生き方を示そうと思う。

帰国後、朔太郎は、群司令に呼ばれる。「幹部学校へ行って、誰でもない、おまえが日本のために何ができるか考えてみろ。あそこのモットーは、上の人の云うこともまず疑ってかかれだから、今のおまえの気持ちに合っているかも知れない」というような展開が、一つの案としてあった。その他、海幕の装備体系課で、防衛庁とのやりとりの現場に就くという案、やはり海幕勤務で不審船事件に関わるという案もあった。》

朔太郎、海上自衛隊幹部学校（一年）へ進む。——上級の部隊指揮官、または幕僚としての職務を担《にな》う人材育成の場である。学生数十五名。防衛構想の策定、戦略、作戦、国際法、国内法、戦史などを学ぶ。更に、仲間同士で、この国のあり方、憲法と自衛隊のことなど、様々な事を考える。ある日の講義——沖縄の島が他国に取られたと仮定し、奪還するにはどうするかという設問に対し、艦長、隊司令、潜水艦司令、幕僚などの立場から、作戦と展開を考える。毎日が勉強、テスト、レポート作成のハードな日々。

《朔太郎の先輩、原田正は、海幕勤務だったが、外国絡《がら》みなのか、政治絡みなのか、事件（例えばスパイ事件）にまきこまれ、無念の退職を余儀なくされる、という案があった。》

頼子、広島県呉市の文化ホールで開催された市民フェスティバルの公演後、江田島を訪れた。花巻和成少尉のことは、その後、図書館等で関連図書をあたって、波乱の生涯を知り、特潜艇の秘密訓練が行われたこの地に吸い寄せられたのだった。同じ海軍の中でも秘密裡《り》に考案され、訓練されたという特潜艇は特攻船（人間魚雷）も同然のように思えた。軍隊は昔も、そして今も、前線にいる人間を犠牲にする——。

帰国後の花巻少尉には、

「同僚の魂はお前がとった行動に泣いているぞ、恥かしいと感じるなら、直ちに自決して死んだ英霊に謝罪すべきだ」

「ハワイ、サンフランシスコ、キャンプ・マッコイ、テネシー、ミシシッピ、テキサスでの何年間にもわたる捕虜生活の間に、なぜ自決しなかったか」

　という脅迫状が届いたと知る。戦後、花巻少尉が一切口を閉じ、郷里から遠い地の自動車会社に就職し、十年以上もブラジル支社に身を置いていることが、多少とも理解できる。花巻少尉が日本に帰り、アイチ自動車に勤務云々《うんぬん》は、以下の頼子の気持ちを書いて省略。頼子は、朔太郎にますます強く惹《ひ》かれるが、アメリカのオーケストラからオファーが来ており、心乱れる。


《その後の、朔太郎と頼子について。「結ばれる」から、「愛ある別れ」まで、いくつかの案があった。またそこに、丹羽秀明と北健吾とサキがどう絡んでくるか、楽しんで考えておられる様子であった。以下は、そのうちの一案。――休暇を使って朔太郎が出かけてみた、父のゆかりの地、サンフランシスコ・エンジェル島で、頼子と再会。コンサートでサンフランシスコへ来たらしい。あの横須賀の日以来、いろんなことをずっと考えていたのです、と頼子は云う。

そして、二人で、トレイシーへ出かける。今は廃墟《はいきょ》だが、ここも新しいホテルとして生まれ変わるという。二人の心が通じ合う――。そして、第二部最終回へ。》

愛媛県西宇和郡伊方、三机《みつくえ》の海で、花巻和成と朔太郎が佇《たたず》んでいる。ここは、父が特殊潜航艇に乗り込んで真珠湾攻撃のために日々、特訓を重ねた人目につかない静かな湾。その父も、今は、病にかかり、余命幾ばくもない。最初で最後の親子旅行で、父子は初めて戦争についての会話を交わす。

「ずっと自衛官を続けるのだな」

「はい、遠く太平洋までも続くこの海には、大昔から商船のみならず、世界の船が行き交いました。そのうちに、利権が生じ、戦いの場とも化しました、先の戦争では戦艦大和が米軍爆撃によって沈みました、その他にも、日米の多くの艦船が沈んでいる鎮魂の海なのです。しかし、武力での争いがどんな結果をもたらすか、父さんたちはよく知っているはずです、多くの戦争の犠牲者たちが今も眠っている海を、再び戦場にしてはいけないのです」

「そうだ、この日本の海を、二度と戦場にしてはならないのだ。それが俺とお前だけの約束にならぬように、信念を貫き通せ」

三机の湾に向かって、花巻朔太郎は大きく頷いた。《ここで、第二部・了。三机には、九軍神の慰霊碑がある。その他、当時の旅館や、夜神楽《よかぐら》や渡り鳥の話を聞くなど、興味深い取材ができていた。》

第三部「千年の海 編（仮題）」（シノプシス）

《第二部の最後のシーンより、五年後の設定。父・和成は既に亡《な》くなっている。朔太郎はおやしお型最新鋭艦の艦長に近々就任する。二佐。結婚しているはず。相手は？　以下、一案として——。

朔太郎は、艦長の任に着く前にどうしても会っておきたい人物が何人かいた。「くにしお」事件の遺族、そして「くにしお」のかつての仲間たちのその後を描く。元船務長の五島は、あれから二度と潜水艦に乗ることはなく、小笠原諸島の小さな隊の隊長となっていた。丹羽は政治家に食い込み、防衛庁内の出世の階段を上り始めている。北は、フリーのライターとして、防衛問題や防衛庁の体質批判を得手とする。朔太郎は、「＊＊しお」艦長就任。物語のクライマックスの舞台としては、東シナ海が予定されていた。》

二〇〇四年秋——。東シナ海での日米合同訓練中、ソーナーが原潜音波探知。解析の結果、中国原潜「漢級《はんきゅう》」と断定。追尾が始まる。

原潜は、石垣島と多良間島の間の日本の領海に向かって潜没したまま進み、領海侵犯する可能性が高くなる。防衛庁は警告の意味を込め、追尾していることを知らせる行動を取ろうと判断。P－3C、護衛艦、哨戒《しょうかい》ヘリコプターなどを飛ばし、警告するが、無視したまま。政府は「海上警備行動」発令の検討に入る。夜明けの防衛庁運用局、丹羽課長（？）成行きに固唾《かたず》を飲む。

「＊＊しお」艦長の花巻朔太郎は海上警備行動に反対の気持ちであった。この段階で、目的が定かでない相手に日本の手の内を見せ、必要以上に刺激することはない、さしあたりは追尾して相手の出方を探ればいいという考えだったが、政治家や官僚の功名心などもあり、あえて意見具申するも却下。首相官邸に連絡室設置される。

そして、一触即発の事態に――――。

《第三部は東シナ海における戦争の火種となりかねない事態を想定し、武力ではなく、先の戦争の犠牲者が今も眠っている海を鎮魂の海として静かに守ることが出来るかを、作者は模索していたが、その答えはまだ見つかっていなかった。当時の防衛庁、海自関係者、現地漁業関係者など多数の方に面談したが、小説として構成するには、かなりの困難がありそうに思え、今後も鋭意、取材を重ねるつもりでいた。以下、最終回として──。
朔太郎は、事件の一ヵ月後に、一部の政治家にこの事件のことで疎《うと》まれたこともあり、任期より早く、艦長を解かれている。》
事件から歳月がたち──。朔太郎は、中国・北京の日本大使館付防衛駐在官の辞令を受ける。
今、父はいないが、三机で約束した「戦争」と「平和」に思いを致し、赴任を決意する。
数日後。北京国際空港へ、朔太郎が降り立つ──。
《山崎さんは、この第三部からが本当の書きどころと思っておられたに違いない。だが、胸の内の全《すべ》てをお聞きすることが出来ないまま、旅立たれてしまった。他の登場人物たちの活躍も、読者の方々の想像にお任せしたいと思う。》
二〇一四年　一月
新潮社山崎プロジェクト編集室　矢代新一郎

◆取材協力者氏名（敬称略・五十音順）

ジョージ・アキタ、池田元、稲田悟、犬飼通之、井上恒男、植田一雄、魚住幸代、内山末治郎、デビッド・エイケン、太田拓生、大塚智彦、大山勝美、沖山泰彦、小野蘭二、海上自衛隊各部隊の方々（沖縄基地隊、海上幕僚監部広報室、幹部学校、幹部候補生学校、呉地方総監部、潜水艦おやしお、潜水艦教育訓練隊、潜水艦隊、第1術科学校、第5航空群、第46掃海隊、米太平洋艦隊司令部連絡官）、勝目純也、川崎重工業株式会社船舶海洋カンパニー神戸造船工場の方々、神村松男、旧潜水艦なだしお関係者、旧潜水艦なだしお・遊漁船第一富士丸衝突事件のご遺族の方々、久野潤、ナンシー・クライス、倉田優、黒澤良子、黒柳祥宏、小林正男、小林義秀、小宮好雄、齋藤義朗、酒巻喜久男、酒巻潔、左近允尚敏、佐藤成文、柴田秀一、下田昌克、第三管区海上保安本部の方々、高居翔、田川俊一、瀧野隆浩、田中洋介、玉川弘康、近田容平、テッド・ツキヤマ、トマス・ツボタ、手塚貴子、出羽吉次、天満正生、土居猷具、戸部和夫、富坂聰、仲新城誠、中田整一、仲摩徹彌、カズオ・ナカミネ、西川高司、野村重幸、エドガー・ハマス、半田滋、平出勝利、チャールズ・ヒンマン、リンダ・フォウニー、吹浦忠正、米海軍潜水艦部隊の方々（原子力潜水艦シャイアン、第七潜水艦群）、米海軍横須賀基地関係者、防衛省の方々、エイミー・ボウマン、ヘレン・マクドナルド、松原伸夫、ダニエル・マルチネス、丸山五郎、安田喜禮、柳澤協二、山口宗敏、山下俊一、スティーブ・ワイナー。

（＊特にお名前を記しませんが、上記の他、匿名《とくめい》希望の方を含め、多くの方々に取材させて戴《いただ》きました）

◆主要参考文献・資料

『捕虜第一號』 酒巻和男 新潮社
『俘虜生活四ケ年の回顧』 酒巻和男 東京講演会
『小野田寛郎・酒巻和男対談 遥かに祖国を語る』 時事通信社
『特別攻撃隊 九軍神正伝』 朝日新聞社東京本社
『捕虜第1号 真珠湾生残り士官の訪問記』 小松原亮 文庫社
『特殊潜航艇戦史』 ペギー・ウォーナー、妹尾作太男著、妹尾作太男訳 時事通信社
『嗚呼《ああ》 特殊潜航艇』 特潜会編
「甲標的真珠湾使用の謎《なぞ》 兵器採用から九軍神までの1年間」(『世界の艦船』666号) 植田一雄 海人社
『真珠湾再考 二階級特進の周辺 海軍はなぜ甲標的を発進させたのか』 須崎勝彌 光人社
"On to Pearl Harbor and beyond", Charles L. Jackson, Pacific Ship and Shore
"Advance Force Pearl Harbor", Burl Burlingame, Pacific Monograph

『連合艦隊海空戦戦闘詳報』第16巻　末國正雄・秦郁彦監修　アテネ書房
『海軍』　獅子文六　中公文庫
『日本海軍400時間の証言　軍令部・参謀たちが語った敗戦』　NHKスペシャル取材班　新潮社
『日本海軍潜水艦戦史　海軍特殊潜航艇　真珠湾攻撃からディエゴスワレス、シドニー攻撃隊まで』　勝目純也　大日本絵画
『貴重写真で見る　日本潜水艦総覧　1905年〜』（歴史群像パーフェクトファイル）　勝目純也　学研パブリッシング
『江田島海軍兵学校　写真で綴る江田島教育史』（『別冊歴史読本』33）　新人物往来社
『駆け出し記者五十年　足で書いたハワイ日系人史』　平井隆三　平井隆三出版実行委員会
『配所転々』　古屋翠渓　布哇タイムス社
『聞き書　日本人捕虜』　吹浦忠正　図書出版社
『割腹　虜囚ロッキーを越える』　豊田穣　集英社文庫
『長良川』　豊田穣　光人社NF文庫

『同期の桜　かえらざる青春の記録』　豊田穣　光人社NF文庫
『背中の勲章』　吉村昭　新潮文庫
『トレイシー　日本兵捕虜秘密尋問所』　中田整一　講談社
“The History of Camp Tracy”, Alexander. D. Corbin, Ziedon Press
「死線を越えて　空母飛龍機関長附の生きざま」（『丸』別冊16）　萬代久男　潮書房光人社
『戦陣訓の呪縛　捕虜たちの太平洋戦争』　ウルリック・ストラウス著、吹浦忠正監訳　中央公論新社
『日本兵捕虜は何をしゃべったか』　山本武利　文春新書
『日本人捕虜　白村江からシベリア抑留まで』（上）　秦郁彦　原書房
『男たちの大和』　辺見じゅん　ハルキ文庫
『兵士を追え』　杉山隆男　小学館文庫
『兵士は起つ　自衛隊史上最大の作戦』　杉山隆男　新潮社
『自衛隊指揮官』　瀧野隆浩　講談社＋α文庫
『防衛省』　能勢伸之　新潮新書
『平成海防論　国難は海からやってくる』　富坂聰　新潮社

「潜水艦なだしお遊漁船第一富士丸衝突事件　審判調書」　横浜地方海難審判庁
『検証・潜水艦なだしお事件』　田川俊一編著　東研出版
『なだしお事件　全記録　潜水艦なだしお・第一富士丸衝突事故』　上村淳　第三書館
『海難審判庁裁決録』　１９９０年８月号
『判例時報』　１４５０号
『横浜地方裁判所判決／平成２年（わ）第１５９２号』（判例データベース『判例秘書HYBRID』）
『潜航　ドン亀・潜水艦幹部への道』　山内敏秀　かや書房
『これが潜水艦だ　海上自衛隊の最強兵器の本質と現実』　中村秀樹　光人社ＮＦ文庫
『本当の潜水艦の戦い方　優れた用兵者が操る特異な艦種』　中村秀樹　光人社ＮＦ文庫
『最強　世界の潜水艦図鑑』　坂本明　学研パブリッシング
『アメリカ海軍「オハイオ」級原子力潜水艦「ロサンゼルス」級攻撃型原子力潜水艦』（イカロスmookシリーズ世界の名艦）　イカロス出版
「東シナ海の特性」（『世界の艦船』７６０号）　小林正男　海人社

『潜水艦諜報戦』 シェリー・ソンタグ、クリストファー・ドルー、アネット・ローレンス・ドルー 平賀秀明訳 新潮OH!文庫
『猛き海狼』 チャールズ・マケイン 高見浩訳 新潮文庫
『暗黒水域 知られざる原潜NR-1』 リー・ヴィボニー、ドン・デイヴィス 三宅真理訳 文藝春秋
『レッド・オクトーバーを追え』 トム・クランシー 井坂清訳 文春文庫
『海上保安庁の仕事 素顔の〝海猿〟に迫る!』 「海上保安庁の仕事」編集委員会編 成山堂書店
『呉・江田島・広島 戦争遺跡ガイドブック』 奥本剛 光人社
『抑止力を問う 元政府高官と防衛スペシャリスト達の対話』 柳澤協二ほか かもがわ出版
『オーケストラ楽器別人間学』 茂木大輔 新潮文庫

【映像】

「JMSDF FLEET POWERS 5 海上自衛隊の防衛力5 海上自衛隊潜水艦隊」 バンダイビジュアル

「海上自衛隊　潜水艦隊　世界有数のサイレント・フォース」ワック
「平成21年度　自衛隊観艦式」ワック
「海上自衛隊の力　すべては安心のために」リバプール
「サブマリンスピリット　海上自衛隊潜水艦隊」ポニーキャニオン
「ＲＩＭＰＡＣ　海上自衛隊　環太平洋合同演習」ワック
「ドキュメント自衛隊　海上自衛隊篇２　リムパック'98」コロムビアミュージックエンタテインメント
「アメリカ鉄道の旅２　デンバー発大陸横断・ロッキー山脈越え」（世界の車窓から24）テレビ朝日　ビクター（ＶＨＳ）
「ギミア・ぶれいく　真珠湾攻撃50周年特別企画〝ドキュメンタリードラマ・ある特殊潜航艇長の歩み――真珠湾ＰＷ№１〟」ＴＢＳ
「秘密尋問所トレイシー」ＮＨＫスペシャル
「真珠湾の謎　悲劇の特殊潜航艇」ＮＨＫスペシャル

この他、朝日・毎日・読売・日経・産経・東京新聞、沖縄タイムス、八重山日報の関連記事、主要週刊誌、経済誌、情報誌の関連記事。また、それ以外にも、日本政府、在日米軍、防衛省（自衛隊）等の多数の関連資料（内部資料を含む）を、参考にしました。国立国会図書館、国立公文書館、米国国立公文書館等に収蔵されている文書・写真等も参照しました。

パールハーバー（幻のシノプシス四話）

二〇一一年九月十六日作成

第一回

松山のロシア人墓地

（捕虜第一号の）花巻和人の長男・花巻新平（49才）は、松山・道後温泉であった業界の親睦会《しんぼくかい》の後（研究会の後）、そこで耳にしたロシア人墓地へ足を運んだ。松山城北の丘の斜面にカタカナで刻まれたロシア人将兵の墓碑がずらりと並んでいる。日露W《ウォー》で俘虜《ふりよ》となった軍人たちの墓——。ハーグ陸戦条約締結直後の時代だったため、俘虜の扱いは人道的にという精神が汪溢《おういつ》しており、俘虜の生活は手篤《てあつ》かった。

新平は一基、一基、見て歩きながら、亡《な》き父のことに思いを馳《は》せた。

父は先の大戦の捕虜第一号であった。だが、そのことに関して父は一切、口を閉したまま逝《い》った。日本へ帰還してから結婚し、長男として生れた新平は、父の沈黙によほどのことがあったに違いないと思い、長ずるに及んで一度は聞いておきたいと覚悟を決めて父と向い合ったこともあったが、寄せつけない雰囲気にたじろぎ、父の沈黙を大切にしておく以外ないと諦《あきら》めていた。

だが、こうして並ぶロシア人墓地にたって、捕虜第一号と永久に残る父の真実を知りたいという強い衝動に駆られた。

第二回

「軍人らしく名誉の自決をさせてくれ！　さもなくば殺してくれ！」

花巻海軍少尉は、ハワイ軍管区フォート・シャフターの営倉で叫び続けていたが、やがてその体力を失って、コンクリート床に蹲《うずく》まり、半ば失神した。

うっすら知覚が戻ったのは冷さのせいだった。花巻少尉は、すべての着衣を剝《は》ぎ取られ、素肌に陸軍毛布を一枚巻きつけられたまま、自らの糞尿《ふんにょう》にまみれていたのだった。夜になって急激に気温が下り、営倉の囲いの分厚い板の継ぎ目から寒風のような潮風が吹き込んでいた。

自決も叶わず、死ぬ方法もなく、このまま衰弱死するのかと思うと、激しい屈辱感に襲われた。

花巻少尉は真珠湾攻撃の緒戦で、オアフ島に停泊している米艦隊にしのび寄り、魚雷爆破するために作られた海軍の秘密兵器、特殊潜航艇の艇長であった。

夜が明け、営倉から引きずり出された花巻少尉は再び憲兵隊の尋問に晒《さら》されたが、「日本帝国海軍少尉花巻和人」以外、口を割らなかった。

「そういうことなら、卑怯《ひきょう》なパールハーバーアタックを仕掛けた捕虜第一号としてお前の写真を撮り、日本へ送る」と、カメラ班の指示。花巻、凍りつく。

第三回

花巻新平、トヨタ市の自宅。

〝櫻花　散るべき時に　散らしめよ　枝葉に濡《ぬ》るる　今日の悲しみ〟

父が捕虜になった時、自決を望んで詠《よ》んだ歌だという。捕虜になった時から復員まで、一切、家族、戦友に語らず、三年前に逝った父を偲ぶのは、この歌だけだった。

母も父の戦時中のことは知らずに、結婚した。新婚早々、新居に届く「おめおめと捕虜になって帰って来るとは！　恥を知れ！」とカミソリ同封で送りつけられて来る脅迫状に驚き、マスコミの好奇な視線に立腹し、父のことを話題にするのを禁じていた。

だが新平は、父の死後、一年ごとに父のことを知りたいと思うようになった。特潜艇で艇付をつとめた稲川二曹はハワイの海の藻屑《もくず》となったが、遺族は何か知っているかもしれないと思いたち、手紙をしたためる。

甥《おい》から返事が来る。「私どもは一度お会いして、お詫《わ》びしなければならないという気持で数十年間、参りました。日時をご指定下さい」

第四回

花巻和人、写真を撮られることに耐えられず、営倉でタバコに火を点《つ》け、顔面に押しつける。痛みで目が眩《くら》む。花巻のかすんだ目の先にはるかパールハーバーがぼんやりとうかび上った。

（回想）

人間一人が苦労して乗ることの出来る艇――。夜明け前に湾内へ入ればいいと肚《はら》をきめた花巻と稲川は葡萄酒の壜を出し、握り飯を頰ばりながら向い合った。「さあ、お互いにしっかりやるぞ」と固い握手を交し、最微速を命じ、艇を静かに湾口へ向けて行った。十分後、湾口がどれ位か潜望鏡の上るのを待った。

しかし、花巻はおそろしい方向誤差に気付いた。艇は湾口より九十度近くも方向を変えながら進んでいた。湾内へ辿《たど》り着こうとするが、結局、でたらめな航走しか出来ない。

東の空が白み、南十字星が消える頃、真珠湾がはっきり見えた。偉大な艦隊を護《まも》る二隻《せき》の哨戒艦が見えた。

艇付の稲川は不安そうに花巻を見た。

【解説】

「『約束の海』、その後――」の391頁にあるように、一番最初のこの小説の企画は、第二部ハワイ編にあたる部分のみの予定で、取材などが進められていた。

そして一番最初に、山崎先生より頂いたものが、この二〇一一年九月十六日作成とあり、「パールハーバー」と仮題の付けられた、連載用冒頭四回分のシノプシスである。

が、その後、過去の戦争の話だけでなく、現代の話も入れるという大きな方向転換がなされ、主人公の年齢や職業などにも、大幅な変更が行われたため、結果として、このシノプシスの大部分は、第二部にも採用されることなくお蔵入りとなった。

だが、作家の創作の変遷《へんせん》として貴重な資料であり、また一方で、このわずかなシノプシスの中にも「山崎節」とでも言えるような片鱗《へんりん》が所々に窺《うかが》えるので、本書に収録することとした。（新潮社山崎プロジェクト編集室）

解説

野上孝子

山崎豊子先生から「これが最後の小説」という言葉を、何度聞いただろう。『約束の海』はそんな先生の正真正銘、未完の遺作となった。

はじめて先生が「もう書けない」と云い出されたのは、「文藝春秋」に連載の『大地の子』が完結し、単行本が刊行された頃だった。取材と執筆に七年八カ月をかけ、疲労困憊《こんぱい》の体の先生は「私の背中から陸一心が張り付いて、どいてくれへんのよ、この先、何を書いていいのかも浮かばない、これが最後の小説」と呟《つぶや》かれるようになった。今までなら連載も終盤にさしかかると、次に書きたいテーマがちらほら浮かんで来るのに、乾いたぞうきんのように、水一滴出て来ないというのだ。

次の連載は、「週刊新潮」と決まっていた。催促に来られる前に出向くことになった。新潮社には自分を育ててくださった大編集者にして大恩人の斎藤十一さんがおられる。その人の前で約束を辞退するのは、一大決心がいるが、正直に心中を披瀝《ひれき》すれば、分かってくださるはずだった。

ところが斎藤さんは、先生の悲壮な決意に対して「芸能人に引退はあるだろうが、芸術家にはない、書きながら棺に入るのが、あなたの宿命だ」と云い放たれ、「時に、私の死期も近い、生前に香典原稿を申し受けたい」と督促された。予想だにしない展開に先生は返す言葉もなく〝香典原稿〟という重いお言葉に、頷《うなず》くほかなかった。

それから数か月して、現役引退をあれほど深刻に考えていた先生が、同一人物とは思えないパワーで『沈まぬ太陽』の取材と執筆に挑みはじめた。初めてケニアへ行った年からなら、あしかけ八年の大長編となった。

連載が終わると、さすがに「体のあちこちが、みしっみしっと軋《きし》む」と週刊誌の仕事のきつさにほとほと参ってしまった様子だった。先生は七十五歳になっておられた。斎藤さんは単行本の刊行を見届けるように、鬼籍に入られたことだし、大好きなパリで誰にも気兼ねすることなく静養して来ると長期滞在用のレジデンスを予約して、出発された。

ところが、モンマルトルやカルチエラタンを散策しているはずの先生は、一ヵ月もしないうちに、ロサンジェルス郊外で悠々自適の引退生活を送っておられる毎日新聞の元外信部長と電話、ファクシミリで頻《しき》りと交信していることが伝わって来た。思い当たることといえば、パリ出発前、文藝春秋の方々の訪問を受けた際、第四の権力・マスメディアが話題になった。新聞記者出身の山崎先生にとって恰好《かっこう》のテーマではないですかと水を向けられ「いえ、新聞社ほど捉《とら》えどころがなく、書きにくいところはありませんよ」と躱《かわ》していたのだが、どうやら模索し始めたのだ。やはり先生は書かずにはおられない人なのである。

パリでの生活を早々に切り上げて帰って来ると、やがて新聞記者の報道のあり方と、沖縄問題を絡《から》めた『運命の人』を書き始めた。一体、どこからそんな力が湧《わ》き出てくるのかと驚くばかりだったが、途中から原因不明の「疼痛症《とうつう》」が先生を苦しめるようになった。

痛みが襲ってくると、ペンを投げ出し、うっと顔をゆがめ、横のソファーに体を丸められた。今度こそこれが最後の作品だと、肚《はら》をくくる思いだった。

ところがそれでも先生の作家生活に終わりはなかった。新潮社の方々が揃《そろ》っておいでになり、「週刊新潮」の新たな連載を申し出られたのである。

「私の体調をご覧になれば、無理だと分かるでしょう」

ご容赦下さいと、先生は固くご辞退した。

「今までのように、初めから長編とは申しません、体調のいい時々に書き溜《た》めたものを繫《つな》ぎ合わせると、新しいスタイルの連作が出来るかもしれません」

あくまでも食い下がられる。

「そう云えば、私にはあと三つ、書きたいものがある」

突然、先生は思いがけないことを、口にされた。

一つは終戦の日、割腹自決した陸軍大将のご令息の恋。アメリカ留学中、彼の地の女性と恋に落ち、結婚の許しを母上に求めたところ、「よりにもよって、敵国の女性となど」と、その場に卒倒せんばかりに崩れられたという。

ドラマチックな話である。

二つ目は神戸の名門船舶会社の社長の水葬の話。戦後、壊滅的な打撃を受けた会社を再興した経営手腕もさることながら、もの静かな教養人で、先生が毎年、お正月三が日を志摩観光ホテルで過ごしている間中のよき話し相手だった。船舶業界の話のみならず、古今東西の絵画、小説の話は尽きることがなかったが、ご自身の葬儀については、語られることなく、社葬の席で初めて知った。遺骨は北緯〇度、東経〇度の位置へと遺言されていた。その方にも会社にも太平洋航路の最も思い入れの深い海域で、社員たちは一分の狂いもないよう、男泣きしながら骨壺《こつつぼ》を海中に沈めたという。

やはり感動のドラマである。

三つ目は、真珠湾攻撃時、特殊潜航艇でホノルルに停泊している米太平洋艦隊に忍び寄り、魚雷で撃沈、あるいは損傷を加えて、戦力をそぐという海軍の肉弾作戦に動員されたものの、失敗して〝捕虜第一号〟となった海軍少尉《しょうい》の悲劇。

「先生はその三つのうち、一番書きたいのはどれですか」

「健康なら、みんな書きたいテーマ」

先生は、いとも楽しそうに云われた。しかし、一番目は、『大地の子』の取材で北京に滞在中、たまたまそのご令息も日本の大使館に勤務中だったから、何度か直《じか》談判したが、いいお返事は戴《いただ》けなかった。二番目の船舶会社の社長の水葬については、その方の人となりからして、いかにもと頷け、夫人に書かせてほしいと申し入れたが、「主人は私だけのもの」と、指一本、触れることを拒否された。

三つ目の捕虜第一号の海軍少尉の話は三十年前「週刊新潮」に連載した『二つの祖国』で触れていたから、皆さんはよくご存じだったが、ご遺族がどう云われるか――。

「あの話は戦争と国家、個人のあり方を問ういいテーマです、資料を当たってみましょう」

否《いや》も応もない展開に、先生は慌《あわ》て、

「いえいえ、皆さんとこうして小説の話をしていると、つい頭の中の構想が湧き出てきますが、私にはもう書く体力は残っていませんよ」

きっぱり否定されたが、後の祭りだった。

翌日、早速、編集者から電話が入った。

「先生には、やはり書いて戴く運命にあるのです、捕虜第一号の酒巻さんは数年前亡《な》くなられましたが、昭和二十四年、彼が帰還して間もない時期に、わが社の「新潮」にずばり『捕虜第一號』というタイトルで体験記を書いて貰《もら》っています、単行本もわが社から出しています」

しかも「新潮」に掲載したのは当時、編集長だった斎藤十一さんだと、付け加えられた。何という偶然。斎藤さんは死してなお書くようにと、命じておられるのか。

粛然として、先生は送られてきた酒巻少尉の著書と向かいあった。新潮社の動きは素早く、ご遺族も探し出し、面談したうえで、その方が近々、関西へ出張があるから寄りましょうと云って下さっていると、伝えて来られた。

酒巻少尉のご令息は、山崎さんが書かれるのなら、他の兄弟、帰還後、就職した会社の同僚にも取材に応じてくれるよう依頼しますと、請け合ってくださった。

こんなにとんとん拍子に進むことなど、めったにないことで、先生はやはり〝強運〟の持ち主なのだと、思ったほどである。特殊潜航艇の資料も豊富に揃い、取材の臨場感を伝えるＤＶＤまで送られるようになった。

　従来の小説のように、先生自ら足を運んでの取材は不十分だったが、年齢、疼痛症の病気のことを考えると、そろそろ小説全体を俯瞰《ふかん》する「進行表」作りにとりかかる時期かと用意し始めると、

「二十一世紀の今、三十年も前の『二つの祖国』で触れた人物を、またぞろ書く意義はあるだろうか」

　常に現代性を求める先生らしい疑問である。では連載をご辞退するのかというとそうではなく、特殊潜航艇の講義をしてくださる戦史家が、近頃、頻々と日本近海に出没する外国の不審船のことを口にされたでしょう、と興味津々《しんしん》に切り出された。確かに東シナ海を隣国の潜水艦が領海侵犯し、日本政府が抗議した事件が新聞に載っていた。

　まさか先生、自衛隊を書くのではないでしょうねと、飛び上がった。先生には『不毛地帯』『二つの祖国』『大地の子』という戦争三部作がある。その作者がどういう視点で自衛隊を書くのだろう。

「確かに難しい、一つ間違えば作家として命取りになりかねんテーマだけど、それを恐れてこの先の小説は書けない」

戦争は自分の中から消えないテーマだと云い続けて来た先生が、その流れの先にある現代の自衛隊に踏み出したのである。

捕虜第一号の物語は、大きく変換した。

主人公は花巻と名づけた少尉の息子で、海上自衛隊・潜水艦乗りの若き二等海尉の船務士と設定した。潜水艦の構造、性能の描写は難解でつい説明調に陥りがちになる。それなら潜水艦の司令塔ともいうべき潜望鏡の近くにいて、あらゆる状況を把握できる立場の船務士にしてはどうかと、助言を戴いたからである。

次に時代背景は、自衛隊がまだ国民に反感を持たれていた頃とした。そこで浮かび上がったのが、一九八八年七月に起こった「なだしお事件」である。

東京湾で二二〇〇トン級の海自潜水艦が、一五〇トン余の釣り船を、航行上、避ける操舵《そうだ》の義務がありながら、無視したために衝突し、三十名もの犠牲者が出た。

海自史上、最大最悪のこの衝突事故は、「自衛隊なんか要らない」と云う世論に火を付け、連日、マスコミの猛烈なバッシングを受けた。傍若無人な潜水艦の振舞いは当然、非難されてしかるべきだが、海難審判の速記録によれば、多少の言い分があることも明らかになった。

昨今の大災害時に、自衛隊が出動し、高い処理能力が報道されるが、自衛隊本来の任務は、他国からの安全を脅《おびや》かす行為を封じるために、抑止力を維持し、万一の場合に防禦《ぼうぎょ》することである。そのために、自衛隊が日夜、最新鋭の軍備を駆使して訓練に励んでいる姿は、意外に国民によく知られていないのではないか？

先生はそこに歯がゆさを感じておられた。一つ、ボタンを掛け間違うと、予想不可能な行き違いが、国家と国民を巻き込む。

時代も、状況も違うが、捕虜第一号の挫《ざ》折《せつ》を味わった父と、多くの民間人を犠牲にした責任を刻んだ子が、二十一世紀の海辺にたたずみ、平和な海を守ろうと約束を交わすとしたら、どんな会話になるのだろう。

残念ながら先生は第二部、第三部を執筆することなく逝《い》ってしまわれた。「これが最後」と云いながら、よくぞここまで頑張られたと、その強い作家魂に圧倒されてしまう。父と子の約束の答えが出るラストまで読めないのは残念だが、問題提起された先生の志を受け止め、答えを考えるのは、私たち読者側かもしれないと思っている。

（平成二十八年六月、山崎豊子・秘書）

この作品は二〇一四年二月新潮社より刊行された。
なお底本は同年十二月に刊行された全集とした。

山崎豊子著

二つの祖国（一～四）

真珠湾、ヒロシマ、東京裁判――戦争の嵐に翻弄され、身を二つに裂かれながら、祖国を探し求めた日系移民一家の劇的運命を描く。

山崎豊子著

不毛地帯（一～五）

シベリアの収容所で十一年間の強制労働に耐え、帰還後、商社マンとして熾烈な商戦に巻き込まれてゆく元大本営参謀・壹岐正の運命。

山崎豊子著

女の勲章（上・下）

洋裁学院を拡張し、絢爛たる服飾界に君臨するデザイナー大庭式子を中心に、名声や富を求める虚栄心に翻弄される女の生き方を追究。

山崎豊子著

白い巨塔（一～五）

癌の検査・手術、泥沼の教授選、誤診裁判などを綿密にとらえ、尊厳であるべき医学界に渦巻く人間の欲望と打算を迫真の筆に描く。

山崎豊子著

女系家族（上・下）

代々養子婿をとる大阪・船場の木綿問屋四代目嘉蔵の遺言をめぐってくりひろげられる遺産相続の醜い争い。欲に絡む女の正体を抉る。

山崎豊子著

沈まぬ太陽
(一)アフリカ篇・上
(二)アフリカ篇・下

人命をあずかる航空会社に巣食う非情。その不条理に、勇気と良心をもって闘いを挑んだ男の運命。人間の真実を問う壮大なドラマ。

山崎豊子著　ムッシュ・クラタ

フランスかぶれと見られていた新聞人が戦場で示したダンディな強靭さを描いた表題作など、鋭い人間観察に裏打ちされた中・短編集。

山崎豊子著　華麗なる一族（上・中・下）

大衆から預金を獲得し、裏では冷酷に産業界を支配する権力機構〈銀行〉——野望に燃える万俵大介とその一族の熾烈な人間ドラマ。

山崎豊子著　仮装集団

すぐれた企画力で大阪勤音を牛耳る流郷正之は、内部の政治的な傾斜に気づき、調査を開始した……綿密な調査と豊かな筆で描く長編。

山崎豊子著　花紋

大正歌壇に彗星のごとく登場し、突如消息を断った幻の歌人、御室みやじ——苛酷な因襲に抗い宿命の恋に全てを賭けた半生を描く。

山崎豊子著　しぶちん

〝しぶちん〟とさげすまれながらも初志を貫き、財を成した山田万治郎——船場を舞台に大阪商人のど根性を描く表題作ほか4編を収録。

山崎豊子著　花のれん　直木賞受賞

大阪の街中へわての花のれんを幾つも幾つも仕掛けたいのや——細腕一本でみごとな寄席を作りあげた浪花女のど根性の生涯を描く。

山崎豊子著

ぼんち

放蕩を重ねても帳尻の合った遊び方をするのが大阪の〝ぼんち〟。老舗の一人息子を主人公に船場商家の独特の風俗を織りまぜて描く。

山崎豊子著

暖（のれん）簾

丁稚からたたき上げた老舗の主人吾平を中心に、親子二代〝のれん〟に全力を傾ける不屈の大阪商人の気骨と徹底した商業モラルを描く。

石原千秋監修
新潮文庫編集部編

新潮ことばの扉
教科書で出会った名詩一〇〇

ページという扉を開くと美しい言の葉があふれだす。各世代が愛した名詩を精選し、一冊に集めた新潮文庫１００年記念アンソロジー。

石原千秋監修
新潮文庫編集部編

新潮ことばの扉
教科書で出会った名句・名歌三〇〇

誰の作品か知らなくても、心が覚えている――。教科書で親しんだ俳句・和歌・短歌を集めた、声に出して楽しみたいアンソロジー。

池内紀
川本三郎
松田哲夫編

日本文学１００年の名作
第１巻
１９１４－１９２３
夢見る部屋

新潮文庫創刊以来の１００年に書かれた名作を集めた決定版アンソロジー。10年ごとに１巻に収録、全10巻の中短編全集刊行スタート。

池内紀
川本三郎
松田哲夫編

日本文学１００年の名作
第２巻
１９２４－１９３３
幸福の持参者

新潮文庫１００年記念アンソロジー第２弾！１９２４年からの10年に書かれた、夢野久作、林芙美子、尾崎翠らの中短編15作を厳選収録。

城山三郎著

指揮官たちの特攻
―幸福は花びらのごとく―

神風特攻隊の第一号に選ばれた関行男大尉、玉音放送後に沖縄へ出撃した中津留達雄大尉。二人の同期生を軸に描いた戦争の哀切。

城山三郎著

静かに健やかに遠くまで

城山作品には、心に染みる会話や考えさせる文章が数多くある。多忙なビジネスマンにこそ読んでほしい、滋味あふれる言葉を集大成。

城山三郎著

部長の大晩年

部長になり会社員として一応の出世はした。だが、異端の俳人・永田耕衣の本当の人生は、定年から始まった。元気の出る人物評伝。

城山三郎著

わしの眼は十年先が見える
―大原孫三郎の生涯

社会から得た財はすべて社会に返す――ひるむことを知らず夢を見続けた信念の企業家の、人間形成の跡を辿り反抗の生涯を描いた雄編。

城山三郎著

秀吉と武吉
―目を上げれば海―

瀬戸内海の海賊総大将・村上武吉は、豊臣秀吉の天下統一から己れの集団を守るためいかに戦ったか。転換期の指導者像を問う長編。

城山三郎著

打たれ強く生きる

常にパーフェクトを求め他人を押しのけることで人生の真の強者となりうるのか？　著者が日々接した事柄をもとに静かに語りかける。

約《やく》束《そく》の海《うみ》

新潮文庫　や－5－51

平成二十八年八月一日発行
令和元年五月三十日六刷

著者　山《やま》崎《さき》豊《とよ》子《こ》
発行者　佐藤隆信
発行所　株式会社新潮社

郵便番号　一六二―八七一一
東京都新宿区矢来町七一
電話　編集部(〇三)三二六六―五四四〇
　　　読者係(〇三)三二六六―五一一一
http://www.shinchosha.co.jp

価格はカバーに表示してあります。

乱丁・落丁本は、ご面倒ですが小社読者係宛ご送付ください。送料小社負担にてお取替えいたします。

印刷・大日本印刷株式会社　製本・株式会社大進堂

ISBN978-4-10-110451-5　C0193